블라인드47

블라인드47
김성수 장편소설

초판 인쇄 | 2009년 12월 15일
초판 발행 | 2009년 12월 20일

지은이 | 김성수
펴낸이 | 신현운
펴낸곳 | 연인M&B
디자인 | 이희정
기 획 | 여인화
등 록 | 2000년 3월 7일 제2-3037호
주 소 | 143-874 서울특별시 광진구 자양동 680-25호(2층)
전 화 | (02)455-3987 팩스 | (02)3437-5975
홈주소 | www.yeoninmb.co.kr
이메일 | yeonin7@hanmail.net

값 10,000원

ⓒ 김성수 2009 Printed in Korea

ISBN 978-89-6253-044-5 03810

이 책은 연인M&B가 저작권자와의 계약에 따라 발행한 것이므로 본사의 허락 없이는
어떠한 형태나 수단으로도 이 책의 내용을 이용하지 못합니다.
잘못된 책은 바꾸어 드립니다.

김성수 장편소설

블라인드 47

"충성! 신고합니다. 일병 강동식은 1951년 10월 4일 입대하여
1998년 11월 25일부로 전역을 명받았습니다.
이에 신고합니다. 충성!"

연인 M&B

| 회상 속으로 |

"충성! 신고합니다. 일병 강동식은 1951년 10월 4일 입대하여 1998년 11월 25일부로 전역을 명받았습니다. 이에 신고합니다. 충성!"

47년 만에 전역 신고라니. 장군도 벌써 퇴역했을 텐데, 계급도 졸병 일병이란다. 게다가 군복은 몸에 맞지 않아 어색한데다 전투모 사이로 삐져나온 백발에 한쪽 눈마저 찌부러진 70대 노인이다. 누가 이 사람을 군인이라 하겠는가? 그러나 노인 입으로 "전역을 명받았다." 했으니 그는 분명 노병(老兵)이다.

국방부 강당에는 장관을 비롯해 장성들과 많은 사람들로 붐비고 내외신 기자들의 취재 열기가 뜨거웠지만 분위기는 사뭇 엄숙하고 무거운 가운데 노병의 전역식이 거행되고 있었다.
국방부 장관이 노병의 목에 보국훈장통일장을 걸어주고 있다. 장관의 어깨 너머로 강당 정면에 붙어 있는 태극기가 노병의 눈에 들어왔다. 태극기의 파랑과 빨강이 마치 남과 북처럼 그리고 가운데 흐르는 곡선은 분단의 상징 휴전선처럼 느껴졌다. 노병 강동식은 눈가에 눈물이 젖어들며 이내 깊은 회상에 빠져 들고 있었다.

블라인드47

차례

전쟁, 비극의 서막 _ 09
중공군과 최악의 전투 _ 21
중공군 포로가 되다 _ 29
죽음의 행군 _ 41
치욕의 행군 _ 60
죽음의 문턱, 강동 포로수용소 _ 78
죽은 자의 몫으로 산 자의 배를 채우다 _ 87
크리스마스이브에 생긴 일 _ 100
걸신 병 _ 107
비열한 사상교육 _ 112
동생 동민이의 전사 _ 122

포로가 포로를 감시하다 _ 129

배신자 _ 140

수용소의 봄, 그리고 여인 김분례 _ 160

운산 습지의 동굴에서 _ 171

마지막 전투, 그리고 실명(失明) _ 186

절망의 포로 교환 발표 _ 201

'6월 13일 탄전'에서 만난 여인 _ 214

43호, 43호 집 _ 224

아오지를 탈출하다 _ 234

중국 땅에 도착하다 _ 242

돌아온 사자(死者) _ 252

작가 후기 _ 261

전쟁, 비극의 서막

바람에 일렁이는 황금 들녘은 물결처럼 파도치고, 과실은 따스한 햇살을 받아 형형색색 실하게 영글고 있다. 유리알처럼 맑고 푸른 하늘에는 참새들이 무리지어 난다. 초가집들과 그 가운데 띄엄띄엄 기와집, 담장 위로 빨갛게 익어가는 감의 모습이 한결 한가롭고 평화롭다. 마치 한 폭의 동양화를 연상케 하는 농촌의 가을 풍경이다.

경상남도 함양의 작은 산간 농촌 마을, 집집마다 여자는 분단장하고 남자는 바지저고리와 두루마기를 차려입고 삼삼오오 종종걸음을 치고 있다. 똥개들도 주인을 앞서거니 뒤서거니 까불거리다 허공에 컹—컹— 짖어댄다. 남정네도 아낙네도 어린애도 똥개도 모두 발걸음이 가볍다. 어느새 그들은 외딴 초가집 마당에 들어섰다. 초례청에 교배상이 차려진 것을 봐서는 곧 혼례가 치러질 모양이다.

신랑은 사모관대를, 신부는 연지곤지 찍고 족두리를 얹고 금박 박은 원삼을 곱게 차려입고는 맞절을 한다. 신랑은 키가 작은 편이나 몸매는 다부져 보이는 스물세 살 강동식이고, 신부는 키가 크고 적당히 살붙은 몸매에다 얼굴도 고운 두 살 아래 박인순이다.

"그려, 잘했어. 이 난리 통에 언제 무슨 일이 생길지 누가 알아?"
"그러지. 짝이라도 지어놓으면 처녀, 총각 귀신은 면할 것 아닌겨."

이 무렵이 1950년 9월 하순경이니 전선에서는 치열한 전투가 벌어지고 있는 시기가 아닌가?
그랬다. 지난 6월 25일 인민군이 아무런 사전 경고 한마디 없이 38도선을 넘어 밀고 내려왔다. 무방비 상태인 국군은 제대로 한번 싸워보지도 못하고 패퇴했고, 대구와 부산 인근을 제외한 전 국토를 인민군이 점령했다. 하지만 9월 반격에 나선 국군이 다부동 전투에서 대승을 거두고, 맥아더 사령관이 이끄는 유엔군이 인천에 상륙하여 인민군의 허리를 잘라놓았다. 군수물자 보급이 차단된 인민군은 화약 꽁무니에 불이 붙은 듯 황급히 북으로 도주하고 있었고, 낙오병들은 빨치산이 되어 지리산으로 숨어들었다.

그러니 세월이 온통 뒤숭숭할 수밖에.
다행히 이곳 함양까지는 인민군이 내려오지도, 대포 소리 한번 들리지 않았지만, 어른들은 생난리 통에 특히나 과년한 처녀들이 자칫 큰 봉변을 당할지도 모른다는 근심으로 가득했다. 그래서 서둘러 혼례를 치루는 것이 몸을 온전히 지키고 살아남는 방법이라 생각했다. 오늘도 가을걷이에 맞춰 신부 박인순의 부모들이 서둘러 혼례가 치러지는 것이다.

혼례를 마치고 잔치는 시간 가는 줄 모르고 이어져 갔다. 쉰 명이 넘는 온 동네 사람들이 모두 한자리에 모여 혼례잔치에 흥겨워했고, 막걸리와 삶은 돼지고기, 정성스레 준비한 잔치 음식을 며칠 굶은 사람처럼 먹어댔다.

"아따, 이 난리 통에 장가를 들다니 부럽네, 부러워!"

"이 사람아! 저렇게 이쁜 색시 얻었으니 자넨 오늘 혼쭐 좀 나야 해―."

신랑의 멍석말이로 잔칫집 분위기는 절정에 이르렀고, 마을사람들은 지금이 전쟁 중이라는 것조차 까맣게 잊고 있었다. 언제부턴가 중국이 전쟁에 개입할지도 모른다는 소문이 있었지만, 지금 그걸 걱정하는 사람은 아무도 없었다.

해가 저물었다. 신랑과 신부는 사랑채에 꾸며놓은 신방으로 들어갔고 짓궂은 아낙들은 손가락에 침을 발라 창호지를 뚫고 첫날밤을 훔쳐보려 덤벼들었다.

마침내 불이 꺼진다. 밤은 깊어만 갔고, 청명한 가을 하늘엔 휘영청 보름달이 절로 밝아온다.

"푸드득―."

달빛의 교교함을 견디지 못했는지 이름 모를 산새 한 마리가 나뭇가지를 박차고 날아간다.

 그러나 신랑, 신부, 마을 사람 누구도 모르고 있었다.
 이 평화로운 시간, 압록강에서 무슨 일이 벌어지고 있는지를…….
 전쟁 물자를 가득 실은 군용트럭들이 끝없이 압록강을 건너고 있다는 사실을!
 트럭의 두 줄기 불빛에 의지해서 군인들이 군가도 표정도 없이 개미 떼처럼 한반도로 숨어들고 있다는 사실을!

 중공군이 한국전쟁에 참전한 것이다. 예상하지 못했던 일이 벌어지고 말았다.
 이승만 대통령은 평양을 방문하여 감격어린 목소리로 이 땅에서 김일성을 내쫓아 반드시 통일하겠다고 연설했고, 맥아더 사령관은 인천 상륙작전 이후 시종일관 승리를 장담했다.
 한국과 미국의 두 지도자는 중국이 국공 내전의 종전과 중화인민공화국 정부를 수립한 지 불과 1년 남짓하여 전쟁을 치를 여력도 없고 정치적으로도 안정이 필요하기 때문에 참전 가능성은 없다고 판단했다.
 하지만 중국 주은래 외상은 미국에 몇 차례 메시지를 보냈다. 국군이 단독으로 38선을 넘으면 모르는 척 눈감아 주겠지만, 미군이 38선을 넘으면 눈에 불을 켜고 볼 수밖에 없다고 했다. 그런데 지금 미군이 압록강까지 밀고 올라왔다. 중국은 미군이 북한을 점령하고 만주까지 진격할지 모른다는 위기감과 함께 김일성의 눈물 간청에 결국 파병을 결정한 것이다.
 국군의 통수권자인 대통령과 이 전쟁의 총 책임자인 유엔군 사령관의 판단은 보기 좋게 오판이 되고 말았다.

 그러니 전선에서 수백 리나 떨어진 경상남도 함양에서 이 같은 사실을 알 턱이 없었다. 더더욱 지금 압록강을 건너고 있는 중공군에 의해 자신의 운명이 어둡고 칙칙한 구렁텅이로 빠지리라고는 꿈에서조차 상상할 수 있는 일이 아니었다.

 신랑 강동식과 신부 박인순이 잠든 그 시간, 평양에서 동북쪽으로 약 300Km 떨어진 평안남도 덕천군 승리산 기슭의 작은 마을 어느 초가집에는 밤이 깊었지만 잠 못 이루고 뒤척이는 한 여인이 있었다.
 묘향산의 험준한 준령에 묻힌 이 마을은 하늘만 빠끔히 보이는 그런 촌락이다.
 '죽진 않았겠지… 죽을 리 없어… 남조선 괴뢰들을 무찌르고 꼭 살아 돌아올 거야!'
 올해 스물두 살의 새색시 김분례이다.
 결혼 6개월 만에 조선인민군에 차출되어 전선에 나간 남편을 그리워하고 있었다.
 전쟁으로 그녀의 신혼 단꿈은 무참히 깨어진 것이다.
 그녀는 이렇게 알고 있었다. 동족끼리 죽고 죽이는 이 전쟁은 남조선 이승만 괴뢰도당이 북침하여 터진 전쟁이라고…….
 위대하신 김일성 장군과 용맹스런 인민군대가 즉각 반격에 나서 남

전쟁, 비극의 서막 13

조선은 며칠 내 무너질 것으로 철석같이 믿고 있었다.
그런데 언제부턴가 미국이 원자폭탄을 떨어뜨릴 거라는 소문이 퍼졌다. 또 유엔군에 밀리던 인민군대가 만주로 쫓겨갔다는 소문이 이 마을에까지 떠돌고 있었다.
그런데다 김분례의 남편은 살았는지 죽었는지 석 달째 감감 무소식이었다.

그녀는 이를 악물며 눈물을 참아냈다.
'위대하신 김일성 장군께서 반드시 남조선 군대와 미 제국주의 군대를 쓸어버리고 말 거야… 그리고 남편은 영웅이 되어 자랑스럽게 돌아올 거야.'

그런 그녀가 이 전쟁의 전말을 어찌 알랴?
이 전쟁이 스탈린과 김일성이 모스크바에서 불씨를 지핀 전쟁이라는 것을. 중국의 모택동이 보낸 중공군에 의해 얼마나 많은 청년들이 더 죽어갈지. 그녀가 어찌 알랴?

스산한 바람이 불 때마다 철 이른 낙엽이 우수수 떨어진다. 무심한 달빛이 찢어진 문틈으로 새어 들어와 그녀의 얼굴에 스며든다. 그녀는 어느새 꽃베갯잇을 눈물로 적시고 말았다.
그녀는 자리에서 일어나 남편이 입었던 내복을 꺼내 만져 보고 매만져 보았다. 그토록 참았던 눈물이 마침내 펑펑 쏟아지고 울음소리는 문틈으로 새어 나가 산등성이를 타고 번져가고 있었다.

"으 ㅎㅎㅎㅎ— 으 ㅎㅎㅎㅎ—."
스산한 바람소리가 다시 들려온다.

압록강을 건넌 중공군은 산속으로 숨어들었고, 며칠 숨을 고르더니 대규모 병력을 앞세워 총공세를 퍼부었다. 중공군 30만 대군은 한걸음에 내달아 서울, 인천, 여주, 수원, 횡성, 원주를 점령했다.
수적 열세인 국군과 유엔군은 후퇴할 수밖에 없었고 전사자는 헤아릴 수 없었다. 뒤처진 군인들은 공산진영의 포로가 되었다. 지상에서는 밀리고 있었지만 제공권을 장악한 미군의 전투기는 폭탄을 투하하며 중공군의 남하를 저지시켰다.

다시 반격에 나선 국군과 유엔군의 자유진영은 1951년 3월 서울 등 수도권을 재탈환했고, 자유, 공산 양 진영은 38선을 중심으로 대치하는 〈중부전선〉을 형성하게 되었다. 일전일퇴에 양쪽 모두 막대한 인적, 물적 손실을 입고 있었다.
국군도 병력의 충원이 필요했다. 만 18세 이상의 남자를 대상으로 소집영장을 발부했다. 전쟁 중인지라 군 입대가 곧 죽음으로 상징되던 시절, 〈빨간 딱지〉 즉 소집영장은 절망과 죽음의 상징이었다.

그렇게 혹독한 겨울이 가고 춘삼월이 찾아왔다.
어느 날, 면사무소 직원이 강동식의 집에 들어섰다.
"뭐예요?"
그의 손에는 빨간 딱지가 쥐어져 있었다. 영장을 건네받은 아내 박인순은 밭일 나간 남편에게 미친 듯이 달려갔다. 다리가 후들거리고 숨이 턱까지 차올랐지만 뜀박질을 멈출 수 없었다. 그녀는 남편 앞에서 고꾸라지듯 주저 물러앉았다.

"여, 여보… 이거, 이거……."
영장을 건네받은 강동식의 손은 후들대기 시작했다.
만 18세 이상의 남자는 한 집에 한 사람은 반드시 입대하라는 내용이다. 동생은 올해 열아홉 살, 그나마 생일이 빨라 겨우 만 18세는 되었다. 동생을 보내기에는 아직 어리고 자신이 입대하자니 신혼에다 농사일을 보살필 사람이 없다. 아버지가 계시지만 혼자서 감당하기에는 힘에 부친다. 그렇다고 영장을 피해갈 방법이 있는 것도 아니었다.

그날 밤 가족들이 모였다. 호롱불에 그늘이 드리워진 가족들의 얼굴은 더 어두워 보였다. 얼마간의 침묵을 깨고 아버지는 힘든 결단을 내렸다. 장손은 후대를 이어야 하고 또 전쟁이 곧 끝난다고 하니 군에 간다고 해서 모두 죽지는 않을 것이다. 그래서 동생을 보내겠다는 것이다. 평소 말이 없었던 동생도 형제 중 하나는 입대해야 하는데 그렇다고 갓 결혼한 형을 보낼 수 없으니 자신이 가겠다고 나섰다.

형으로서는 너무나 죄스럽고 미안한 일이다. 그나마 동생 동민이보다 한 살 위인 강동식의 사촌동생 동철이도 같은 날 입대하게 되어 다소간 위로가 되었다.
동생 동민이는 형수가 준비해 준 삶은 감자와 주먹밥을 보자기에 둘

둘 말아 어깨를 가로질러 메고 억지웃음을 지어 보이며 집을 나섰다.

그리고 사촌동생·동철이와 함께 마을 어귀의 느티나무를 지나 모습을 감추었다. 그렇게 동생은 전쟁터로 가기 위해 고향을 떠났다. 가족들과 마을사람들은 그들이 꼭 살아 돌아오기를 간절히 빌었지만, 강동식은 다시는 동생을 볼 수 없을 것 같은 불길한 예감을 떨쳐버릴 수가 없었다. 군에 입대한 많은 젊은이들이 전쟁터에서 장렬히 산화했기 때문이다.

어머니는 하루 종일 눈물범벅이 된 얼굴로 통곡하고 아버지는 말없이 먼산만 바라보다 줄담배만 뻑뻑 피워댔다.

"살아만 돌아오라!"

이것이 자신을 대신해서 전쟁터로 떠나간 동생에게 바라는 형의 간절한 소원이었다. 동생이 다리가 잘리든 팔이 부러져 병신이 되더라도 살아만 돌아오라고 간절히 빌었다. 강동식은 평생 동생의 수족이 되리라 작심하고 있었다.

동생이 떠난 후 보름 만에 편지가 왔다. 원주에 있는 훈련소에 입소하여 훈련을 받고 있다고 했다. 또 잘 먹고 잘 지내니 조금도 걱정 말라고 했지만 동생의 편지를 받은 형의 마음은 더 무거워만 갔다.

그렇게 봄은 가고 여름이 지나 다시 가을이 찾아왔다.

아직 남아 있는 늦여름의 따가운 햇살을 받아 들녘은 누렇게 물들어가고 있었다. 그러나 지금 강동식의 집은 풍년을 즐길 여유가 없었다. 마른하늘에 날벼락이라더니 지난봄에 동생이 입대했고, 이번에는 강동식 앞으로 소집영장이 배달되었던 것이다.

동생 동민이가 죽었는지 살았는지 소식조차 없는 마당에, 강동식마저 군에 입대하게 된 것이다. 두 아들 모두를 군에 보내게 된 어머니는 넋을 잃고 앉아 있고, 아버지는 죄 없는 하늘을 향해 혼자 욕지거리를 퍼부으며 대문을 박차고 나가버렸다.

강동식의 아내 박인순은 부엌 아궁이 앞에 쪼그리고 앉아 하염없이 눈물만 흘리고 있었다.

하늘이 무너지고 가슴이 미어지는 아내의 심경을 어찌 모르랴. 강동식은 아내 곁에 다가가 어깨를 지긋이 감싸 안았다.

"너무 걱정하지 말아요, 설마한들 죽기야 하겠소? 전쟁이 곧 끝난다고 하니 너무 걱정하지 말고 부모님 잘 모시고 있어요. 전쟁이 끝나면 집으로 돌아올 수 있으니……."

아내는 잠시 눈물을 거두더니 동식의 손을 살포시 잡았다.

"꼭 살아 돌아와야 합니다. 다 죽어도 당신만은 죽어서는 안 됩니다. 집안일은 걱정 마세요. 뼈가 부러지는 한이 있더라도 제가 해 볼게요. 당신이 돌아오는 날만 기다리고 있겠어요. 이제 그만 쉬어요. 내일이 떠나는 날이잖아요!"

아내는 흥건히 젖은 눈물을 닦으면서 애써 미소를 지어 보였다.

"약속하겠소. 꼭 돌아오겠소. 그러니 마음 굳게 먹어요. 부모님 앞에서도 눈물 보이지 말고요."

아내가 머리를 끄덕였다. 그리고 동식이의 널찍한 품에 얼굴을 파묻었다.

이들 부부는 결혼한 지 일 년 만에 생이별을 하게 되었다. 부부는 자본주의가 뭔지 공산주의가 뭔지 모르는 한낱 농사꾼에 지나지 않는다. 김일성에게 지은 죄도 없고 모택동이 누군지는 더더욱 모른다. 더욱이 그들이 왜 한반도를 쑥대밭으로 만드는지도 모른다. 하지만 그들이 보낸 공산군과 이들 형제는 목숨을 걸고 싸우게 된 것이다. 형제는 지금 태풍 앞에 깜빡이는 촛불 신세가 되고 있었다.

강동식이 입대하는 날, 가을비가 추적추적 내리고 있었다.
아버지는 떠나는 아들을 외면하듯 툇마루에서 돌아앉아 곰방대에 애꿎은 담뱃잎을 우겨 넣고 있었다. 동식에게 영장이 날아오면서 거의 식음을 전폐하다시피 했던 어머니는 차마 볼 수 없을 만큼 여위었고 얼굴은 반쪽이 되었다. 강동식은 툇마루를 지나 안방으로 들어갔다. 몸져 누워 있던 어머니는 힘겨웠던지 입술을 깨물면서 겨우 몸을 일으켰다. 동식이의 얼굴을 어루만지고 매만지면서 하염없이 눈물을 흘리고 있었다.
동식이가 어머니의 손을 잡았다.
"걱정 마세요. 동민이도 저도 꼭 살아서 돌아올 겁니다. 다녀오겠습니다. 나오지 마세요."
"애야— 애야—."
어머니의 목소리는 차라리 신음 소리에 가까웠다. 목이 메여 더 이상 말을 이어가지 못하고 있었다.
그래도 아내는 꿋꿋한 척했다. 아침 일찍 집 떠나는 남편을 위해 먹을 것을 준비하고 시시때때로 슬쩍 눈물을 훔치면서도 이를 악물고 마음을 다잡고 있었다.

강동식은 가족들에게 집밖으로 따라 나서지 말라고 했다. 이별의 슬픔만 더 커질 뿐이기 때문이었다. 그는 동생이 떠날 때처럼 마을 어귀 느티나무 아래에서 가족들을 향해 두어 번 손을 흔들었다.
"저 꼭 돌아올게요!"
그의 목소리는 들녘 너머까지 울려 퍼졌고, 놀란 개들이 컹— 컹— 짖어댔다.
어머니는 떠나는 아들의 뒷모습이라도 보고팠는지 안방에서 기어나와 툇마루에 주저앉아 통곡했고, 아버지는 무릎에 얼굴을 파묻었다. 아내는 부엌으로 뛰어 들어가 광목치마로 얼굴을 감싸고 애써 참았던 울음을 터뜨리고 말았다.
강동식과 청년들은 함양군청에 집결하여 신원확인 후 군용트럭에 실려 춘천보충대(훈련소)로 향했다. 청년들은 아무도 입을 열지 않았다. 그들의 머릿속에는 고향에 두고온 가족들 걱정, 앞으로 자신에게 닥쳐올 불안한 미래를 번갈아 가며 떠올리고 있었다. 그러나 전쟁보다는 가족들 생각이 앞섰다. 강동식도 흐느껴 우시던 어머니와 아버지, 사랑하는 아내 생각으로 가득 차 있었다.
아마도 동생 동민이도 이런 심경으로 고향을 떠났으리라.
군용 트럭은 가는 빗줄기를 뚫고 춘천을 향해 쉬지 않고 달리고 있었다.

중공군과 최악의 전투

춘천보충대에 도착하자 선배 훈련병들이 입었던 낡아 다 떨어져 가는 훈련복과 속옷, 세면도구가 지급되었고, 그 다음날부터 훈련에 들어갔다. 제식 훈련과 사격 훈련, 그리고 수류탄 투척 훈련을 받았다.

2주간의 훈련이 끝나자 훈련병들은 제법 군인 티가 났다. 그렇지만 농사짓던 농부나, 학업에 열중하던 학생이 군인으로서 위풍이나 전투력을 갖추기에는 2주는 너무 짧은 기간이었다. 대한민국 정부도 이를 잘 알고 있었다. 하지만 1명의 군인이라도 더 채워야 하는 급박한 상황에서 미주알고주알 재고 따질 수는 없지 않는가?

훈련소를 퇴소하는 날, 국방색의 새 군복과 철모, 전투화, 탄띠, 미제 M1 소총, 양말, 내의, 반합 등의 개인 물품이 지급되었다. 훈련소 소장이 신병들에게 인식표를 목에 걸어주고 가슴에 일등병 계급장을 달아주었다. 병사의 계급은 이등병부터 출발하는데 지금이 전쟁 중이라

곧바로 일등병으로 올려준 것이다.

훈련소 소장의 당부가 이어졌다.

"우리는 이긴다. 아니 반드시 이겨야 한다. 우리의 부모님과 사랑하는 아내와 조상 대대로 물려받은 우리 땅을 빨갱이 놈들과 중공군 놈들에게 넘겨줄 수는 없다. 우리가 목숨을 바쳐 지켜야 한다. 알겠는가!"

"넷!"

신병들은 각자 배치될 부대에 따라 서로 다른 트럭에 태워졌다. 이 트럭이 어디로 향하느냐에 따라 삶과 죽음의 갈림길이 된다. 군수물자를 보급하는 후방부대에 배치되면 전투에 내몰리지 않겠지만, 적과 코를 맞대고 대치하고 있는 전방부대에 투입되면 생사의 전투를 치러야 한다. 이런 처지에 놓인 자신들의 운명이 두려웠던지 그 어느 누구도 배치될 부대에 대해 꼬치꼬치 물어보지 않았다.

강동식과 신병 20여 명을 태운 트럭은 좁고 가파른 강원도 산길을 달렸다. 산세는 험했지만 포격에 나무가 불타 황량하기 그지없고 땅은 메말라 풀풀 흙먼지를 일으켰다. 사병들은 화랑담배를 피워 물기도 하고, 심하게 흔들리는 트럭에서도 끄덕이며 졸기도 했다. 그렇게 5시간을 달려 화천군에 소재한 육군 제8사단 본부에 도착했다.

육군 소령 계급장을 단 장교가 간단한 환영인사와 함께 현재 국지전 상황이지만 전투가 벌어지면 매우 치열하다는 설명을 해 주었다. 신병들은 아무런 작업이나 훈련 없이 1주일간 천막 막사에서 충분한 휴식을 취할 수 있었다.

 강동식은 훈련이 힘에 부쳤던지 훈련소에서는 꿈 한번 꿔지지 않았다. 하지만 이곳에서는 아련히 아내의 모습을 보기도 했고, 느티나무도 보았다. 꿈에서 깨어나면 한동안 이곳이 집인지 부대인지를 분간하지 못했다. 따뜻하던 아내의 품도 너무 그리웠다. 그러나 지금 같은 달콤한 휴식이 이것으로 영영 마지막이 될 줄은 모르고 있었다.

 강동식은 중공군과 대치하고 있는 최전방 수색 중대에서 다시 수색 소대로 배치되었다. 수색 중대는 국군이 구축하고 있는 방어선을 넘어 북쪽으로 숨어 들어가 전방의 적의 동태를 살피는 것이 임무이다. 가장 위험한 부대였다.

 강동식의 육군 8사단 부대와 대치하고 있는 적은 중공군이고, 그들은 맞은편 산봉우리에 주둔하고 있다고 했다. 하지만 이곳에 배치된 이후 아직까지 중공군은 보지 못했다.

 10월말 어느 날 밤, 강동식은 소대원 2명과 함께 소대 진지로부터 1킬로미터 전방에 위치한 낮은 산봉우리로 전초근무를 나갔다. 숲속에서 매복하여 맞은편 산등성이를 예의 주시하고 있었다.

 그날은 그가 군에 입대하던 날처럼 비가 추적추적 내리고 있었다. 추위가 몸을 파고들었다. 함양의 10월 하순이라면 겨울을 재촉하는 늦가을 날씨겠지만 강원도 전선은 이미 초겨울 날씨였다. 빗줄기는 굵어졌다, 가늘어졌다 반복하더니 비가 그치고 서쪽 하늘에 초승달이 서서히 모습을 드러내고 있었다.

 어제, 그제는 달이 보이지 않았다. 신월이었나 보다. 신월 다음날 뜨는 초승달은 너무나 가늘어서 눈썹 같고 실눈 같아 보였다. 그런 초승달이 강동식의 기분을 섬뜩하게 만들었다.

"강 일병, 저기 저거 보여, 저게 뭐지?"
함께 근무를 나간 소대원이 팔꿈치로 강동식의 옆구리를 찌르며 전방 산등성이를 가리켰다.
그는 눈을 부릅뜨고 보았다. 하늘과 맞닿아 있는 산등성이의 윤곽을 말하는 공제선이 움직이고 있었다. 훈련소에서 경계근무 요령을 배울 때 공제선을 예의 주시하면 작은 움직임도 관측할 수 있다는 말을 자주 들었다. 그런 공제선이 10여 분이나 고물거리더니 산등성이의 윤곽선은 다시 고정되었다.
'적군이 몰려온다.'
중공군이 산등성이를 넘었다는 것을 직감적으로 알 수 있었다. 중공군이 공격을 개시한 것이다. 언젠가는 올 것이 마침내 오고 말았다. 강동식과 정찰병들은 소대가 주둔하고 있는 고지를 향해 달렸다. 소대장에게 적군이 몰려오고 있다고 보고했다.
"전투 준비."
소대장의 지시에 소대원 전원이 교통호에 들어가 전투태세를 갖추었다. 커다란 마대자루에 가득 담긴 수류탄이 배달되고 총알을 장전한 총은 전방을 향했다. 중공군이 다가오기를 기다리다 문득 하늘을 쳐다보니 초승달이 실눈을 뜨고 음흉하게 비웃고 있었다.
'너희들은 오늘 모두 죽을 텐데, 그걸 모르고 있냐고…….'
그렇게 비웃던 초승달은 먹구름 사이로 사라지고, 세찬 빗방울을 뿌리기 시작했다. 교통호에 빗물이 차오르고 있었다.

전선에는 무서운 긴장감이 감돌았다. 빗소리 외에는 숨소리 하나 들리지 않았다.

얼마나 적막이 흘렀을까?

펑! 하는 폭음과 함께 하늘에서 조명탄이 터졌다. 빗줄기와 조명탄의 불빛이 어지럽게 어울렸다. 이어 눈앞에 넙적한 우의를 입은 중공군이 어느새 3~40미터 앞까지 와 있었다.

중공군이 너무 가까이 다가와 총을 쏠 겨를조차 없자 소대원들은 수류탄을 던져대기 시작했다. 이빨로 안전핀을 뽑아 개미 떼를 향해 던지고 또 던졌다. 강동식도 미친 듯이 던져댔다.

폭음과 비명 소리가 산야를 뒤흔들었다. 교통호에는 어느새 빗물이 무릎까지 차올랐다.

수류탄이 손에 잡히지 않자 총을 쏘아대기 시작했다. 적의 심장을 겨냥할 틈도 없었다. 그저 앞만 보고 정신없이 방아쇠를 당겼다. 중공군의 반격에 국군의 피해가 컸다.

소대원이 총알에 맞아 튀긴 피는 다른 소대원의 얼굴과 온몸을 벌겋게 물들였다. 화약 냄새와 피비린내가 산야를 뒤덮었지만 전투는 끝날 줄 모르고 계속되고 있었다.

세차게 쏟아지던 빗줄기가 가늘어지더니 어느새 비가 그쳤다. 날이 서서히 밝아왔고 어젯밤 소나기처럼 날아다니던 총알도 멈추었다. 소대원들의 격렬한 저항에 중공군이 견디지 못하고 퇴각한 것이다. 흙

탕물과 피로 뒤범벅이 된 소대원들은 교통호 밖으로 올라와 총을 높이 쳐들고 만세를 불렀다.

소대장이 소리쳤다.

"적군의 귀를 잘라 오라, 전리품을 챙겨라―."

"와―."

적군의 귀, 총을 가져가면 휴가를 준다는 말이 있었다. 소대원들은 죽어 넘어진 중공군 시체를 뒤지며 총을 수거하고 대검으로 귀를 잘라 주머니에 넣었다. 승전의 전리품이며 증거물인 것이다.

중공군의 두터운 누비 군복은 벌겋게 피로 물들어 있었다. 강동식의 동생 동민이 만큼이나 어린 병사들도 있었다. 병력이 많은 것처럼 위장하기 위해 들고 다니던 허수아비들도 총에 맞고 피에 물들어 마치 중공군 시신처럼 보여 섬뜩했다. 피리와 꽹과리, 징은 요란한 소리로 상대 군대를 혼란과 공포로 몰아넣는 제2의 무기였다. 장개석의 국민군이 이 소리에 놀라 도주했다는 그런 이상한 심리전 무기였다. 소대원들 역시 이 소리에 질리기는 했지만 미리 충분한 교육을 받아 동요를 줄일 수 있었다.

국군의 희생 역시 적지 않았다. 30여 명의 소대원 중 생존자는 10여 명 뿐이었다. 전우의 시체를 수습하고 나니 비로소 허기를 느낄 수 있었다.

조금 전까지만 해도 같이 웃고 함께 싸웠던 전우들 시체 옆에서 소대원들은 피 묻은 손을 군복자락에 대충 닦고 주먹밥을 입으로 우겨넣기 시작했다.

"먹어야 살지!"

눈들은 핏발이 서서 벌겋게 충혈되어 있었고 입술은 하얗게 말라붙어 있었다.

이것이 전쟁의 비극이다. 죽어 쓰러진 전우들이나 중공군의 가족들은 이 시간에도 그들이 살아 돌아오기를 소망하며 빌 것이다. 그리고 살아남은 자들은 그 시체들 옆에서 허기진 배를 채우고 있다. 지옥이 따로 없다. 여기가 바로 지옥의 한가운데인 것이다.

총성은 멈추었지만 그들 귀에는 아직도 콩 볶는 듯 요란한 총소리와 수류탄 터지는 폭음 소리가 윙윙 귓전을 떠나지 않고 있었다.

사망자 숫자만큼 사단에서 곧바로 병력이 보충되어 왔다. 그때서야 잠시 눈을 붙이고 쉴 수 있었다. 국군의 격렬한 저항에 중공군들은 퇴각했고 그들은 주간 전투는 기피했기 때문에 낮 동안에는 다소의 여유가 있었다.

휴식도 잠시, 오후 1시경이었다. 소대원들 모두 소총을 손질하고 수류탄을 배급받았다. 갑자기 아우성치듯 소총 소리와 포탄 소리가 들려왔다. 전방이 아닌 전혀 예상하지 못했던 후방 쪽에서 중공군이 다시 몰려오기 시작한 것이다. 그것도 대낮에 말이다.

그들은 지난밤 퇴각했다. 그러나 그냥 철수한 것이 아니었다. 중공군 부대는 측면으로 돌아 다른 부대를 돌파하고 뒤쪽에서 치고 올라온 것이다. 아군의 방어선이 뚫린 것이다. 그 때문에 강동식이 소속된 소대가 포위되었다.

충분한 휴식을 갖지 못한 채 전투는 다시 시작되었다. 그리고 3일간 계속되었다. 미군 전투기의 폭탄 투하로 낮에는 꼼짝 못하던 중공군이 밤만 되면 징과 꽹과리를 두드리며 공격해 왔다. 중공군은 전사한 시체를 밟고 올라오고 그들이 전사하면 10분, 20분 후에는 또 다른 중공군이 몰려왔다. 이것이 중공군이 자랑하는 인해전술이다. 진저리쳐질만큼 몰려왔다. 중공군 시체가 쌓여갔다. 화약 냄새 가득할 전쟁터가 시체에서 나는 피비린내와 악취로 뒤덮였다.

소대원들은 거의 무의식 상태에서 반사적으로 총을 쏘고 수류탄을 던져댔다.
"중공군, 개자식들아—."
강동식도 고함을 지르며 수류탄을 던졌다.
이때였다. 퍽! 갑자기 강동식은 엄청난 충격을 받고 쓰러졌다. 캄캄한 어둠 저쪽에서 요란스럽게 들려오던 징소리, 꽹과리 소리가 아득히 멀어졌다. 그리고 의식을 잃었다. 3일간의 전투는 그렇게 끝이 났다.

강동식이 중공군과 치열하게 전투를 벌인 지역은 그 지형의 모습이 마치 화채 그릇과 같다 해서 한 미군 장교가 〈펀치볼〉이라 이름 붙였다. 이 전투가 바로 한국 전쟁의 최대 격전지였던 펀치볼 전투였던 것이다.

중공군 포로가 되다

얼마나 쓰러져 있었을까? 강동식은 뭔가의 충격에 의식을 회복했다. 10여 명의 중공군이 내려다보며 장총으로 강동식의 옆구리를 쿡쿡 찌르고 있었다.

강동식이 살아 있다는 것을 확인한 그들은 총구를 아래에서 위로 올려 보이며 일어나라는 시늉을 했다. 자기들끼리 중국말로 뭐라고 몇 마디 나누더니 그중에서 하나가 한국말로 손을 들라고 했다.

"악—."

손을 올리던 그가 외마디 비명을 질러댔다. 어깨에서 찢어지는 듯한 통증이 느껴졌다. 어깨에 파편이 박혔거나 총알이 관통한 것 같았다. 빗물과 황토로 뒤범벅이 된 강동식은 교통호에서 겨우 빠져나왔고, 중공군들은 그의 등에 총부리를 겨누며 산 아래로 끌고 갔다. 강동식은 두 손을 들고 산을 내려오면서 생존자가 있는지 힐끔힐끔 살폈지만 시신만 눈에 들어올 뿐 살아 꿈틀대는 자는 보이지 않았다. 강동식

혼자였다. 강동식이 실신한 사이 소대원들은 모두 전사했고 유일하게 그만 살아남은 것이다.

골짜기 아래에 도착해 보니 다른 소대의 소대원들 30여 명이 포로로 잡혀와 있었다. 그들은 두려움에 핏기 하나 없는 얼굴이었고 무릎을 꿇은 채 절망감에 머리를 떨어뜨리고 있었다. 중공군의 포로가 된 것이다.

국군 포로들은 산등성이를 넘어 중공군 부대에 도착했다. 국군의 대대 정도 규모의 부대였다. 중공군들은 오며가며 포로들을 힐끗힐끗 쳐다보면서 히죽히죽 웃어댔다. 포로들은 그들과 눈을 마주치지 않기 위해서 고개를 떨구고 있었지만 공포감과 두려움에 떨고 있었다. 포로 숫자와 성명, 계급만 기록하고는 그 부대를 빠져나와 다시 산길을 따라 이동했다.

10월 하순 태백산 줄기의 밤 날씨는 차고 매서웠다. 찬바람이 젖은 군복으로 파고들어 살갗을 얼어붙게 만들었다. 이빨이 딱딱 부딪치고 온 몸이 덜덜 떨렸다. 불과 몇 시간 전만 해도 두려움과 절망감에 빠져 있던 포로들은 차츰 시간이 지나면서 정신을 차렸다. 그들은 비탈지고 꼬불꼬불한 산길을 걸으면서 포로가 된 자신의 운명을 이제 다시는 돌이킬 수 없는 현실로 받아들이고 있었다. 어떻게든 살아남아 고향으로 돌아가겠다는 희망을 싹틔우고 있었다.

행군은 다음날 해가 중천에 뜰 때까지 계속되고 있었다.

절망 속에서도 한 줄기 희망을 캐고 있던 포로들은 부상과 추위, 계속되는 굶주림에 죽음의 공포가 밀려오면서 다시 절망감에 빠져 들고 있었다.

결국 두 명의 부상 포로가 '픽' 쓰러졌다. 그들의 눈동자는 초점을 잃은 채 고정되어 있었고, 숨을 가쁘게 내몰아쉬고 있었다. 중공군이 몇 번이나 일어나라고 소리치면서 총구를 얼굴에다 대보고 가슴팍에다 쿡쿡 찔러댔다. 그들은 꿈쩍도 하지 않았다. 정신이 반쯤 나가 중공군의 목소리가 들리지 않는지, 아니면 몸이 말을 듣지 않는지, 아무튼 그들은 스스로 일어나지 못하고 있었다.

중공군들은 포로들에게 휴식을 허용하고 그들이 일어나도록 잠시 기다려 주었다. 포로들이 달려들어 정신을 차리라며 얼굴을 흔들어 댔지만 두 사람의 호흡은 점점 느리고 약해져 갔다.

반 시간 정도 흘렀다. 중공군들은 더 이상 안 되겠다 싶었던지 출발을 지시했고, 포로들의 행군은 다시 시작되었다. 100여 보 정도 갔을까 싶었는데, 등 뒤에서 땅―, 땅― 네다섯 발의 총성은 한동안 산을 흔들었고, 포로들은 등골이 오싹해지고 소름이 끼쳤다.

중공군 사병 두 사람이 뒤쳐져 있다가 일어나지 못하는 두 명의 국군 포로를 사살해버린 것이다. 그리고 중공군 사병들은 빠른 걸음으로 쫓아와서는 아무 일 없다는 듯이 행군 대열에 따라붙었다. 시신은 매장하지도 않고 그대로 내버려진 것이다. 그들은 짐승의 밥이 될 것이다.

강동식은 중공군에 대한 적개심이 솟구쳤다. 포로가 된 후 처음으로 증오라는 것을 알게 되었고, 증오심은 다시 살아야겠다는 의지로 불타오르고 있었다. 자신도 다쳐 쓰러지면 저런 신세가 된다는 생각에 정신을 가다듬고 이를 악물었다.

자신의 어깨를 만져 보았다. 총성의 공포 때문인지, 추운 날씨 탓인지 심한 통증은 사라졌지만, 발은 얼마나 부어올랐는지 군화가 꽉 끼어 걸어도 감각이 없었다.
 연 사흘간 중공군 부대나 민가를 만나지 못해 포로들은 제대로 먹지도 마시지도 못한 채 그렇게 산길을 걸었다.

 걷다 쓰러지면 죽는다는 것을 본 포로들이었지만 더 이상 걸을 힘이 없었다. 한 발자국 옮길 때마다 다리가 접어져서 곧 쓰러질 것 같았다. 중공군의 총에 맞아 죽기보다는 차라리 총이라도 있다면 총구를 입에 물고 방아쇠라도 당기고 싶은 심정이었다. 포로들이 스스로 삶의 끈을 놓으려는 순간 그들의 눈앞에 마치 신기루처럼 작은 마을이 보였다.

 포로들은 마을 구석에 자리 잡은 학교로 향했다. 교문에는 〈김화인민학교〉(현재의 초등학교)라는 한자 간판이 붙어 있었다. 학교 지붕에는 노란색의 큼직한 글씨로 P·W라는 영어가 박혀 있었다. 이것이 〈포로〉라는 뜻의 영어 약자라는 것을 이들은 며칠 뒤에야 알았다.
 학교 안으로 들어가자 100여 명이 넘는 포로들이 운동장 바닥에 줄지어 앉아 있었다.
 강동식 일행은 먼저와 있던 포로들의 뒤에 차례로 줄지어 앉았다. 포로들을 감시하는 중공군이 사용하는 말은 분명히 우리말인데, 단어나 억양은 상당히 달랐다. 말투를 봐서는 중국에서 온 조선족이 분명했다. 포로들은 맨 앞줄부터 한 사람씩 차례대로 천막으로 불려가서 포로 심문을 받기 시작했다.

차례를 기다리던 포로들 사이에서 조심스럽게 대화가 오고 갔다. 심문 내용이 궁금했기 때문이었다. 심문을 마치고 자리로 돌아오면 다른 포로들의 질문이 쏟아졌고, 심문 내용은 소곤소곤 귀엣말에서 귀엣말로 옮겨져 삽시간에 나머지 포로들에게 퍼졌다.

귀엣말을 파악하면 이렇다. '군대에 강제로 끌려 나왔고, 계급이 이병 또는 일병으로 낮으며, 무학에다 가난한 노동자이거나 소작농이라고 대답하면 출신 성분이 좋다.'며 인민군 장교의 표정은 한결 부드러워진다는 것이었다. 포로들은 차례를 기다리며 인민군 장교가 좋아할 답변을 하기 위해 머릿속으로 거짓말을 준비하고 있었다.

그리고 계급이 중사, 상사로서 직업군인의 포로들은 슬그머니 계급장을 떼내고 있었다.

드디어 강동식의 차례가 되었다.

천막으로 들어가니 세 사람의 남녀 인민군 장교가 나란히 앉아 있었다. 그들은 질문을 하는 역할, 답변을 속기하는 역할, 무작정 추궁하는 역할로 나뉘어져 있었다.

"성명과 나이는?"
"이름은 강동식이고 나이는 23세입니다."
"집 주소는?"
"경상남도 함양군 마천면 덕전리입니다."
"결혼은 했나?"
"예, 꼭 1년 전 이웃 마을에서 농사짓는 집 딸과 결혼했습니다."

"그럼 다른 가족 관계는?"

"늙은 부모님이 계십니다."

"형제나 누이는 없나?"

"예, 남동생 하나가 있는데, 늦둥이라 아직 어립니다."

강동식은 거짓말을 했다. 동생이 군에 입대했다고 하면 한 집에서 둘씩이나 군대에 보낸 반동 집안이라는 질책을 받을지도 모른다는 생각이 들었기 때문이다.

"학교는 어디까지 다녔는가?"

"학교는 다니지 못해 글을 모릅니다."

또 거짓말을 했다. 강동식은 소학교를 마쳤기에 한글을 쓰고 읽을 줄 알았다.

"군대 오기 전에는 무슨 일을 했나?"

"논을 붙여먹고 사는 농사꾼이었습니다."

"계급과 입대 동기…?"

"계급은 일병이고 읍내에 볼 일을 보러 나왔다가 길거리에서 붙잡혀 강제로 입대하게 되었고, 2주간 군사훈련을 받고 전투 중에 포로가 되었습니다."

이번에도 거짓말을 했다. 하지만 머뭇거리지 않고 막힘이 없이 순발력 있게 줄줄 답변했다. 하지만 추궁하는 역할을 맡은 인민군 장교는 거짓말을 해도 진실을 말해도 항상 거짓말이라며 탁자를 내리치면서 고래고래 소리를 질러댔다. 심문 내내 기계처럼 반복되는 그의 행동에 강동식은 두려움보다 속으로는 오히려 웃음이 절로 나왔다.

"음— 성분은 좋구먼, 우리 해방군이 곧 승리하여 통일이 될 테니 조금만 참으면 고향으로 돌아갈 수 있다. 그러니 걱정하지 말고 잘 지내라."는 예상치 못했던 위로의 말까지 듣게 되었다.

그는 비록 자신은 포로가 되었지만, 공산군이 승리한다는 말에는 허들 웃음이 나왔다. 미국을 비롯한 유엔군이 참전해 있고, 소문으로 들었던 B-29, 그리고 호주 전투기 쌕쌕이의 위력을 보았기 때문이다. 하지만 고향으로 돌아갈 수 있다는 말에는 가슴 찌릿하면서 짧은 순간 아내와 부모님의 모습이 떠올랐다.

포로 심문이 끝난 뒤 그는 자신이 한 답변을 계속 반복하여 암기했다. 앞으로도 심문은 몇 차례 더 있을 것이고, 답변이 다르면 큰 곤욕을 당할 것이라는 말을 들었기 때문이다.

─나는 소작인이고, 가족은 노쇠하신 부모님과 어린 남동생뿐이고, 학교를 다니지 못해 글을 모르고 농사꾼 딸과 결혼했고, 군대는 가두모병으로 잡혀 나왔으며 농사를 지어놓으면 지주가 거의 다 뺏어가 겨우 입에 풀칠할 정도입니다.

─나는 소작인이고, 가족은 노쇠하신 부모님이 계시고 학교는 다니지 못해 글을 모르고…….

─나는 소작인이고…….

포로 심문이 모두 끝이 나자 세 명의 포로 이름을 따로 부르더니 트럭에 태워 흙먼지를 일으키며 어디론가 데리고 가버렸다. 트럭 위에는 한창 심문이 진행되던 도중에 슬그머니 중사 계급장을 떼내던 포로가 고개를 떨구고 있었다. 그는 중사 계급을 상병이나 병장쯤으로

속이다가 들켰던 모양이다. 하지만 왜 장교와 하사관들을 격리시키
는지는 몰랐다.
 인민군 장교들은 전방의 포로수집소를 돌아다니며 포로 심문을 전
담하는 인민군 정보부대 소속이었다.

 해질 무렵이 되자 산골 탓인지 기온이 뚝 떨어져 추웠다. 지칠 대로
지쳐 몸을 가누기 힘들었던 포로들은 서너 시간을 운동장 맨바닥에
쪼그리고 앉아 있으니 다리는 굳어 있었고, 심문이 끝나자 긴장감이
풀리고 한기가 뼈 속까지 스며들어 쓰러질 것만 같았다.

 그런 그들 앞에 중공군 장교가 나와서 연설을 했고, 그 옆에서 조선
족 장교가 통역을 했다. 연설 내용은 모택동의 공산당과 장개석 국민
당 사이에서 벌어진 중국의 국공내전 일화였다.
 "우리는 착취자 장개석 국민당 군대와 싸워 승리했다. 전쟁 중에 잡
힌 포로들을 포로라 하지 않고 〈해방군관〉, 〈해방전사〉라 불러주었
다. 그 이유는 인민의 착취 조직인 장개석 군대에 끌려갔다가, 포로가
되면서 그들로부터 해방되었기 때문이다. 그리고 모택동의 군대는 포
로들을 살상하지 않고 고향으로 돌려보냈다. 결국 모택동 군대가 인
민들로부터 지지를 받아 전쟁에서 승리했다. 이 전쟁도 마찬가지다.
우리는 동무들을 〈해방군관〉, 〈해방전사〉라 부를 것이다. 그리고 전
쟁은 우리가 승리할 것이며 전쟁이 끝나는 대로 여러분들을 고향으로
돌려보낼 것이다. 음식도 우리와 동등하게 지급될 것이다. 그러니 잘
협조하기 바란다."

연설이 끝난 뒤에 물과 삶은 옥수수가 지급되었다. 굶주린 포로들은 그 자리에서 삶은 옥수수를 미친 듯이 입으로 우겨넣었다.

날은 완전히 어둠에 묻혀버렸다.

포로들은 50여 명씩 두 패로 나뉘어 두 개의 교실로 들어갔다. 뒷벽에 붙어 있는 학생들이 그린 그림을 보고서야 이곳이 교실이었다는 것을 짐작할 뿐, 교실 안에는 책상도 의자도 없는 텅 빈 공간이었다. 바닥에는 가마니가 깔려 있었고 몇 장의 소련제 군용 모포가 정리되어 놓여 있었다. 창문은 도주를 막기 위해서인지 아니면 끼워넣을 유리를 구하지 못해서인지 통나무를 반으로 잘라 다닥다닥 붙여져 있었다.

포로들은 교실에 들어선 후에야 비로소 무너져 누웠다. 등짝을 바닥에 제대로 대 본 지 1주일이 넘었다. 생명은 참으로 모질고 질겼다. 사흘 밤낮의 그 치열한 전투, 그리고 다시 추위와 굶주림 속에서 3일간의 강행군, 그러나 이들은 죽지 않고 살아 있었다. 아니, 살아야 한다. 살아남아서 가족들 품으로 돌아가야 한다는 처절한 외침이 생명의 끈을 잇고 있는 것 같았다.

창에 붙여진 통나무 사이로 달빛이 새어 들어왔다. 가늘고 은은한 달빛이 교실 군데군데를 비추고 있었다. 바늘구멍에도 황소바람 들어온다고 했다. 달빛을 타고 들어온 차디찬 바람이 살을 파고들었다. 포로들은 담요 속에 얼굴을 묻고 서로 어깨를 밀착시키며 추위를 이겨보려 했지만 뼈 속까지 스며드는 한기에 덜덜 떨었다. 부상자들의 신음 소리가 들리더니 이내 코를 고는 소리가 점점 커져갔다.

그러나 강동식은 도무지 잠을 이룰 수가 없었다. 어깨의 통증 때문이다. 피는 응고되어 말라 있었고, 응고된 피에 군복이 달라붙어 벗어볼 수도 없었다. 온몸이 쑤시고 아파왔다. 퉁퉁 부어 있던 발은 나무토막처럼 딱딱해졌고 만져도 감각이 없었다. 그런 그도 어느새 깊은 잠에 빠져들었다. 포로들이 자는 모습은 겨우 숨만 붙어 있는 식물인간과 전혀 다를 바가 없었다.

날이 채 밝기도 전에 기상 명령이 내려졌다. 포로들은 운동장으로 집결하고 있었다. 포로수집소에서 첫 아침을 맞는 것이다. 포로수집소는 전쟁터에서 붙잡은 포로들을 포로수용소로 이송하기 전에 일시적으로 포로들을 관리하는 시설이다. 김화인민학교 둘레는 철조망으로 둘러쳐져 있었고 모서리마다 경비초소가 있었다. 운동장 한켠에서 중공군들이 아침 식사하는 모습이 보였고 교실에서 보이지 않았던 책상과 의자는 반으로 잘린 드럼통 안에서 불쏘시개가 되어 훨훨 타고 있었다.

중공군의 감시를 받으며 포로들은 학교 앞 개울에서 오랜만에 얼굴을 닦을 수 있었다. 강동식은 세수를 하면서 물에 비쳐진 자신의 모습을 보았다. 턱수염이 덥수룩 자라 있었고 얼굴은 새까맣고 깡말라 있었다. 사람의 몰골이 아니었다. 서로 죽이기 위해 사흘을 못 자고 싸웠다. 그리고 포로가 되어 목숨도 미래도 이제 자신의 의지와는 상관없이 이긴 자에 의해 결정지어질 것이다.

강동식은 가슴속으로 중얼거렸다.

'돌아간다. 목숨을 걸고라도 탈출해서 반드시 돌아간다. 이곳은 내

가 살 땅이 아니다. 부모님이 살아 계시고 사랑하는 아내가 있는 고향, 함양만이 내가 살 땅이다.'

"줄을 서라우!"
 아침 식사를 배식하기 시작했다. 조밥에 나물국이지만 굶주린 포로들에게는 이것도 진수성찬이었다. 포로들은 교실 건물 외벽에 기대앉아 온기가 없는 햇살을 맞으며 거친 조밥을 씹어 삼켰다. 따뜻한 밥과 국물이 목에 넘어가자 울컥 눈물이 쏟아졌다.
 그들이 삼키는 것은 조밥이 아니라 눈물이었다. 살아 있다는 벅찬 감격과 자신들의 운명이 어찌될지 모른다는 두려움이 교차했던 것이다.

 흐린 하늘에서 첫 눈발이 흩날리기 시작했다. 정말 을씨년스럽기 짝이 없는 날씨다. 이때 미군 비행기가 학교 상공에 나타나 몇 차례 선회비행하더니 누런 종이를 뿌리고 사라졌다. 학교 지붕에 포로라는 뜻의 영어 약자인 P·W가 크게 씌어 있어 이곳이 포로수용시설이라는 것을 알고 자유의 전단을 뿌리기 위해 날아온 비행기였다.
 "삐라다! 삐라가 떨어진다."
 삐라는 눈발 속에 춤을 추며 운동장에 떨어지고 있었다.
 포로들은 식사마저 내팽개치고 삐라를 줍기 위해 이리 뛰고 저리 뛰어 다녔다. 중공군들은 읽지 말고 모두 주워오라고 소리쳤지만 포로가 된 후 처음 맞는 자유진영의 소식이니 궁금하지 않을 수 없었다. 중공군에게 갖다주면서도 훔쳐보지 않을 수 없었다. 삐라에는 그들의 생사를 가늠할 소식이 담겨져 있을 수 있기 때문이다.

〈지금 휴전협정과 포로 교환 협상이 진행 중이니 전쟁은 곧 끝나고 포로들은 석방될 것이다. 그러니 조금만 더 참아 달라.〉는 맥아더 유엔군사령관의 당부가 영어와 한글로 적혀 있었다.

'유엔군은 우리가 여기에 있다는 것을 알고 있다. 그들은 우리를 잊지 않고 있다. 우리는 포로 교환 때 석방되어 고향으로 돌아가게 될 것이다.'
강동식은 옆에 서 있던 박 일병의 손을 힘껏 잡았다.
"참고 견디자고, 얼마 남지 않았어, 우리는 반드시 살아 돌아갈 거야!"
"그려 살아남아야 돌아가지."
포로들은 삐라 한 장에 꺼져가던 희망의 불씨가 되살아나 그렇게 기쁠 수가 없었다.

아침 식사를 마친 후 20여 명의 부상자들은 중공군 군의관에게 진료를 받을 수 있었다. 군의관은 강동식의 어깨에 소독약을 찍 뿌리더니 상처에 달라붙어 있는 군복을 사정없이 잡아당겼다. 순간 살점까지 떨어지는 아픔에 악— 소리조차 내지 못했다. 그리고 움푹 패인 어깨에 소독약이 묻은 솜뭉치를 푹 집어넣어 빙글 돌려 닦아내더니 파편이나 총알이 박힌 것은 아니고 살점이 깊게 떨어져 나갔다고 했다. 그래서 치료만 잘 받으면 탈나지 않고 완쾌될 것이라고 했다. 참을 수 없는 통증에 이빨을 깨물고 있던 강동식은 군의관의 말을 듣고서는 한결 마음이 놓였다.

죽음의 행군

포로들이 이곳 김화인민학교에 수용된 지 닷새가 되던 날이었다.

저녁 식사 후 포로들을 모두 운동장에 집결시켰다. 이곳에 처음 도착했을 때 보았던 그 중공군 수용소장이 다시 나타나 연설을 했고 그의 말은 통역관을 통해서 포로들에게 전달되었다.

"전쟁은 공산진영이 유리한 상황이라 곧 통일이 될 것이다. 그래서 해방전사 여러분들도 전쟁을 빨리 끝내는데 협조하기 위해 오늘 이곳을 떠나 다른 곳으로 이동한다. 다음 목적지까지 무사히 가기 바란다."

휴전이나 포로 교환에 대해서는 일절 말이 없었다.

며칠 전 삐라를 보았던 포로들은 수용소장의 말이 모두 거짓이라고 생각했다.

그랬다. 그들은 유엔군이 밀고 올라오면 반나절도 안 걸리는 전선 부근에 포로들을 계속해서 잡아둘 수는 없었다. 그리고 전쟁이 길어지면서 전쟁 상황마저 불리해지자 전투 병력도 부족했고 노동력도 필요했던 것이다.

행군이다. 이곳에 올 때 사흘간의 행군에 진절머리가 났었는데 또다시 행군이 시작된 것이다. 군 트럭이 아주 없는 것은 아니다. 차량으로 이동한다고 해도 반나절도 못가서 미군 전투기의 공습을 받아 몰살될 것이 뻔했다. 주간에 병력을 이동하는 것도 마찬가지다. 그래서 도보로 그것도 야간에만 이동할 수밖에 없었다.

포로들은 중공군이 나누어 주는 삶은 감자와 주먹밥을 보자기에 돌돌 말아 허리에 찼다. 칠흑 같은 어둠 속에 중공군 호송병 10여 명의 감시를 받으며 100여 명의 포로들은 학교 정문을 나섰다. 죽음의 행군은 이렇게 시작되었다. 포로들은 이번 행군이 지난 번 행군과는 비교할 수 없는 오랜 기간 동안 추위와 배고픔과 싸워야 하는 죽음의 행군이 되리라는 것을 알리 만무했다.

하늘에 반짝이는 별자리를 보던 박 일병이 강동식에게 속삭였다.

"강 일병, 다시 북으로 가네. 이제 고향으로 돌아갈 희망은 없는 것 같아."

"북쪽으로? 하기야 우리를 거꾸로 남쪽으로 데려가지는 않겠지. 어쩌지?"

"어쩔 수 없는 일이지 뭐. 지금 우리가 할 수 있는 일은 악착같이 살아남아 포로 교환 때 남으로 가는 것 외에는 달리 방법이 없어."

인민군이나 중공군도 국군이나 유엔군에게 잡힌 포로가 있을 것이다. 그렇다면 삐라에서 맥아더 장군이 말한 것처럼 남은 희망은 생존해서 포로 교환 때 남으로 가는 길밖에는 달리 방법이 없다.
 '그래. 살아남아야지. 악착같이 살아남아야지.'

 포로들은 방한복이 있는 것도 아니고, 따뜻한 잠자리, 따뜻한 음식은 상상할 수도 없었다. 11월초 태백산맥 준령의 날씨는 콧물이라도 흘러내리면 금세 고드름이 맺힐 듯 매섭기 짝이 없었다. 차고 매운 칼바람이 윙윙 불어대고, 칼바람은 앙상한 나뭇가지를 스치면서 전투기가 공기를 가를 때 나는 금속음을 내고 있었다.
 얼마나 걸었을까? 축 처진 어깨, 기력이 없어 끌려가는 두 다리. 잠시 바람이 자면 눈 밟는 소리와 다리 부상자들의 신발 끄는 소리가 유난히 크게 들렸다. 부상 포로들은 부축해서 행군 대열 맨 앞에서 걷게 했다. 추위에도 졸음은 몰려왔다. 걷다가 앞사람 등에 얼굴이 부딪혀 깜짝 놀라 잠을 깼다. 자신이 꽁무니가 아닌지 뒤를 힐끔 돌아다보았다. 뒤처지면 어둠 속에서 홀로 버려져 얼어 죽을 것이기 때문이었다.
 중공군 호송병은 소리 지르며 발걸음을 재촉했다. 혹독한 추위에 그것도 야간 행군, 거기에 부상자들까지. 속도를 기대한다는 것은 불가능한 일이었다. 추위에 배고픔까지 더하면 발걸음은 더욱 더디기 마련이었다. 밤새 쉬지 않고 강행군했지만 그들은 겨우 20Km를 채 걷지 못했다.

 여명이 밝아오기 시작했다. 동녘부터 붉어지더니 서서히 어둠이 가시기 시작했다. 밤새 얼마나 추위에 떨었던지 포로들의 얼굴은 푸르

스름 검은 빛이 되어 있었다.

  호송 책임자인 듯한 조선족 중공군이 소리를 질렀다.

  "여기서 쉬어 간다. 식사는 출발할 때 나누어 준 주먹밥 하나이다. 더 먹다가는 나중에 굶어 죽을 것이다. 그러니 알아서 판단하라. 그리고 각자 편한 곳을 찾아 잠을 자 두어라. 날이 어두워지면 다시 행군을 시작한다."

  대낮에 행군을 하다가는 미 공군기에 발각되어 벌집이 되니 어두워질 때까지 잠을 자고 야간이 되면 다시 행군을 한다는 말이었다.

  겨울 날씨에도 산기슭 양지바른 곳은 따뜻한 기운을 느낄 수 있었다. 행군을 시작한 이후 첫 휴식이었다. 포로들은 삼삼오오 짝을 지어 햇볕이 잘 드는 양지쪽에 몰려 앉았다. 부대를 출발할 때 배급받은 주먹밥 하나로 겨우 간에 기별이 갈 정도로 주린 배를 달랬다. 앞으로 얼마나 더 갈지 알 수 없는 행군이기 때문에 아껴 먹어야 했다.

  포로들은 쪼그려 앉거나 흩어진 낙엽을 모아 이불처럼 덮고 누워 잠에 취해 떨어졌다.

  겨우 잠이 들었다 싶었는데, 기상하라는 고함 소리에 놀라 눈을 떠 보니 어느새 어슴푸레 어둠이 내리고 있었다. 짐작으로 대강 오후 5시경이었다. 포로들은 힘겹게 자리를 털고 일어났지만 포로 하나가 쪼그려 앉은 채로 꿈쩍하지 않고 있었다. 중공군이 다가가 총으로 옆구리를 툭툭 치자 그는 마치 나무 막대기가 쓰러지듯 옆으로 거꾸러졌다.

  그의 얼굴이 보이자 모두들 입을 가리고 비명을 질렀다. 학도병으로 입대했다던 17세 막내였던 것이다. 앳된 그의 얼굴은 오히려 편안하게 보였다. 자다가 체온이 떨어져 앉은 채로 죽은 것이다. 이 행군을 시작하고 첫 사망자였다. 포로들은 어린 학도병을 돌무덤에 묻었다. 누군가가 군번줄을 끊어 자기 주머니에 '푹' 집어넣었다.

"내 꼭 너희 가족에게 전해 줄 거다."

눈물을 흘리는 사람도 없었다. 눈물을 흘리기에는 이들은 이미 너무 지쳐버렸고 감정은 가뭄에 갈라진 논바닥처럼 메말라 있었다.

어딘지도 모르는 낯선 산기슭에 어린 학도병을 묻고서야 행군은 다시 시작되었다.

'불쌍한 녀석!'

가족들은 아직도 이 어린 학도병이 살아 돌아올 것으로 굳게 믿고 있으리라.

강동식은 행군 대열에서 멀어져가는 그의 돌무덤을 몇 번이고 뒤돌아보았다. 그는 죽은 학도병의 얼굴에서 먼저 군에 간 동생 동민이의 얼굴을 보았던 것이다.

'이 어린 학도병의 죽음을 언젠가는 세상에 알리리라.'

그의 두 주먹에 힘이 들어갔다. 어린 학도병의 죽음은 그가 살아남아야 하는 또 하나의 이유가 되고 있었다.

야간 행군으로 지칠 대로 지친 포로들의 몸은 반 주검이 되어 있었다. 얼어버린 발은 퉁퉁 부어올랐고 감각도 없었다. 오랜 굶주림에 위 역시 감각을 잃은 지 오래되었다. 그래도 다행히 학도병 외에는 쓰러진 포로는 없었다.

죽음의 행군 둘째 날 먼동이 트고 있었다. 몇 시간을 더 행군하여 30호 남짓한 작은 마을에 도착했다. 호송병들은 이 마을의 위치를 알고 행군 시간을 연장한 것이다. 그리고 마을 이장에게 집 두 채를 비워주고 음식을 제공해 줄 것을 부탁했다. 포로들은 방 하나에 스무 명 넘게 나뉘어져 분산 수용되었다.

이 마을에서 충분히 쉬었다가 내일 저녁 무렵에 다시 출발한다고 했다. 비록 좁디좁은 방이지만 춘천훈련소 입소 이후 따뜻한 온돌방은 이날이 처음이었다.

강동식은 등짝을 바닥에 대고 누워 있는데, 따뜻한 기운 탓인지 그동안 통증으로 괴로웠던 어깨 상처가 가려워 미칠 지경이었다. 상처는 딱지가 앉을 때 가렵다. 가렵다는 것은 곪은 것이 아니면 아물고 있다는 말이다. 얼마나 가려웠던지 차라리 통증은 참을 만했다. 어깨를 만져 보니 다행히 상처는 곪지 않았고 움푹 패인 상처 부위에 조금씩 새 살이 돋아나 채워지고 있는 듯했다.

이 마을 주민들은 아침과 점심에 이어 저녁까지 따뜻한 음식으로 준비해 주었다. 포로들은 온돌방의 따뜻한 기운에 몸이 녹아내렸는지, 먹고는 내내 잠을 잤다.

포로들은 저녁 식사를 마친 후에는 한결 기운을 차렸고 누워서 도란도란 대화도 오고 갔다.

이때였다. 누군가가 강동식의 귀에 대고 무엇인가를 속삭이기 시작했다. 김화인민학교부터 의지하며 친하게 지냈던 박 일병이었다.

"강 일병, 강 일병, 그냥 듣고만 있어. 우리 수색중대 출신 6명이 탈출하기로 했어. 새벽에 이곳을 빠져나갈 작정이니 강 일병도 함께 가자구."

"뭐 탈출. 그… 그러지."

'탈출? 탈출을 하잔다. 탈출해서 고향으로 돌아가고 싶은 마음은 간절했다. 그러나 과연 가능한 일인가? 강동식은 생각에 잠겼다.

'더 북쪽으로 가기 전에 지금이라도 탈출하는 것이 맞다. 지금이 아니면 탈출 기회는 영영 없을 것이다. 아니다. 이곳을 벗어날 수는 있겠지만 여기가 정확히 어디인지도 모르는데다 남쪽까지 먼 길을 무사히 가는 것이 과연 가능할까? 또 날씨마저 추워서 자칫 얼어 죽기 십상이고 그도 아니면 체포되어 총살을 당할지도 모른다.'

강동식은 어깨의 근지러움, 탈출에 대한 고민으로 뒤척이다 겨우 잠이 들었다. 그는 누군가 몸을 흔들어 대는 바람에 눈을 떴다. 모두 잠들어 있었다. 박 일병이었다. 그가 탈출하자고 흔들어 깨운 것이다.

"강 일병, 빨리 일어나. 기회는 이번밖에 없어."

"생각해 봤는데, 난 못가겠어. 어깨 상처에다 발이 부어 걷기조차 힘들어. 내가 오히려 부담이 될 수 있으니 먼저 가. 나는 다음 기회를 봐서 따라갈 테니까."

강동식이 거부의사를 분명히 밝히자 박 일병은 두말하지 않고 포로 두 명과 함께 어두운 방을 빠져나갔다.

다음날 아침이 되었다. 중공군은 마을 주민들이 가져온 식사를 포로들에게 건네주고 포로 숫자를 확인하는 과정에서 6명이 탈출한 사실을 알게 되었다. 식사를 하던 포로들이 모두 마당에 집결되었고 호송병들은 총구를 머리에 들이대며 죽이겠다며 위협하면서 총개머리판으로 등짝을 사정없이 내리치면서 탈출에 대해 캐물었다. 포로들은 일절 몰랐다며 발뺌했지만 호송병들은 분이 풀릴 때까지 구타를 해댔다.

호송병 입장에서는 정말 난감한 일이 벌어진 것이다. 자신들이 호송하던 포로들이 탈출했으니 말이다. 그것도 한두 명이 아니라 여섯 명이다. 무거운 처벌이 불 보듯 뻔한 상황이니 그렇게 길길이 날뛸 수밖에 없었던 것이다.

호송병 중 하나가 "탈출해 봐야 추위에 모두 얼어 죽을 것이다. 운 좋게 여기를 빠져나가도 국군을 만나기 이전에 체포되거나 사살당할 것이다. 혹 탈출에 성공하여 남쪽에 가더라도 공산진영이 전쟁에 승리하면 탈출자를 끝까지 추적하여 찾아내서 모두 공개 처형할 것이다. 그러니 앞으로 개수작하지 말라."고 했다.

아무튼 많이도 얼어맞았지만 전우의 탈출 성공은 남은 포로들에게는 희망이 되었다. 용기도 생겼다. 그래서 먹다 만 아침 식사를 하면서 포로들의 머릿속에는 기회를 봐서 탈출하겠다는 다짐과 각오를 하고 있었다.

'호송병은 무기를 갖고 있지만 겨우 12명뿐, 반면에 포로는 100명에 가까워 그들을 단번에 제압할 수 있는 충분한 숫자이다. 행군 도중 산에서 잠을 잘 때 중공군을 죽이고 무기를 빼앗아 남으로 탈출하자.' 는 또 다른 모의가 암암리에 진행되고 있었다.

포로들은 거의 이틀간을 민가에 머물면서 휴식과 음식 섭취로 상당히 기운을 회복했고, 새벽에 탈출에 성공한 전우들을 보고 용기를 얻어 탈출의 결단을 내린 것이다.

　마을 주민들이 건네준 주먹밥과 삶은 옥수수를 넣은 반합을 허리에 주렁주렁 매달고 해질 무렵 행군은 다시 시작되었다. 탈출에 대한 기대감으로 포로들의 발걸음은 힘찼고 행군 속도는 한결 빨라졌다.
　야간 행군이 끝나고 날이 밝아 산에서 수면을 하는 동안 탈출하기로 했다. 강동식의 머릿속에도 탈출 생각으로 가득 차 있었다.
　'중공군들을 죽이고 힘들게 왔던 길을 전우들과 함께 되돌아가리라. 그래서 고향으로 가리라.'

　포로들은 날이 밝기를 기다렸다. 어서 날이 밝았으면 하는 마음에 몇 번이고 하늘을 보고 또 올려다보았다. 이렇게 아침을 간절히 기다려 본 적은 없었던 것 같다. 아침이 되면 탈출의 꿈이 절로 이루어질 것만 같았다. 날이 서서히 밝아지면서 그렇게 기다리던 아침이 되었다.
　눈앞에 민가나 마을은 보이지 않았다. 하지만 오히려 다행스런 일이었다. 여태껏 그랬듯이 호송병들은 양지바른 산자락에서 휴식을 지시했다.
　이날은 추위를 쫓기 위해 나뭇잎을 이불처럼 덮고 자는 포로가 단 한 명도 없었다. 누가 시키지도 않았고, 약속도 없었지만 포로들은 모두 쪼그려 앉아 얼굴을 무릎에 묻고 자고 있었다. 아니 자는 척하고 있었다. 중공군을 덮칠 때 행동을 재빨리 하기 위해서 눕지 않고 앉아서 자는 척을 하고 있던 것이다.

잠시 시간이 흘렀다. 포로들은 고개 숙인 채로 서로 눈치만 살피며 마른 침을 꿀꺽 삼키고 있었다. 손에는 주먹만한 돌멩이나 굵은 나뭇가지들을 움켜쥐고 있었다.

그때였다. 와―! 하는 고함 소리가 들리고 누군가가 돌멩이를 들고 중공군에게 달려들어 내리쳤다. '퍽' 하는 소리와 함께 중공군 하나가 머리에 피를 흘리며 쓰러졌다. 그러나 그것이 전부였다.

"탕, 탕탕― 탕탕―."

50여 명이 함성을 지르며 자리에서 일어났지만 몇 발짝을 못가서 10여 명이 고꾸라지고 말았다. 보초병뿐만 아니라 자던 호송병들까지 일어나 무차별 사격을 해댄 것이다.

호송병들은 오늘 새벽에 발생했던 집단탈출 사건으로 경계를 늦추지 않고 있었고, 포로들이 평소와 달리 나뭇잎을 덮지 않고 모두 앉아서 자는 모습을 수상하게 여겼던 것이다. 그래서 그들은 이미 폭동을 짐작하고 대비하고 있었던 것이다.

나머지 포로들은 반쯤 일어나다 머리를 감싸고 그 자리에 다시 엎어졌다.

"틀렸어. 아― 이제 끝이야. 결국 여기서 죽는구나."

비탄에 찬 신음이다. 이제는 정말 절망적인 상황이다. 여기서 모두 사살 당할지도 모른다. 이 사건으로 호송병 하나가 머리가 깨져 사망했고 포로 8명이 즉사하고 부상자는 7명이 넘었다.

호송병들은 포로들에게 무릎을 꿇게 하고는 모두 달려들어 총으로 발로 얼굴이든 가슴이든 마구 구타를 했다. 호송병의 죽음에 악이 받친 듯했다. 구타는 어둑해져서야 끝이 났다. 조금 전에 총상을 입은 포로 세 사람이 그저 때리는 대로 맞다가 죽었다.

호송병들은 포로들에게 구덩이를 파게 하고는 시체들을 한꺼번에 쓸어넣었고, 죽은 호송병의 시체는 자루로 들것을 만들어 포로들로 하여금 들게 했다.

탈출을 위한 포로들의 야심찬 폭동은 허무하고 비참하게 끝이 났다. 강동식도 몇 차례 옆구리를 채였지만 다행히 큰 부상은 입지 않았다.

'그래 이번에도 겨우 살아남았고, 나는 기억해야 할 일을 하나 더 목격했다.'

그는 부서져라 어금니를 악물면서 이번에는 전우들의 주검으로 증오를 가슴에 새겼다.

"반동 놈의 새끼들!"

그들이 늘 해방전사라며 치켜세우던 포로들은 이 사건으로 〈반동 놈의 새끼들〉로 바뀌었다.

한바탕 소동이 끝나고 다시 야간 행군이 시작되었다. 이때부터 호송병의 감시는 더욱 강화되었고 포로들을 매우 거칠게 다루었다. 포로들 간의 대화도 일절 금지하고, 조금 뒤쳐지기라도 하면 발걸음 늦은 돼지의 꽁무니를 때리듯이 걸핏하면 구타를 해댔다. 자연히 행군 속도는 조금 빨라졌고, 포로들은 기계처럼 걸었다.

꼬박 하루를 굶은 채 걸었다. 잠깐의 휴식 시간도 용변 볼 시간도 허락하지 않았다. 그리고 다음날 아침 인공기가 걸려 있는 부대를 만나게 되었다. 호송병이 부대로 들어갔다가 잠시 후 다시 모습을 나타냈다.

"북조선 인민해방군 부대에서 내일까지 쉴 수 있도록 허락해 주었다. 그러니 불미스러운 일이 발생하지 않도록 각별히 주의하기 바란다. 만약 문제를 일으키는 자는 바로 사살해버리겠다."

집단 폭동에 놀란 호송병들은 입만 떨어지면 죽이겠다고 으름장을 놓았다. 그들은 정말 조그마한 꼬투리만 잡혀도 가차 없이 사살할 것처럼 보였다.

아침 식사가 제공되었다. 보리밥에 삶은 감자와 멀건 무시래기국이 나왔다. 모두 미친 듯이 먹어치웠다. 이런 급식은 포로가 된 이후 처음이었다.

식사를 마치자 포로들을 연병장으로 불러냈다. 소총을 가진 인민군들이 정렬해 있었고, 연단에는 부대장으로 보이는 인민군 장교가 올라가 있었다. 뭔가 한마디 할 모양이었다.

"남조선 해방전사 여러분, 식사 잘 했습니까? 우리는 여러분들을 적으로 간주하지 않습니다. 하지만 행군 도중에 반동적인 폭동이 있었다는 말을 들었습니다. 따라서 모두 총살시키는 것이 당연하지만 같은 동족으로서 온정을 베풀어 이번 한 번은 용서하겠습니다. 하지만 다시 이런 일이 발생하면 모두 즉결하겠습니다. 그리고 본보기를 조금 후에 보여주겠습니다. 탈출해도 남한까지는 절대 도망칠 수 없습니다. 그러니 엉뚱한 생각은 더 이상 하지 않기를 바랍니다."

인민군 부대장은 연설을 마치면서 연병장에 정렬해 있던 인민군에게 모종의 손짓을 했다.

이윽고 천막 안에서 국군 복장을 한 군인들이 손목이 묶인 채 끌려 나왔다.

'어—!'

강동식의 동공이 크게 팽창되었다. 낯익은 얼굴들이 보였다. 바로 이틀 전 민가에서 탈출했던 포로들이었다. 모두 다섯 명인 걸로 봐서는 체포과정에서 한 명이 사살된 것이 분명해 보였다. 여기저기서 웅성대기 시작했다.

"여러분들은 이 얼굴들을 잘 알 겁니다. 바로 여러분들과 행군하던 중 탈출한 그 반동분자들입니다. 이 자들을 지금 처단할 것입니다. 잘 보고 다시는 이런 반동적 행동을 하지 않기 바랍니다."

인민군들은 그들을 연병장 구석에 일렬로 세웠다. 그리고 소총을 든 인민군 사병들이 일렬횡대로 그 앞에 섰다. 부대장의 직권으로 총살형을 집행하는 것이었다. 그들이 말하는 소위 '즉결'이었다.

포로들은 고개를 돌리거나 숙였다. 차마 볼 수가 없는 장면이 아닌가? 멍하니 하늘을 바라보는 포로도 있고, 땅만 내려다보는 포로도 있었다. 이틀 전 탈출한 포로들과 재회는 했지만 다시 영원한 이별이었다. 그것도 너무나 참혹한 모습으로 말이다.

강동식은 눈을 감지도 않고, 머리를 돌리지도 않았다. 오히려 눈을 부릅뜨고 그들의 최후를 담담하게 지켜보기로 했다. 그들이 죽어가는 모습을 가슴 깊이 새기고 싶었다. 설혹 자신이 저 자리에 서서 최후를 맞는다 해도 눈을 감거나 두려워하지 않았을 것이다.

인민군들은 포로들의 눈을 가려주지 않았다. 자신의 심장을 겨누고 있는 총구에서 언제 불꽃이 튀길지 모른다. 그들은 이 순간이 얼마나 두려웠을까?

인민군 부대장의 지휘봉이 위에서 아래로 떨어지자 방아쇠가 당겨졌다.

"다르륵 다르륵—."

제2차 세계대전에서 소련이 독일을 함락시킬 때 사용하던 따발총 소리다.

총살이 시작되기 직전 박 일병의 눈에 힘이 들어가면서 좌우로 바삐 움직였다. 그는 마지막 가는 길에서 누군가를 찾고 있었던 것이다. 어느 순간 강동식의 눈과 마주치자 그의 눈동자는 고정되었다. 꼭 살아서 돌아가라는 눈인사를 건넸다. 강동식도 굳은 표정으로 머리를 끄덕여 주었다. 잘 가라는 인사였다. 그리고 박 일병은 차가운 겨울 하늘을 바라보았다. 아마도 자신이 보는 마지막 하늘이며, 그 하늘에서 어머니의 얼굴을 그리고 있었을 것이다. 박 일병은 풀썩 그 자리에서 고꾸라지고 말았다. 그가 그렇게도 갈망하던 자유를 이제야 얻었다. 죽음으로 영원한 자유를…….

박 일병은 김화 포로수집소부터 생사고락을 함께했던 전우가 아니던가? 만약 자신이 살아 돌아간다면 박 일병의 부모를 찾아가 그의 죽음을 전해 줄 것이다. 그의 부모와 함께 울고 아픔도 함께할 것이다. 강동식은 인민군 막사로 돌아왔지만 자신과 눈인사를 나누던 박 일병의 마지막 모습이 자꾸 떠올라 고통스러웠다.

인민군 부대에서 전우들이 총살당하는 것을 보고, 그날 밤 악몽에 시달려 잠을 설쳤다. 꿈속에서 남자 귀신을 보았다. 그 남자 귀신은 얼굴에 반을 차지할 만큼 눈이 유난히 컸고 무표정한 얼굴에는 핏기 하나 없었다. 박 일병은 분명 아니었다. 강동식이 도망치고 숨어도 그 남자 귀신은 포기하지 않고 끝까지 쫓아왔다. 그 모습이 얼마나 무서웠던지 잠에서 깨어났지만 그 남자 귀신의 얼굴이 생생하게 떠올랐다. 다시 잠을 잘 수가 없었다.

다음날 해질 무렵에 다시 행군은 시작되었다.
행군하는 중에 호송병과 포로들, 그 어느 누구 하나 좀처럼 입을 열지 않았다. 그저 기계처럼 걸을 뿐이었다. 지치고 힘든 행군에 조잘대는 것은 사치요 낭비였다. 그래서 침묵은 이제 일상이 되었다. 호송병들은 포로들의 폭동으로 전우를 잃은 후부터, 포로들은 전우들의 총살을 목격한 이후 서로 감정이 격해져 더욱 무겁게 입을 다물었다.

행군은 5일째 계속 되었다. 그 사이 또 십여 명의 부상 포로가 죽었다. 여태 그랬듯이 행군은 황혼 무렵에 시작하여 동이 틀 무렵까지 계속되었다. 가옥을 만나면 마구간이나 헛간에서 자고, 그렇지 못하면 산에서 낙엽을 덮고 잤다. 가옥에서 자는 날보다 산에서 자는 날이 더 많았다. 포로들은 하루 종일 음식을 입에 대 보지 못하고 굶는 날이 더 많았다. 자신들이 인간이라는 의식조차 상실해 가고 있었다. 오늘이 며칠인지 날짜마저 가물거렸다. 며칠인지 알 필요도 없었다. 날이 밝으면 자고 어두워지면 걸을 뿐이었다. 오늘, 아니면 내일. 언제 자신에게 죽음이 닥칠지 몰랐다. 죽는 시간까지 그저 살아 있을 뿐이었다. 증오가 삶의 이유요, 그 증오 때문에 살아 있는 강동식마저 죽어가고 있었다.

김화 포로수집소에서 출발하여 행군한 지 보름쯤 되던 어느 날 밤이었다.
이날도 포로들은 다람쥐 쳇바퀴 돌듯 걷고 있는데 다른 때와 달리 더 힘들게 느껴졌다. 힘든 걸음걸이에는 고개가 숙여지기 마련. 숨을 몰아쉬며 앞사람의 발뒤꿈치만 보면서 걷다가 문득 고개를 들었더니 눈앞이 깜깜했다. 야간에도 가까운 곳의 사물은 보이고, 먼 곳은 형체가 보이기 마련인데 가까운 곳은 더 어두웠고 먼 곳은 그저 암흑이었다. 큰 산이 앞을 가로막고 있었던 것이다. 한 발짝씩 내딛을수록 더욱더 어둠 속으로 빠져들면서 한 치 앞도 잘 보이지 않았다.

그도 그럴 것이 이 산은 강원도와 황해도 경계에 있는 평균 높이가 840m나 되는 마식령산맥의 준령이었던 것이다. 북북서에서 남동 방향으로 뻗은 거친 산줄기가 태백산맥 못지않게 험준한 준령으로 포로들은 이곳이 마식령산맥인지 알 턱이 없었다.

산길은 갈수록 좁아지고 경사는 완만했지만 오르막길은 끝이 없었다. 포로들은 한 발짝 내딛기가 힘에 부쳤다. 숨이 턱까지 차올랐다. 몰아쉬는 들숨에 찬바람이 폐까지 스며들어 가슴이 따가웠다. 죽음의 행군이 힘들었다 해도 지금처럼 호흡조차 힘든 때는 없었다.

호송병도 지쳤던지 가쁜 숨에서 나오는 어눌한 목소리로 "휴식"이라 외쳤다. 포로들은 그 자리에서 대자로 벌렁 드러누웠다. 이대로 죽는 것이 낫겠다. 아니 차라리 죽여주었으면 좋겠다는 생각을 했다.

최 일병이 가쁜 숨을 몰아쉬더니 갑자기 "어머니, 어머, 어…" 목소리가 점점 작아지더니 금세 조용해졌다. 그는 눈을 뜬 채로 죽어버렸다. 자신의 죽음을 알았던지 마치막 가는 길에서 어머니가 그렇게 보고 싶었던 모양이었다. 하지만 그의 주검을 확인하는 포로 하나 없었다. 슬퍼하는 포로도 없었다. 시신을 묻어줄 장비도 힘도 없었다. 포로들은 최 일병의 시신과 나란히 누워 있다. 몇몇 포로가 겨우 힘을 차려 그의 시신을 눈으로 덮어주었다.

전우들은 하나 둘 계속 죽어가는데, 이 행군은 언제나 끝이 나려나? 아니 이 산이라도 빨리 넘었으면 좋으련만, 정상을 향해 걸어도 걸어도 끝이 보이지 않았다.

밝은 대낮에 그리고 정상적인 몸 상태에서 행군했다면 벌써 황해도에 도착했을 것이다. 그러나 지금 그런 상황이 아니었다. 포로들은 부상, 굶주림, 추위, 야간, 산길, 게다가 하루 멀다하고 사망자가 속출하고 있지 않은가? 가히 죽음의 행군이라 하지 않을 수 없었다. 하지만 행군을 멈출 수는 없었다. 총구가 그들의 발걸음을 재촉하고 있기 때문이었다. 그저 살아 있으니 걷는 것이다. 사실 살아 있는 의미도 없지만 그렇다고 목숨을 스스로 끊을 용기도 없었다. 그래서 죽을 때까지는 걷는 수밖에 없는 것이다.

이렇게 강행군시키는 것을 보면 죽이기 위해서 데려가는 것은 아닌

것 같았다. 죽이고자 했다면 벌써 죽였을 것이다. 그러나 포로들은 왜 이렇게 힘든 행군을 해야 하는지, 무슨 속셈에서 어떤 목적으로 데려 가는지, 도대체 그 목적지는 어디인지 알 길이 없었다.

해가 등 뒤에서 비추는 것으로 봐서는 행군 방향이 동쪽에서 서쪽 방향으로 산 정상을 향해 오르고 있다는 것을 알 수 있었다. 나무가 울창한 산속 길로 접어들자 공습의 우려가 없어 주간에도 행군을 계속했다. 산에는 앙상한 풀푸레나무 가지가 쭉쭉 뻗은 전나무나 잡목을 감싸고 있는 모습이 유독 많이 보였다. 그 모습처럼 포로들의 운명도 엉키고 설켜 매듭을 찾지 못해 차츰 죽어가고 있다는 생각이 들었다.

포로들은 산을 오른 지 꼬박 이틀째 되던 날 해가 중천에 다다를 때가 되어 산 정상에 도착했다. 산 아래 멀리에 작은 마을이 보였다.

지칠 대로 지쳐 있는 포로들에게는 오르는 것보다 내려가는 것이 더 힘든 법이었다. 다리가 풀려 넘어지는 경우가 허다했고, 넘어지면서 팔이 골절되거나 머리를 다치는 부상자가 여러 명 발생했다.

마식령산맥을 내려오자 눈 덮인 밭길이 보이며 평지가 펼쳐졌다. 그 지긋지긋한 바위 틈새 길이 끝난 것이었다.

'일단은 살았다. 이제는 곳곳에 민가가 있을 것이다.'

포로들은 이천이라는 작은 마을에서 하루 휴식을 취했다. 모처럼 군화를 벗을 수 있었다. 양말이 땀에 젖었다 말랐다 수없이 반복하여 마치 가죽처럼 뻣뻣했고 숭숭 구멍이 뚫려 발가락이 튀어나왔다. 산행 길에 비죽이 삐져나온 발가락은 군화에 쓸려 헐어버렸다. 쓰리고 아팠지만 가장 고통스러운 일은 뭐래도 배고픔이었다. 그리고 서 있기조차 힘든 쇠약해진 체력이었다.

강동식과 포로들은 〈화천〉 전투에서 포로가 되어 〈김화〉를 거쳐 태백산맥을 따라 지금의 휴전선 넘어 작은 도시 〈평강〉, 거기서 다시 산골마을인 〈도의〉를 지나 마식령산맥을 넘어섰다. 보름 이상 기간 동안 참으로 험악하고 거친 산길을 140Km나 걸어왔다.

치욕의 행군

'또 어디로 끌고 가는 거야?'

이제 집으로 돌아갈 희망은 완전히 사라진 셈이었다. 탈출한다고 해도 살아서 집으로 돌아갈 수 없을 만큼 너무 북한 깊숙이 멀리 와버렸다. 그래서인지, 아니면 다른 이유에서인지 이례적으로 주간 행군이 시작되었다.

〈곡산〉이라는 지명이 들어간 상점들과 정미소의 간판을 보고서야 이곳이 바로 황해도 곡산이란 것을 알게 되었다. 포로들은 곡산 읍내를 가로질러 가고 있었다. 길 중앙에 포로들이 2열로 걸었고 호송병들은 포로들 좌우에서 총구를 겨누며 따라 걸었다.

"빨리빨리 걸으란 말이야!"

호송병이 다급한 목소리로 소리 지르기 시작했다. 포로 행렬이 지나가는 것을 어떻게 알았는지 사람들이 모여들었다. 이곳 인민위원회에서 남조선 포로들을 구경시키기 위해 미리 주민들에게 알려주었던 것이다. 20여 일 행군하면서 이렇게 많은 북한 사람들을 본 적이 없었다. 사람들이 손가락질하면서 서로 수군대고 욕설을 퍼붓는 모습이 곳곳에서 보였다. 그들의 손에는 죽창과 돌멩이, 농기구가 쥐어져 있었다. 분위기는 너무나 살벌했다. 곡산 주민들은 국군에게 극렬한 적개심을 가지고 있던 터라 일촉즉발의 상황이었다.

포로들은 두려움에 사람들을 제대로 쳐다볼 수도 없었다. 빨리 곡산 중심가를 벗어나고 싶은 마음뿐이었다. 고개를 들지 못하고 발걸음을 재촉하고 있었다.

그때, 몇 사람이 돌멩이를 던지며 소리쳤다.

"미제 앞잡이 놈들, 죽여버려!"

"이승만 괴뢰도당 놈들, 당장 총살시켜버려!"

돌멩이에 누가 정통으로 머리에 맞았는지 퍽! 소리와 함께 포로 하나가 쓰러졌다. 그러자 사람들이 깔깔 웃어댔다. 포로들에게는 참을 수 없는 모멸감에 분노가 치밀어 오르는 상황이었다. 이때 돌멩이 하나가 날아와 강동식의 허벅지에 꽂혔다. 순간 강동식은 반사적으로 몸을 돌려 돌멩이가 날아온 쪽을 노려보았다.

그러자 주민들이 와— 하더니 누가 "저놈이 째려본다. 저 포로 놈 죽여라!" 한다.

주민 몇 사람이 강동식을 향해 달려왔고, 호송병들이 그들을 가로막는 사이 다른 호송병 하나가 강동식의 허벅지를 군화발로 걷어찼다. 그는 힘없이 쓰러졌다.

이번에는 포로 중에서 누가 한마디 했다.

"일어나, 일어나라고. 쓰러지면 여기서 맞아 죽어!"

강동식은 있는 힘을 다해 비틀거리며 겨우 일어섰다.
'그럼 일어나야지. 지금까지 죽음과 싸우면서 여기까지 왔는데, 여기서 죽을 수는 없어. 다 죽어도 당신만은 죽어서는 안 된다고 내 색시가 신신당부했지. 그래! 난 일어나!'

또 욕지거리가 들려온다.
"개놈의 새끼들. 뭣 때문에 먹여가며 살려 두는 거야! 여기서 당장 총살시켜버리란 말이야―."
호송병들이 다시 고함을 질러댔다.
"빨리 걸어. 맞아 죽기 싫거든― 빨리빨리."
젊은 여인네가 한 손에 곡괭이를 들고 내내 포로들을 따라가며 소리친다.
"내 남편이 저놈들 손에 죽었어요. 저놈들을 죽여요! 죽여! 죽여버려!"
주민들은 이동하는 포로 행렬을 쫓아가며 죽창이나 농기구로 포로들을 쿡쿡 찔러대기 시작했다. 분노와 공포에 찬 포로 하나가 그들에게 덤벼드는 시늉을 하자 주민들이 달려들어 발길질을 하고 마구잡이로 구타를 해댔다. 호송병이 허공에다 총을 쏘며 겨우 떼어놓았다. 주민에게 덤벼들었던 포로는 순식간에 피투성이가 되었고, 머리에서도 피가 흐르고 있었다.
재차 충돌을 우려한 호송병 하나가 따발총을 허공에 쏘아대며 다시 소리 질렀다.
"빨리 걸으라니까! 여기서 맞아 죽고 싶어."

읍내를 관통하는데 5분이면 충분했지만 곡산 주민들이 가로막고 난동을 부리는 바람에 무려 20여 분이 걸렸다. 지금까지 보름 이상 죽음과 사투를 벌여온 것보다 읍내를 관통하는 20여 분간이 더 참기 힘든 고통이고 치욕적인 행군이었다. 정말 참을 수 없는 분노가 치밀었다. 그렇지만, 그렇지만…… 포로들은 더 이상 아무것도 할 수 없었다. 그냥 눈물을 삼키는 것 외에는 달리 아무것도 할 수 없었다. 그것이 포로가 된 자의 비극이고 운명이었다.

북침 전쟁이라고 믿었던 곡산 주민들은 남조선 군대를 괴뢰도당이라 불렀고, 전쟁터에 나가 죽거나 행방불명된 가족들에 대한 원한을 포로들에게 퍼부었던 것이다.

곡산 읍내를 벗어나자 들판이 나왔다. 조금 전 겪은 치욕과 지나친 긴장이 풀린 탓인지 두 명의 포로가 갑자기 쓰러졌다. 한 명은 돌에 맞았던 포로였고 또 한 명은 집단 구타를 당한 포로였다. 돌에 맞은 포로는 금세 의식을 회복했지만 폭행을 당한 포로는 온몸에 경련을 일으키며 부들부들 떨고 있었다. 다른 포로들이 달려들어 다리와 팔을 한참 주물러 준 다음에야 겨우 일어날 수 있었다.

강동식은 바지를 걷어 상처를 들여다보았다. 허벅지에 피멍이 들어 있었지만 큰 상처는 아니었다. 그러고 보니 어깨 상처도 한결 가벼워진 것 같았다. 살아야겠다고 이를 악물었던 오기가 약이 되어 상처를 치료해 주고 있는지도 모른다는 생각을 했다.

들판을 지나 두 시간 정도 걷자 천막들이 세워진 부대가 보였다. 부대 정문에 꽂혀 있는 오성기를 봐서는 중공군 부대였다. 이 부대에 오려고 험한 마식령산맥을 넘어 행군을 했던 것이다.

　부대 외곽에는 철조망이 둘러져 있고, 지금까지 보지 못했던 대형 천막 막사들이 여럿 보였다. 병사들도 많았다. 국군부대와 비교하면 이 부대는 대대급 규모는 되어 보였다.

　돌에 맞았던 포로와 구타를 당한 포로 두 사람은 의무실로 갔고 나머지는 연병장에 앉혔다. 호송병들과 흰색 누비 중공군 복장을 한 이 부대의 사병들이 포로들을 포위한 채 둘러서 있었다. 연병장에는 폭격에 맞아 반쯤 내려앉은 트럭 두 대와 말짱한 네 대의 트럭이 나란히 서 있었다.

　잠시 시간이 흐른 후, 중공군 장교 복장의 뚱뚱한 군인이 천막에서 나와 천천히 연병장으로 걸어오고 있었다. 아마 이 부대의 부대장으로 보였다. 그가 나무로 만든 단상에 올라서자 조선족으로 보이는 마르고 키가 큰 장교가 따라 올라갔다. 통역관이었다.

　포로수집소에서 출발할 때 100명이던 포로가 이제 60명이 채 안 되었다. 20여 일 남짓한 기간 동안 얼어 죽고 탈출하다 죽고 이런저런 이유로 죽은 포로가 40명이 넘었다.

　호송병 중 하나가 단상 아래에서 보고를 시작했다. 포로 인적사항이 기록된 서류봉투가 넘겨졌고, 그동안 호송 중의 사고나 포로의 사망자 숫자를 보고하는 듯했다. 그리고 포로에게 돌을 맞아 죽은 호송병도 보고되었다. 나중에 통역관의 설명을 듣고 알 수 있었다.

　호송병의 보고가 끝나자 뚱뚱한 중공군 부대장이 단상에서 내려와 보고를 마친 호송병을 발로 걷어차며 욕지거리를 퍼부었다.

부대장은 다시 연단으로 올라갔고 그의 말은 통역을 통해 포로들에게 전달되었다.

"안타깝게도 곡산에서 주민들에게 맞은 해방전사는 죽었다. 앞으로 죽을 짓을 하지 마라. 다시 폭동을 일으키거나 탈출을 시도하면 가차없이 사살할 것이다. 우리는 해방전사 여러분들을 따뜻이 맞을 것이다. 이제 미제 앞잡이 노릇은 하지 않아도 된다. 여기를 떠나 다음 목적지에 가면 여러분들은 우리 공산국가를 위해 할 일이 많을 것이다. 우리의 동지가 되어주기 바란다."

연설이 끝나자 그는 돌아보지도 않고 천막 막사로 돌아갔고, 조금 전 포로들이 보는 앞에서 그에게 얻어맞았던 호송병이 분풀이라도 하듯 돌아다니며 포로들을 닥치는 대로 걷어찼다.

이제 절망은 극에 달했다. 여기서 또다시 다음 목적지로 간다니? 고생은 다시 시작될 것이며 간다면 아예 유엔군이나 국군이 손 닿지 못할 곳으로 보내지리라. 짐작컨대 그곳은 평안북도나 함경북도쯤 될 것이다. 그리고 포로들은 전쟁복구나 군수공장에서 그들을 위해 일하게 될 것이다. 부대장의 말이 그것을 증명했다. "우리의 동지가 되어달라."고

부대장의 약속대로 대접이 좋았다. 포로가 된 이래 처음으로 옷을 갈아입었다. 중공군의 백색 누비 군복이 지급되었고, 천으로 된 새 군화와 양말이 주어졌다.

부상자에게는 치료를 해 주었고, 저녁 식사에는 놀랍게도 아주 소량

이지만 보리에 낯선 쌀도 섞여 있었다. 게다가 몇 점의 고기기 떠 있는 기름진 돼지고기 국에, 약간의 소금까지 배식되었다. 가히 놀라운 대접이다. 그런데 이 호사스런 식단이 화근이 되었다.

식사를 마친 포로들은 그동안 메말라 있던 위장에 기름기가 들어간 탓인지 화장실로 직행했다. 화장실에서 차례를 기다리는 사이 무서운 말이 나돌고 있었다. 포항 출신의 정철수라는 상병이 퍼뜨린 루머다.
"갑자기 포로들을 잘 먹이는 이유는 전쟁터에서 총알받이로 사용하기 위해서이다. 그래서 더 이상 죽지 않도록 잘 먹인다."는 것이었다.
이 말은 막사 안에 삽시간에 퍼졌고, 중국 속담에 세 사람이 모이면 호랑이도 만든다했던가? 한마디씩 보태져서 그럴싸한 시나리오가 완성이 되었다. 다음 목적지가 어딘지는 모르지만 중공군이 잡은 포로들을 모두 그곳에 집결시켜 일정기간 잘 먹인 다음 체력이 회복되면 다시 전쟁터로 끌고 가 비무장 포로들을 앞장세워 놓고 전투를 한다는 것이었다. 그러면 국군들은 포로들에게 총을 쏘지 못할 것이고 총을 쏘더라도 총알받이로 삼으면 중공군들은 쉽게 승리할 수 있다는 계산이라는 것이다.

포로들 사이에는 정말 그럴지도 모른다는 의문이 팽배해졌다. 또 말이 보태져서 포로들이 폭동을 일으켰을 때도 죽이지 않고 살려주었다는 것이다. 그리고 언어 소통에 문제가 있음에도 북한의 인민군에게 넘기지 않고 자신들이 끌고 가는 이유가 그 때문이라는 것이었다.
의지가 강하고 비교적 냉철한 성격의 강동식조차 반신반의하지 않을 수 없었다. 이 부대는 가히 놀랄만한 대접을 해 주었기 때문이었다. 포로들은 포만감과 피로에 지쳐 드르렁드르렁 코를 골아대기 시작했지만, 신경이 예민해진 포로들은 그럴싸한 시나리오에 도무지 잠을 이룰 수가 없었다. 자신들의 불확실한 미래를 가늠해 보고 있었던 것이다.

그렇게 서너 시간 정도 지났다. 잠 못 이루던 포로들도 스르르 잠이 몰려드는 그때 누워 있던 포로 하나가 갑자기 벌떡 일어났다. 그렇게 멍하니 서 있더니 새로 지급받은 군화를 신기 시작했다. 몇몇이 놀라 허리를 일으켰다.

"왜 일어났어, 아직 속이 안 좋아, 화장실 가려고……."

강동식이 그의 군복 자락을 잡았다.

그러자 그는 아무 말 없이 손을 뿌리치더니 군화 끈을 동여매고 막사 출구 쪽으로 걸어가는 것이었다.

"왜 이래, 어딜 가려고, 이 밤에. 나가면 안 돼!"

강동식이 그의 뒷덜미를 잡았지만 한 발 늦었다. 그는 다시 손을 뿌리치고 빠른 걸음으로 막사를 나갔고, 강동식은 불길한 예감에 그 자리에 주저앉고 말았다. 이제 그에게 무슨 일이 벌어질지 모른다. 그의 뒤를 따라 몇몇이 재빨리 천막 틈새를 열고 밖을 내다보고 있었다.

휘영청 겨울 달빛은 차고 밝았다. 달빛에 텅 빈 연병장이 고스란히 들어났다. 마치 영화 장면이 흐르듯 그의 모습이 또렷이 보였다. 포로 하나가 부대 정문 위병소 쪽으로 뚜벅뚜벅 걸어간다. 그리고 조선족의 목소리도 들리고 알아들을 수 없는 중국말의 고함치는 소리도 들렸다.

"정지, 정지— 누구야."

"멈추지 않으면 쏜다."

그러나 포로는 천천히 그리고 태연히 허리를 곧추세우고 앞을 향해 계속 걷는다. 그리고 위병의 제지에도 한사코 부대 정문 밖으로 나간다.

"탕— 타당—."

귀에 익은 중공군의 따콩총 소리가 들려오고 포로는 그대로 쓰러졌다. 총소리가 "따콩"으로 들린다 하여 한국 사람들은 따콩총이라 불렀다.

'스스로 목숨을 끊었구먼!'

강동식이 혼자 중얼거렸다. 중공군이 막사로 달려들었다.

"지금부터 누구든지 막사에서 한 발짝이라도 나오면 발포한다!"

잠에 취해 있던 포로들이 총소리와 고함 소리에 놀라 깨어났지만 아직 그들은 무슨 일이 벌어졌는지 모르고 있었다.

날이 밝았다.

포로들은 지시에 따라 연병장으로 나섰다. 연병장 가운데 시신이 가마니에 덮혀 있었다. 시신에서 나온 피는 흙에 스며들어 연병장 곳곳을 검붉게 물들이고 몸은 벌집이 되어 있었다.

스스로 죽음을 선택한 포로는 엉뚱하게도 소문을 처음 발설한 정철수 상병이었다. 그는 자신의 상상을 굳게 믿고 있었고, 그 두려움을 죽음과 맞바꿨던 것이다. 포로라는 딱지 때문에 너무 신경이 예민해져 있었고, 이로 인해 말할 수 없는 정신적인 압박감에 이런 어처구니없는 상상을 하게 되었다. 그리고 그는 마침내 해괴한 방법으로 자살을 선택했던 것이다.

왜 이런 일이 벌어진 것일까?

중공군 부대가 왜 갑자기 태도를 돌변하여 따뜻한 밥에 돼지고깃국까지 제공하고, 누비 군복과 군화를 지급했을까? 정철수가 포로들을 총알받이로 사용하기 위해서 잘 먹이고 살려 둔다는 그의 말은 과연 유언비어에 불과한가?

아니었다. 그가 모두 틀린 것만은 아니었다. 그의 상상은 틀리기도 하고 맞기도 했다.

김화인민학교를 출발하여 죽음의 행군이 계속되고 있을 무렵, 북한과 유엔군은 포로 교환문제로 상당한 설전을 벌이고 있었다. 강동식이 곡산에 있는 중공군 부대에 도착하던 날, 북한은 휴전회담에서 다음과 같은 발표를 했다.

"우리는 현재 총 11,556명의 포로를 보호하고 있으며 이중 미군이 3,918명, 기타 유엔군이 1,216명, 한국군이 7,142명이다. 현재 우리가 수용, 보호하고 있는 남조선 국방군 포로는 단 한 명도 빠짐없이 이 명단에 들어 있다."

이에 군사휴전회담 제4의제, 포로문제를 다루는 유엔군 측 대표 루트 벤 리비 미 해군소장은 다음과 같은 반박 성명을 발표했다.

"북한은 작년 말(50년 12월 30일) 평양방송을 통해 개전 6개월 동안 남조선 국방군 6만 5천 명을 생포했다고 발표했다. 이번 발표와는 무려 5만 7천 8백여 명의 차이가 난다. 어떻게 된 것인가?"

유엔군 측 대표의 반박성명에 북한은 어처구니없는 변명을 늘어놓았다.

"차이가 나는 이유는 공산진영에 붙잡힌 포로가 다시는 미군과 남조선 군대에 가담하여 전쟁에 참여하는 일이 없도록 교양을 주어 석방했기 때문이다."

터무니없는 날조였다. 그리고 그들이 포로를 포로라 부르지 않고, 장교는 〈해방군관〉, 사병은 〈해방전사〉라고 부르는 이유이기도 했다. 남조선 정권으로부터 해방시켜준 장교와 사병이라는 뜻이었다.

이렇게 양 진영이 설전을 벌이다가 1951년 12월 휴전회담에서 북한은 "지원자들만 인민군 대열에 참가시키고 있다."고 실토하면서 5만 7천 명을 인민군에 편입시킨 사실을 인정했다.

북한 김일성은 남침을 시작할 때, 포로 관리에 대한 대책도 세우지 않고 전쟁부터 일으켰다. 짧으면 보름, 길어도 두 달이면 남한을 모두 점령할 수 있다는 판단 때문이었다. 김일성의 판단이 꼭 틀린 것도 아니었다. 실제로 불과 보름 만에 대구와 경남지역을 제외하고는 남한 땅을 모두 점령했다. 다만 김일성이 판단할 때 가능성이 적었던 일본 주둔 미군의 참전이 현실이 된 것뿐이었다. 마치 맥아더가 중국이 전투 병력을 보내지 않을 것이라고 오판한 것처럼……. 그러니 포로 관리에 대한 대책이 전혀 없었고, 이는 뒤늦게 전쟁에 뛰어든 중공군도 마찬가지여서 포로 관리가 갈팡질팡했던 것이다.

  그렇다 보니 북한과 중국은 제2차 세계대전 이후 포로에 관한 국제 규약인 제네바협약 같은 것은 애초부터 안중에도 없었고 지킬 의사도 없었다.

  그래서 포로들은 전쟁 상황에 따라 이리저리 끌려 다녔고 필요에 따라서 해방전사가 되기도 하고 때로는 노동자가 되기도 했다.

  또 북한과 중국은 국군 포로를 놓고 서로 셈법이 달랐다. 중국은 남조선에 잡혀 있는 중공군 포로를 교환하기 위해서라도 국군 포로가 필요했다.

  북한도 국군 포로가 필요했다. 그들 입장에서 보면 국군 포로는 참 쓸모가 많았다. 인민군에 편입시켜 전투에 내보내거나 그들의 노동력을 전쟁 복구에 활용하거나 그도 저도 아니면 공산주의의 우월성을 선전하는데 이용하려 했다. 그래서 북한은 국군 포로 숫자를 줄일 수밖에 없었다.

  그들이 바라는 목적을 모두 달성하는데 필요충분조건은 국군 포로의 사상개조였다. 사상개조가 된다면 세 가지 목적 모두가 이루어지리라 기대하고 있었다.

  불행히 강동식도 아직 포로 숫자에 포함되지 않고 있었다. 중공군 호송부대가 행군하는 포로들의 명단을 아직 상부에 보고하지 않았던 것이다.

  강동식은 남한에서는 실종자 명단에 들어 있었지만 중공군의 포로

명단에는 없었으니 죽었거나 살아 있더라도 유령 인물이 되어버렸다는 사실조차 모르고 있었다.

얼어붙은 정철수 상병의 시신을 매장한 후에 어제 연설했던 그 중공군 부대장이 모습을 나타냈다. 그는 대단히 불만스러운 표정이었다.
"어제 분명히 말했다. 죽을 짓을 하지 말라고. 그럼에도 불구하고 탈출 미수사건이 터졌다. 좋은 음식을 제공하고 추위를 이길 군복을 주었는데도 탈출하려 했다. 매우 유감스러운 일이다. 그러나 해방전사 여러분들은 더 이상의 고생스러운 행군은 없을 것이다. 다음 목적지까지 편안하게 갈 수 있도록 조치하겠다. 우리 중화인민공화국과 북조선에 감사하기 바란다."
포로 일행은 모두 안도의 빛이 역력해 보였다. 혹한 속에서의 죽음의 행군이 어떤 것인지를 잘 알기 때문이었다.

아침 식사는 어제 식단과는 달리 옥수수가루로 만든 멀건 죽 한 사발이 고작이었고 군용트럭 두 대가 시동을 걸고 출발 준비를 하고 있었다.
그리고 지금까지 호송했던 호송병이 아닌 새로 교체된 호송병들이 연병장 단상을 둘러싸고 서서 지도를 펴놓고 손가락으로 여기저기를 가리키고 있었다. 이 팀에도 역시 조선족이 포함되어 있었다. 그들끼리 나누는 대화는 전혀 알아들을 수 없었지만 〈강동〉이라는 단어가 도드라져 들렸다. 그래서 포로들은 다음 목적지가 강동이라는 것을 직감했다. 그리고 김화 포로수집소에서 강동군에 포로수용소가 있다는 말을 들은 적이 있었다. 강동으로 가려고 그 험준한 마식령산맥을 지름길로 선택했던 것이다.

함경북도 강동군은 이곳 황해도 곡산군에서 어림잡아도 80Km 정도는 족히 될 것이다.

포로들은 두 대의 트럭에 나뉘어 실려졌다. 죽은 정철수를 제외하니 57명이었다. 그 사이 절반 가까이 죽어갔던 것이다.

정철수 상병의 충격적인 죽음을 뒤로하고 포로들은 무장한 중공군들의 감시 속에서 강동을 향해 출발했다.

별 사고만 없다면 수시간 내에 도착할 것이다. 트럭을 타고 가니 몸은 힘들지 않았지만 또 다른 고통이 몰려왔다. 트럭의 화물칸에 호로(포장)를 씌우지 않아 겨울 찬바람이 씽씽 불어댔기 때문이었다. 모두 머리를 숙이고 혹한의 바람을 피해 보려 했지만 살갗을 파고드는 칼바람은 몸을 얼어붙게 만들었고 숨쉬기조차 힘들게 했다. 서로의 등에 얼굴을 파묻었다. 중공군들이 제공한 누비 군복도 칼바람에는 속수무책이었다. 손으로 팔과 다리를 비벼댔다.

그래도 도보행군에 비하면 불행 중 다행이었다. 그러나 행운도 잠시, 어디에서 나타났는지 갑자기 날카로운 쇳소리와 함께 쌕쌕이 전투기 편대가 나타났던 것이다.

"공습이다!"

누군가 소리쳤고 중공군과 포로들은 혼비백산하여 트럭에서 뛰어내렸다. 전투기들은 지그재그로 날아다니며 사정없이 기관총을 퍼부었다.

"드르륵 드르륵―."

중공군도 포로도 은폐지역을 찾아 밭두렁으로, 골짜기로 뛰어들었다. 그러나 벌써 몇몇이 총에 맞아 쓰러졌다. 그중에는 호송하던 중공군도 보였다. 트럭 두 대 모두 벌집이 되었고 엔진 부분에서는 연기가 피어오르고 있었다. 쌕쌕이는 그렇게 한동안 기관총 세례를 퍼붓고 찬 겨울 하늘에 하얀 꼬리를 길게 남기며 남쪽으로 사라졌다.

중공군들은 전투기가 사라진 후에도 한참을 꼼짝 않고 있었다. 미군 전투기는 공습을 하고 사라졌다가 또다시 나타나 2차 공습을 할 때가 많았기 때문이었다.

한동안 엎드려 있던 호송병들을 따라서 포로들도 하나씩 몸을 일으켜 세웠다. 강동식은 자신을 덮치고 있던 시체를 밀쳐내고 일어섰다. 자신의 몸을 더듬어 보았다. 어디 한 곳 다치지 않고 살아남았다. 호송병 하나가 기관총에 맞아 자신을 덮쳤고 이 때문에 이번에도 기적처럼 살아났다. 포로들은 호송병의 지시에 따라 다시 모였다. 생각보다 피해가 컸다. 3명의 중공군과 12명의 포로가 죽었다.

중공군들은 사망한 포로들의 시신을 눈으로 대충 덮어버리고, 중공군 시신 세 구만 수습했다. 호송병이 또 나불거렸다.

"반나절이면 도착할 수 있는데, 이삼 일 행군하게 되었다. 방금 보았듯이 유엔군과 이승만 괴뢰도당은 너희들을 버렸다. 너희 포로들이 살아갈 곳은 북조선뿐이다."

북한 깊숙이 들어왔다고 안심해서 주간에 그것도 눈에 잘 띄는 차량으로 이동하다 큰 봉변을 당했다. 그래서 야간 행군으로 다시 전환할 수밖에 없었다. 다시 그 지겹고 지겨운 죽음의 야간 행군이 시작되었다.

서너 시간을 걷자 멀리 어슴푸레 집들이 보였다. 방에 등잔불을 켜 놓았는지 흐린 불빛이 군데군데 보였다.

호송병들은 평소 잘 아는 집을 찾아가듯이 어느 집 앞에서 발걸음을 멈추고 대문을 두드렸다. 턱에 수염이 덥수룩 나 있는 50대 초로가 문을 열었다. 노인이 문밖으로 나오는데 인민군 장교복처럼 보이는 상의에 왼쪽 팔뚝에는 붉은색 완장을 차고 있었다. 자세히 보니 군복은 아니었고 공산당 간부가 입는 인민복이었다.

"이장 동무, 오는 길에 미군 놈들 공습을 받았소. 오늘 밤 신세 좀 져야겠소."

이런 일을 겪는 것이 한두 번이 아닌지 이장은 대꾸 없이 고개를 끄덕였다. 그리고 방과 헛간, 부엌을 오가며 주섬주섬 손을 놀렸다. 헛간 입구를 가마니로 가리고 바닥에는 마른 풀을 겹겹이 깔았다.

집은 두 개의 방과 부엌이 있는 전형적인 초가삼간이었다. 방 하나는 호송병들이 다른 방은 부상 포로들이 사용하고 멀쩡한 포로들은 헛간에서 하룻밤을 보내게 되었다. 그나마 얇은 이불이라도 있어서 다행이었다. 푸르게 물을 드린 광목천 조각이었다.

이렇게 잠자리가 배정되자 호송병들은 포로들의 신발을 거두어 푸대에 담아 가지고 가버렸다. 밤새 탈출을 막기 위한 조치였다.

"여기서 탈출해도 너희들은 갈 곳이 없다. 그동안 무모한 짓을 많이 해서 신발을 보관한다. 그리고 내일 아침에 돌려줄 것이다. 이제 하루만 더 가면 목적지에 도착하니 오늘 밤 잡생각하지 말고 편히 쉬기 바란다."

포로들은 마른풀 위에 몸을 눕혔다. 강동식도 헛간으로 배정받았다. 몸은 다시 녹초가 되었고 잠은 물밀듯 몰려왔다. 막 잠을 청하려는데 가마니로 급하게 만든 헛간 문이 슬며시 열리더니 누군가가 들어섰다. 그리고 흙담 벽에 걸려 있던 등잔에 불을 붙였다. 집주인 이장이었다.

무슨 일인가 하고 미처 잠들지 못했던 포로들은 자리에서 일어났다.

이장의 손에는 김이 솟는 삶은 감자가 큰 소쿠리에 담겨져 있었고, 다른 손에는 동치미를 담은 커다란 양푼이 들려져 있었다.

"자, 이것들 드시라요. 자는 사람들도 배고플 테니 깨워서 함께 드시라요."

포로들은 모두 둘러앉아 감자를 정신없이 먹어댔고 동치미 국물을 삼켰다. 물끄러미 바라보던 이장이 먼저 입을 열었다.

"남조선 군대이지요?"

"예, 저희는 포로가 되어 여기까지 끌려왔습니다. 감자 정말 고맙습니다."

"아닙니다. 저도 자식이 있었지요."

그는 아주 조심스럽게 입을 열었다.

아들이 둘 있었다고 했다. 큰아들은 전쟁이 터지기 전에 이미 인민군에 지원하여 갔고 전쟁 한 달 만에 사망했다는 전사통지서를 받았다고 했다. 한동안 둘째아들과 살았는데 남조선 세상이 되어야 잘살 수 있다는 말을 자주 했다고 한다. 압록강까지 진격했다가 중공군의 개입으로 후퇴하던 육군 제6사단 7연대를 따라갔다고 했다. 국군에 입대하겠다며…….

그 이후 이곳은 다시 공산군이 점령했고 아들의 소식은 완전히 끊겼다고 했다.

"이건 비밀입니다. 동네 사람들은 아무도 모르는 얘기입니다. 큰 자식은 전쟁에서 죽었다는 것은 다 알고 있습니다. 하지만 작은아들은 후퇴하던 미군에게 사살당했다고 거짓말을 했지요. 그래서 이장도 하고 있는 겁니다. 나이는 열여덟 살이고 이름은 이상기인데 혹시 내 아들을 아는 사람 없소?"

포로들이 국군 출신이라니 혹여 자식을 아는 사람이 있을까? 하고 물어보는 것이었다. 포로들이 이장의 아들을 만나는 것은 거의 불가능한 일이었다. 물론 이장도 큰 기대를 않고 물어본 것이지만 그래도 아버지 마음이란 그런 것이 아니었다.

포로들은 침통한 얼굴로 감자를 싸들고 온 이장을 바라보았다.

"이상기… 모르겠습니다. 우리는 8사단 소속으로 강원도 지역에서 전투를 했는데, 제가 알기로는 6사단은 중부전선에 배치된 걸로 알고 있습니다만……."

"그래요. 혹 강동군 샛골 마을에 살았다는 이상기라는 사람을 만나게 되거든 소식을 꼭 좀 전해 주시오!"

그는 실망한 표정을 지으며 헛간을 나가면서 혼잣말로 중얼거렸다.

"막내 놈이 살아 있다는 소식만 들어도 여한이 없겠는데……."

그의 말에 포로들은 깊은 아픔을 함께했다.

오죽하면 저러랴. 나의 아버님도 군인만 보면 손을 부여잡고 내 이름을 대며 저리 찾으리라.

죽음의 문턱, 강동 포로수용소

다음날 아침, 군화를 다시 돌려받고 미명이 채 가시기도 전에 행군은 다시 시작되었다. 이장은 대문 밖까지 따라나와 마치 막내아들을 떠나보내는 심경으로 포로들을 지켜보고 있었다.

호송병은 공습만 없으면 오늘 중에는 강동 포로수용소에 도착할 수 있다고 했다. 포로들은 고향과 점점 멀어져 북한 깊숙한 곳으로 이동하고 있다는 두려움보다는 당장에 추위와 굶주림이 두려웠다. 포로수용소에 가면 혹한의 추위 속에서 낙엽이불을 덮고 자는 일은 없을 것이고, 얼어 죽는 경우도 없을 것이다. 비록 배를 마음껏 채우지는 못해도 굶어 죽는 일도 없을 것이다. 그러니 목숨만은 부지할 수 있다. 그래서 이를 악물고 스스로 발걸음을 재촉했다. 사실 포로수용소 생활이 어떤지 모르지만 아무튼 그들은 지금 포로수용소를 그렇게 원하고 있었다.

다행히 공습도 없었다. 그래서 예상시간보다 훨씬 더 빨리 강동 포로수용소에 도착했다.

  강원도 김화 포로수집소를 출발하여 태백산맥, 마식령산맥을 넘어 곡산으로, 곡산에서 다시 강동까지 총 180Km, 450리 길을, 그것도 거의 야밤에만 강행군하여 한 달 이상을 걸어왔던 것이다.

  그 사이 절반이 넘는 포로가 얼어 죽고, 굶어 죽고, 처형당해 죽고, 미군기의 기총소사에 목숨을 잃었다. 포로들은 앙상하게 말라 있었고 체력은 이미 바닥을 넘어설 만큼 쇠잔해 있었지만 살아남았다는 것에 감사하고 있었다.

  강동 포로수용소는 지금까지 보아온 포로수집소와는 그 개념부터가 달랐다.

  김화에서는 인민학교가 포로수집소였다. 곡산에서는 천막에 머물렀었다. 그러나 여기는 학교도 아니고 관공서 건물도 아니었다. 마을 전체가 포로수용소였다. 지금까지 거쳐온 포로수용소 중 가장 큰 규모이다.

  강동식은 숨을 크게 들이마시며 긴장을 풀었다. 그리고 주위를 돌아보았다. 이 마을은 보면 볼수록 포로를 수용하기에는 너무나 훌륭한 자연조건을 갖추고 있었다.

  일단 수용소로 들어가자면 작은 하천을 건너야만 했다. 하천 다리에는 검문소가 설치되어 사람의 왕래를 통제할 수 있었고, 다리를 건너면 험준한 산이 병풍처럼 둘러쳐져 마을을 감싸고 있었다. 마치 산과 하천이 마을을 포위하고 있는 형상이었다.

  그리고 마을 곳곳에 초소가 띄엄띄엄 있었는데, 중공군들이 보초를 서고 있었다. 초소와 초소 사이에 철조망이 설치되어 있지 않아 그나마 자유로운 분위기였다.

수용소 입구 하천 검문소에서 인원수를 확인한 다음, 다리를 건너 마을로 들어섰다. 미군 등 외국 군인이 많이 보였는데 그들은 수용소로 들어오고 있는 포로 일행을 흥미로운 듯 쳐다보았다. 포로들의 몸은 깡말라 있는데다 수염과 머리는 자르지 않아 무인도에 갓 살아나온 듯한 볼품없는 몰골이었다.

또한 지금 수용소로 들어오고 있는 포로들도 그들이 흥미롭기는 마찬가지다. 미군을 비롯한 유엔군을 바로 옆에서 보는 것은 이번이 처음이다. 유엔군 포로들은 얼굴은 깔끔했고 복장도 비교적 단정했다. 그들은 코도 크고 키도 나무만 했다.

그러나 역시 영양 부족에 깡말라 있었고 얼굴에는 핏기가 없어 보이기는 마찬가지였다. 그런 이방인들이 자신들과 같은 포로 신분이라니 흥미롭지 않을 수 없었다. 이 낯선 땅에서 피차 포로가 되어 만났으니 서로 걱정과 연민을 느끼는 슬픈 조우였다.

호송병들은 포로들을 강동 포로수용소를 관리하는 부대에 넘겨주고 떠났다. 이곳 수용소 부대의 중공군들이 포로들을 인솔했다.

마을 가운데에 마을회관이 있고, 그 문 앞에 두 개의 목 간판이 나란히 걸려 있었다. 〈안골마을회관〉과 〈강동 포로수용소〉가 그것이었다. 지붕에는 김화 포로수집소에서 처음 보았던 P·W 글자가 지붕에 크게 씌어 있었다. 포로수용소이니 공습하지 말라는 표시였다. 마을회관 앞에 커다란 공터가 있었는데 포로들을 그곳으로 집합시켰다.

중공군 수용소 소장의 연설과 조선족 통역관의 통역이 있었다.

"이승만 정권은 미 제국주의자와 힘을 합쳐 북조선을 그들의 괴뢰 정권으로 만들기 위해 북침을 했다. 그래서 이 전쟁이 시작된 것이다. 이에 위대한 모택동 주석과 김일성 장군은 과감히 떨쳐 일어나서 남조선을 해방시키기 위해 투쟁할 것을 명령하셨다. 우리는 여러분들을 해방된 신분으로 바꿔주기 위해 최선을 다하고 있다. 그러니 여러분들도 사상을 당장 바꾸기 바란다. 그리고 수용소의 규율을 잘 지키고 지시에 협조해 주기 바란다."

수용소장의 연설이 끝나고 포로들은 집집마다 5명씩 분산되어 수용되었다.

본래 이곳은 전쟁 중에도 마을사람들이 거주하던 곳이었다. 그런데 유엔군이 밀고 올라오자 마을 주민들은 집을 비우고 피란했고, 다시 중공군이 이곳을 점령하여 마을 전체를 포로수용소로 사용하고 있는 것이었다. 이곳 집들은 어제 묵었던 가옥처럼 방 두 칸에다 부엌이 있는 초가삼간이었다.

집 마당에는 돼지나 소의 축사도 있고 고추장, 된장을 담던 장독도 보였다. 부엌에는 가마솥이 걸려 있었고 버리고 간 가재도구도 보였다.

강동식은 다른 포로와 함께 5소대 집에 배정되어 들어갔다. 그곳엔 이미 10여 명의 포로들이 수용되어 있었다. 그들은 강동식과 신참 포로들을 반가이 맞아주었다.

행군 중에는 서로 매한가지라 알지 못했는데 이미 수용되어 있는 포로들과 한 방에 앉고 보니 신참 포로들의 몰골은 말이 아니었다.

"사람 잡는 행군에 얼마나 고생이 많았소. 어서 오시오."

"예, 육군 8사단 수색중대 일병 강동식입니다."

대화를 나누다가 알았지만 이들도 죽을 고생 끝에 여기까지 끌려왔던 것이다.

그들은 짤막한 위로의 말을 마치기가 무섭게 전쟁 상황을 물었다. 지금 막 도착한 포로이니 자신들보다는 최신 정보가 있을 것이라 생각했다. 그러나 시차로 본다면 채 한 달이 못 되었다.

"예, 약 한 달 전에 우리가 강원도 김화 포로수집소에 있을 때입니다. 거기서 유엔군 삐라를 받아 보았지요. 곧 포로 교환이 있으니 희망을 가지고 기다려 달라고 했습니다. 또 어제는 트럭으로 오는 도중에 공습을 받았죠. 국군과 유엔군은 멀리 있지는 않은 것 같고요. 유엔군 측 공군이 하늘을 장악하고 있는 게 분명합니다. 그렇다면 우리가 유리한 상황이라는 거죠."

별 소식도 아니다. 하지만 이런 말만으로도 포로들은 작은 희망을 얻을 수 있었다. 그들도 먼저 온 선배로서 이곳 포로수용소에 대해 상세히 설명해 주었다. 여기서 생활하는데 필요한 정보였다.

"여기 집들은 방 두 칸인데, 방 하나에 20명 정도의 포로가 수용됩니다. 이것이 분대입니다. 그리고 사병 하나를 뽑아 분대장을 만들지요. 그리고 옆방과 합쳐서 소대입니다. 그러니 가옥 한 채가 소대인 셈입니다. 소대장 역시 사병 중에서 뽑습니다. 그리고 다섯 가구가 중대입니다. 따라서 중대원은 200명 정도 됩니다. 이곳에 이런 중대가 4개나 있습니다. 중대장은 장교를 임명합니다. 국군 포로 전체를 대대로 편성하고 대대장은 여기서 계급이 제일 높은 육군 중령이 맡고 있습니다. 직업하사관과 장교는 한 방에 5~10명 정도 수용하여 편리를 봐주지요."

　미군을 비롯한 유엔군 포로는 국가별로 나누고 계급은 국군 포로와 마찬가지로 장교와 하사관, 병사로 나누어 수용하며 유엔군 포로 중대장은 미 공군 소령이라 했다. 국군과 유엔군을 합쳐 이곳에 수용되어 있는 포로는 약 천 명 정도 될 것이라 했다.
　이렇게 집집마다 신참, 고참 포로들이 모처럼 정감어린 대화를 나누고 있는데, 마을 곳곳에 설치되어 있는 스피커를 통해 방송이 흘러 나왔다.
　"조금 전에 도착한 포로들은 지금 즉시 마을회관 앞 공터로 모이도록 하라."
　집집에 분산되어 있던 강동식을 비롯한 신참 포로들은 긴장한 표정으로 모여들었다. 중공군은 50명도 안 되는 살아남은 포로들에게 심문하기 위해 다시 불러 모았다. 포로들은 한 달 전에 김화인민학교에서 받은 심문 내용이 가물거려 서로 수군수군대고 있었다.
　강동식은 포로 심문이 몇 차례 더 있을 것이라는 말을 진작에 들었고, 자신이 대답한 내용을 틈틈이 외우고 또 외워왔다. 그는 눈을 감았다. 최초 진술과 달라서는 안 되었으며, 살아 있는 이상 절대 잊어서는 안 될 내용이었다.

　'─이름은 강동식입니다. 경남 함양군 마천면 덕전리가 고향이고요, 소작농의 자식으로 태어나 형편이 어려워 학교는 다니지 못했습니다. 그래서 글은 모르고요, 1년 전 결혼했고, 가두모병에 붙잡혀 입대했고 춘천에서 훈련받고 전선에 투입되었다가 포로가 되었습니

다―.'
 '―이름은 강동식입니다. 경남 함양군 마천면 덕전리가 고향이고요, 소작농의 자식으로 태어나― 그래서 글은―.'
 그는 무난히 심문을 마쳤지만, 몇몇 포로들은 대답이 최초의 진술과 차이가 있어 이를 해명하느라 진땀을 뺐다. 날이 어두워져서야 포로 심문은 마쳤다.
 이제 그들은 공식적으로 중공군 포로가 되는 순간이었다. 그리고 포로 숫자에도 포함될 것이고, 포로협상이 성사되면 교환도 될 것이다. 그러면 고향으로 돌아갈 수 있는 것이다. 세계 어느 전쟁이든 포로처리 수순은 이렇게 진행되는 것이 상식이었다. 그들도 그렇게 되리라 굳게 믿고 있었다.

 '아버님, 어머님 그리고 여보. 난 약속대로 꼭 살아 돌아갑니다. 다 죽어도 전 죽지 않습니다. 산악 행군에서도 살아남았고, 치욕의 행군에서도 살아남았습니다. 전투기들이 기관총을 퍼부어도 상처 하나 입지 않고 살아남았습니다. 이제 포로수용소에 왔으니 굶거나 죽을 일은 없습니다. 여기 있다가 포로 교환 때 집으로 갑니다.'
 강동식뿐 아니라 신참 포로들도 그렇게 생각했다.
 '수용소에는 바람과 눈보라를 막아줄 집이 있고, 삶은 옥수수가 됐든 감자가 됐든 굶기지는 않을 것이며 치료를 받지 못해 죽는 일은 없을 것이다. 죽음의 행군에 비하면 수용소 생활은 천국일 것이다. 이제 불의의 사고만 당하지 않는다면 집으로 돌아가는 것은 시간문제다. 머지않아 아내와 부모님을 만날 수 있고, 힘겨웠던 포로 생활도 고발

할 수 있다.'

그들은 절반 이상이 죽어갔지만 반드시 살아남으려 자신에게 채찍질하고 또 채찍질하면서 이곳까지 왔던 것이다.

숙소는 비좁기 짝이 없었다. 신참 포로들까지 더해져 좁은 방 하나에 장정을 20명이나 집어넣었으니 제대로 등 부빌 곳조차 없었다. 환자라도 떡하니 누워 있으면 칼잠은 다행이고 여럿은 쪼그려 앉아 잘 수밖에 없었다.

그래도 모두 나동그라져 잠에 떨어졌다. 얼마나 잤을까? 요란한 사이렌 소리에 강동식이 놀라 잠에서 깨어났다.

'또 공습인가?'

공습이 아니라 아침점호를 알리는 신호라는 것을 고참 포로를 통해 들었다.

날은 채 밝기 전이라 아직 하늘에 별들이 보이는 가운데 아침점호가 열렸다. 단상 위에는 국군 포로 대대장과 유엔군 포로 중대장이 나란히 서 있었다. 먼저 국군 포로 중대장 중 한 사람이 대표로 대대장에게 보고를 했다.

"1951년 12월 21일 일조점호 인원보고. 총원 750명, 현재 735명, 사고 15명, 사고는 환자 10명, 사망자 5명, 이상 무!"

밤새 5명의 사망자가 발생했다는 중대장의 보고에 신참 포로들은 적잖이 놀랐다. 포로수용소에서는 죽는 일 만큼은 없을 것이라 생각했는데, 이곳에서도 죽어가니 말이다.

국군 포로 중대장의 보고가 끝나자 곧바로 유엔군 포로 소대장도 중대장에게 같은 방식으로 보고했다. 유엔군 포로 중에도 사망자가 둘 있어 현재 283명이라고 보고했다. 그러니까 국군과 유엔군을 합쳐서 천 명 이상의 포로가 이곳에 수용되어 있는 셈이었다.

사망자와 부상자의 숫자는 중공군 소속의 조선족 장교와 영어통역관을 통해 다시 포로수용소 소장에게 보고되었다.

죽은 자의 몫으로 산 자의 배를 채우다

아침점호가 끝나고 중공군의 감시 아래 수용소 밖 냇가에서 세면을 하고 돌아와 줄지어 아침 배식을 받았다. 옥수수 낱알을 굵게 빻은 것을 옥수수쌀이라 불렀고 이를 삶아주었다. 그나마 반 그릇도 채 되지 못했다. 이후 식단이 바뀌는 일은 거의 없었지만, 그래도 얼어붙은 주먹밥에 비하면 따뜻해서 좋고, 끼니를 거르지 않아서 좋았다.

아침 식사를 마치고 포로들은 마을회관 앞 공터에 집합했다. 중공군 통역관이 작업 지시를 내렸다.

"밤새 다섯 명의 사망자가 발생했소. 시신을 매장할 전사들은 앞으로 나오시오."

그의 말이 떨어지기가 무섭게 국군 포로들이 앞 다투어 단상 앞으로 뛰어 나가 줄을 섰다. 새치기했다며 서로 멱살잡이를 했다. 그렇게 다투는 것을 보니 선착순이 분명했다. 통역관이 앞에서부터 20명을 끊었고 순번 내에 들어간 포로들은 싱글벙글하는데 그 뒤에 줄을 섰던 포로들은 투덜대며 자리로 돌아왔다.

"야— 하 일병, 들어와, 들어오라고. 양심이 있어야지, 양보 좀 해라."

신참 포로들의 눈에는 가히 진풍경이 벌어진 것이다. 시신을 매장하는 궂은일을 서로 맡으려고 다투는 모습이 그들은 도무지 이해가 되지 않았다.

통역관이 구체적으로 작업지시를 내렸다.

"앞에서 4명의 해방전사는 3소대 사망자 매장, 다음 4명은 6소대 사망자 매장…… 마지막 8명은 유엔군 2소대 사망자 2명을 매장하시오. 그리고 작업이 끝나면 수용소 본부에 들러 조별로 수수 한 됫박씩 받아 가시오. 나머지 해방전사들은 오늘도 토담집 짓는 작업을 하시오. 돌아올 때 땔감을 해 오는 것도 잊지 마시고. 자, 이제 출발하시오."

통역관의 작업지시를 듣고 보니 이렇다. 시신 1구당 4명이 한 조가 되어 매장 작업을 하는 것이다. 그리고 4명이 배불리 먹을 수 있는 수수 한 되박이 대가로 나왔다. 그래서 시신 매장 작업을 서로하려고 그렇게 아우성쳤던 것이다.

포로들은 각자 맡은 작업을 하기 위해 출발했다.

전쟁이 장기화되면서 북한 후방지역에 중공군은 거점부대를 조성하기 위해 황토와 돌을 섞어 만드는 토담집을 짓는데 열을 올리고 있었다. 그런데 이상하게도 포로 하나가 눈에 띄면 다른 포로들 모두 눈을 흘기며 욕설을 퍼부었다.

"저 식충이 새끼는 보기만 해도 재수 없단 말이야."

"거지새끼. 체면이라고는 털끝만큼도 없는 놈이라니까?"

"저 자식은 상대도 하지 마. 원래 그런 놈이니까!"

포로들은 그를 마치 벌레 보듯이 했다.

강동식은 작업을 하다 〈식충이〉라는 별명이 붙은 포로 이야기를 듣게 되었다. 사람이 많으면 별의별 사람이 다 있게 마련이지만, 식충이의 주인공은 하창수라는 일병이었다.

수용소에서는 매일같이 사망자가 발생했다. 그리고 시신을 매장하는 작업을 돌아가며 시키려 해도 거북해하는 포로가 있어 부득이 원하는 포로에게 시킬 수밖에 없었다. 그래도 지원자가 많아 선착순으로 뽑았던 것이다. 시신매장 작업은 한두 시간 정도에서 끝나도 그날은 다른 일을 시키지 않았고 대가로 수수까지 한 됫박을 주었다.

누가 전우의 시신을 묻고 그 대가로 배를 채우고 싶겠는가? 그렇지만 늘 배고픔에 시달리던 포로들은 이 일을 마다할 수 없었고, 오히려 하고 싶어 했다. 그런데 선착순에 언제나 뽑히는 사람이 바로 하창수였다. 정말 배고픔을 견디지 못해 매장작업이라도 해서 허기진 배를 채우고 싶은 포로들은 번번이 그에게 기회를 빼앗겨버렸다. 가끔은 다른 자에게 양보도 해 줄 수 있겠지만 그는 절대 그렇게 하지 않았다. 그는 자신의 배를 채우기 위해 전우가 죽기를 은근히 기대하고 시신을 매장하는 일을 즐기니 〈식충이〉라는 별명이 붙을 만도 했다.

강동식이 포로수용소에 온 지 며칠이 지났다. 수용소의 배급 식사로는 늘 배를 채울 수 없었다. 이날도 여느 날처럼 아침 식사를 마치고 하루 작업지시를 받기 위해 모였다. 사망자가 많은 날은 하루에 10명 가까이 되는 날도 있었다. 이날도 그랬다. 질병을 앓던 유엔군 포로 두 명이 죽었고, 영양실조로 국군 포로 6명이 죽었다.

강동식도 오늘은 시신매장 작업에 나서 볼 요량이었다. 그동안 마음이 썩 내키지 않아 쭈뼛했는데, 오늘은 사망자가 많아 시신매장 인원도 많이 뽑을 것이고, 여러 사람에 묻혀서 가면 도드라지지도 않을 것이라 생각했다. 오늘은 작심했던 강동식도 선착순에 들어갔다.

또 어떻게 줄을 서다 보니 하창수와 한 조가 되어 시신 매장작업을 하게 되었다. 중공군이 집집을 돌며 사망자를 확인하면 매장조는 시신을 수습하여 들것으로 옮기게 되는데 강동식 조 4명에게는 미군 포로 시신이 배당되었다. 누가 투덜댔다.

"아씨, 오늘 뺑이 치겠구먼, 나는 매번 덩치 큰 미군이 걸린다냐."

기운이 바닥이던 포로들에게는 아무리 말랐다고 하지만 6척 장신의 미군은 버거운 상대였다. 시신의 다리가 들것 밖으로 나와 아래위로 춤을 추었다.

매장 장소는 수용소에서 약 500m 정도 떨어진 맞은편 야산인데, 겨울이라 지표면은 얼어 있었지만 조금만 파내려 가면 부드러운 흙이 나왔다. 약 1m 정도 파서 그 속에 시체를 넣고 흙을 덮으면 작업은 끝났다.

한창 땅을 파내려가다 인식표 때문에 포로들 사이에 시비가 불거졌다. 군인은 누구나 성명과 군번이 새겨진 인식표가 있다. 부상 또는 사망시 그 신분을 식별하기 위한 것으로 주로 목에 걸고 다닌다. 인식표의 끝 부분에 홈이 조금 파여져 있는데, 이곳을 시신의 이빨 사이에 끼워놓으면 훗날 시신이 부패해도 누구인가를 알 수 있다.

바로 이 부분이 문제가 되었다. 인식표를 시신의 이빨에 끼워 매장하자는 주장과 통일이 안 되고 이대로 휴전이 될 수도 있는 상황이니 차라리 잘 보관했다가 포로 교환 때 가져가서 사망 사실을 확인해 주는 것이 옳다는 주장이 상반되었다.

둘 다 틀린 말은 아니었다. 시신이 부패하여 누구인지 모르더라도 인식표만 있으면 시신의 신분을 확인할 수 있다. 그러나 누가 이곳에 포로의 시신이 매장되어 있다는 것을 기억할 것이며, 반면 인식표를 전해 주지 않으면 행방불명자가 될 뿐 전사자 처리는 힘들다는 논리였다.

포로들의 이 같은 논쟁은 쉽사리 끝나지 않았고, 감시를 위해 따라온 중공군들에게까지 논쟁이 번졌다. 그러나 결론은 인식표를 압수해버리는 것으로 끝이 났다.

전체 포로 숫자를 줄이고 있는 시점에서 한 명의 포로 신원이라도 더 남기기가 싫었던 것이다. 이로써 이날 매장된 유엔군 포로와 국군 포로들은 죽은 자도 아니고 산 자도 아닌 행방불명자가 되는 순간이었다. 그리고 훗날 그들을 기억해 줄 사람은 아무도 없을 것이다.

시신 여덟 구는 차례를 기다리는 듯 나란히 줄지어 누워 있었다. 수월한 작업은 아니었다. 강동식과 하창수가 포함된 매장조도 땀을 흘리며 땅을 팠다. 무덤을 민둥산으로 만들어 놓고 작업은 끝이 났다.

강동식은 하창수와 함께 삽과 곡괭이를 어깨에 메고 산을 내려왔다. 강동식이 그에게 말을 걸었다.

"하 일병이라 했죠?"

"예!"

"당신에 대해 전우들이 뭐라 하는 줄 아십니까?"

"홍! 알죠, 알고 말고요. 식충이, 쓰레기— 뭐 그런 거 아닙니까?"

"어찌 생각합니까?"

"난 생각 같은 거 안 합니다. 누가 나에게 뭐라든 상관하지 않습니다. 난 다 참아도 배고픈 건 못 참거든요."

"배고픈 건 누구나 다 마찬가지 아닙니까? 때로는 배고픔을 참고 양보하는 법도 배워야지요."

뭔가 충고해 주고 싶었다. 단체 생활에서 혼자 모나게 굴면 좋을 리가 없었다. 누구에겐가 얻어맞을지도 모르고 그가 어려울 때에 아무도 나서주지 않을 것이다.

"내가 양보하라고요? 홍— 내 배는 내가 책임져야지 누가 대신 먹여준답니까? 그건 참견하지 마세요. 욕먹고 배부른 게 낫지, 배고프고 칭찬받으라고요? 허허, 그건 바보나 하는 짓입니다."

그는 완고했다. 충고가 먹혀들 사람 같지 않았다. 그렇게 비난받아 가며 배를 채우는 그의 몰골도 별반 차이가 없었다. 그가 여기서 누워버리면 그 또한 방금 파묻은 시체와 다를 바 없다. 그건 강동식도 마찬가지였다. 말하자면 곧 시체가 될 사람들이 조금 앞서 시체가 된 자를 파묻는 것에 불과했다.

강동식은 그를 비난하지도 않았고 충고할 생각도 없어지고 말았다.

어쩌면 그는 이 포로수용소에서 자신을 속이지 않는 유일한 인간일지도 모른다는 생각이 들었다.

"난 인간입니다. 인간은 누구나 자신을 위해 삽니다. 죽는 것은 부모나 자식도 대신 못합니다. 그래서 욕먹는 줄 알면서도 늘 선착순에서 제일 먼저 튀어나가는 겁니다. 나에게 뭐라 하지 마세요. 나 대신 죽어줄 놈은 없으니까요."

강동식은 자신을 향해 되물었다.

'그래. 이 친구 말이 맞을지도 모른다. 아니! 그의 말이 맞다. 누가 나를 대신해 죽어줄 것인가? 강동으로 오는 도중에 공습을 받았고 그때 중공군 호송병이 기관총에 맞아 죽으며 나를 덮쳤다. 그 덕분에 난 살아남았다고 좋아하지 않았던가? 그게 사람의 본 모습이 아니던가? 사람은 누구나 이기적이기 마련이다. 자신보다 더 중요한 것이 무엇이 있던가? 이것이 인지상정인데 매일 죽어가는 포로수용소에서는 더하지 않겠는가? 나를 대신해 목숨을 내놓을 수 있다면 그건 어머니뿐일 것이다. 어머니가 그리워졌다. 눈물을 흘리던 여윈 어머니가…….

그는 말없이 산길을 내려왔다. 한없이 무거운 발걸음으로…… 그 중오의 발자국 위로 슬픔이 쌓여가고 있었다.

'어머니.'

조용히 불러 본다.

이곳은 일주일에 두세 번 꼴로 눈이 자주 내렸다. 또 눈이 한 번 제대로 왔다 하면 허리춤까지 쌓이는 것은 흔한 일이었다. 이날도 그랬다. 기상 사이렌 소리에 잠을 깨어 밖을 보니 수용소 내 집들이 밤새 내린 눈에 갇혀 있었다.

 포로들이 자고 일어나면 가장 먼저 하는 일은 같은 방을 쓰는 전우의 생사확인이었다. 포로들이 낮에도 죽어가지만 주로 밤새 죽는 경우가 많았다. 그래서 기상 사이렌이 울리는데도 일어나지 않고 누워 있으면 가슴이 철렁했다. 눈을 뜨면 무작정 옆사람부터 흔들어 깨웠고, 그래서 꿈틀거리면 살아 있는 것이고, 요지부동이면 그날로 생을 마감한 것이다.

 강동식도 일어나자마자 습관처럼 옆에 자고 있던 포로를 흔들었다. 그런데 미동도 없었다. 그는 충남 천안 출신으로 이틀째 아무것도 먹지 못했다. 주먹밥이나 옥수수쌀을 먹으면 모두 토해버렸고, 방구석에 누운 채로 지낸 지가 일주일이 넘었다.

 그는 눈을 조용히 감고 있어 평온해 보였지만, 깡마른 얼굴에다 수염까지 덥수룩하여 차마 눈뜨고 보기 어려운 참혹한 몰골이었다.

 '어— 죽었네.'

 늘 보는 죽음이지만 그의 죽음은 강동식의 마음을 매우 아프게 만들었다. 그는 스물두 살이지만 두 살짜리 딸이 하나 있다고 했다. 평소 시름시름 앓았고 기운을 차리지 못해 얼마 살지 못할 것 같다는 생각을 했다. 그래서 강동식은 측은한 마음에 그를 자주 보살펴 주었었다. 저번에 시신을 매장하고 받은 수수를 먹다 말고 남겨와 그에게 주었으나 입에도 대지 못했다. 그때 그는 누운 채로 강동식의 손을 잡았다. 그리고 눈에는 눈물이 글썽이고 있었다. 그는 흰 눈이 소복이 쌓인 날 생을 마감하고 말았다.

 낡은 모포로 그를 덮어주었다.

오늘처럼 이렇게 눈이 많이 내린 날은 아무것도 못했다. 아침점호도 없었다. 토담집 작업이나 시신매장 작업도 없었다. 눈이 그치고 길이 터지기 전까지는 죽은 자와 함께 생활해야 했다.

식사도 문제였다. 포로들이 마을회관까지 가야 하는데 눈 때문에 쉽지가 않았다. 그래서 소대장과 두세 명이 가서 주먹밥을 타왔다.

그런데 이때 누군가가 주먹밥을 타오기 위해 떠나려는 소대장 최영철 하사에게 퉁명스럽게 한마디 내뱉었다.

"소대장! 사망자는 보고하지 마시오. 이자(사망자) 몫도 타오고요!"

"알았소, 그러지요."

소대원들은 이 말이 무슨 뜻인지 다 알고 있었다. 그는 어차피 죽었고 폭설 때문에 죽은 자를 매장할 수도 없으며 눈은 한 이틀은 더 쏟아질 것이고 그때까지는 아침점호도 없을 것이다. 점호가 있다 해도 죽은 자를 환자로 속이면 그의 몫을 이삼 일은 타먹을 수 있다는 뜻이었다.

일반 사회라면 맞아죽을 말이지만, 포로수용소에서는 이것이 용납되고 한편으로는 생존의 지혜였다. 죽은 자를 보고하지 않으면 그자의 급식은 나오게 마련이고 죽은 자의 몫으로 산 자의 배를 채우자는 심보였다.

강동식은 소대장을 불러대는 그를 바라보았다. 며칠 전 하창수 일병을 향해 〈식충이〉라며 욕질했던 바로 그 포로였다. 그러던 그가 오늘은 자신이 〈식충이〉 하창수가 되고 있었다. 아니, 침묵하고 있는 강동식도, 다른 소대원들도 모두 하창수가 되어 있었다. 누가 누구를 비난한다는 말인가? 삶이란 그렇게 처절한 것이며 생존을 위해서는 무엇이라도 할 수 있는 것이 인간 아니던가?

 소대장은 아침 식사로 주먹밥을 타왔다. 조금 전 사망자를 보고하지 말라고 했던 포로와 몇몇이 죽은 자의 몫을 나눠 먹었다.
 아침 식사를 마친 후 해괴한 짓거리가 벌어졌다. 포로 하나가 시신에서 옷을 벗기고 있었다. 그러더니 완전히 알몸으로 발가벗겨버렸다. 그리고는 자신도 발가벗었다. 시신에서 벗긴 옷을 자신이 입었다. 또 자신이 벗은 옷을 시신에게 입혔다. 하지만, 고참 포로의 설명을 듣고 보니 이것도 포로수용소에서 체득한 요령이고 지혜였다. 사람이 죽어 시신이 싸늘하게 차가워지면 몸이나 옷에 달라붙어 있던 해충인 이가 모두 빠져나간다는 것이다. 그래서 시신의 옷과 자신의 옷을 바꿔 입는다는 것이다.
 그러고 보니 강동식과 신참 포로들도 이곳에 온 며칠 후부터 온몸이 근질거려 벅벅 긁어댔다. 죽음의 행군 때는 매일같이 추운 곳에서 지내다 보니 이가 없었지만, 이곳 수용소에서는 따뜻한 방에서 생활하니 이가 옮겨진 것이다.
 포로들은 수개월째 목욕 한 번 못한데다 짐승 우리 같은 생활환경 탓에 머리와 몸에는 이가 득실거렸다. 옷을 벗어 털면 우수수 떨어졌다. 또 옷을 거꾸로 뒤집어 잡거나 머리카락을 헤집어 가며 서로 이를 잡아주었다. 몸이 너무 마른 탓에 이도 속이 차지 않은 벼쭉정이마냥 말라 있어 손톱으로 눌러도 피 한 방울 나지 않았다. 하지만 이들은 굶주림에도 죽지 않고 포로들을 괴롭혔다.

　포로들은 3일간 시신을 방 한쪽에 뉘어놓고는 시신 몫으로 타온 식사를 나눠 먹었고, 눈이 그치고 시신이 퉁퉁 부풀어서야 사망 보고를 했다. 시신은 전우들의 손에 의해 매장되었다. 그리고 산 자들은 수수한 됫박을 타와서 나눠 먹었다.
　날이 갈수록 아침점호에 참석하는 인원이 줄어들고 있었다. 사망자가 없는 날이 드물었다. 이렇게 포로들이 죽어가는 이유는 무실한 식사 때문이었다.
　수용소에서 하루 세 끼 식사로 제공하는 옥수수쌀은 수확한 지 수년이 지난 것이라 돌같이 딱딱해져 웬만큼 삶아도 제대로 익지 않았다. 그리고 영양도 없지만 소화도 잘 되지 않았다. 그런 옥수수쌀을 장기간 먹게 되자 대부분 포로들이 설사병에 걸렸다. 심하면 일어나 걷지도 못하고 화장실로 기어가다 배설물을 쏟아냈다. 또한 아침점호 도중에 선 채로 바지에 배설하는 포로도 있었다. 설사가 계속되자 포로들의 몸은 급속히 말라갔고 탈수증세까지 겹쳐 사망자가 늘어났던 것이다.

　국군 포로들은 보름 정도 지나면서 설사병이 호전되었다. 하지만 유엔군 포로들은 좀처럼 나아지지 않고 연일 사망자가 발생했다. 신토불이(身土不二)라는 말이 있지 않은가? 낯선 나라, 거기에 형편없는 음식. 그것도 전쟁 포로가 되었으니 영양섭취라는 말은 사치요, 탈 없이 배만 채워도 다행한 형편이었다. 유엔군 포로들의 사인은 대부분 탈수증세가 겹친 영양실조였다. 6척의 거구가 고목나무 쓰러지듯 넘어지면 다시는 일어나지 못하고 웅크린 채로 죽어갔다.

유엔군 포로 중대장 스미스 윌슨 공군 소령은 포로수용소 소장을 찾아가 식사를 개선해 줄 것을 요구했다.

"제네바협약에는 당신네들이 먹는 식사와 같은 식사를 포로에게 제공하도록 되어 있소. 그러니 당장 당신네들이 먹는 음식으로 제공해 주시오."

"당신네 전투기의 공습 때문에 본국으로부터 식량 보급이 원활하지 못해 현재로서는 별도리가 없소."

소장의 말처럼 달리 뾰족한 방법도 없었다. 그래서 궁여지책으로 삶은 옥수수쌀 대신에 삶은 콩으로 바꿔 보았지만 사정은 오히려 더 악화되었다. 삶은 콩이 설사를 더 부추겼던 것이다. 이러지도 저러지도 못한 채 차라리 굶는 게 낫다고 판단하여 식사를 거부해 보지만, 그건 또 참을 수 없는 배고픔의 고통에 시달리게 만들었다. 이때 많은 유엔군 포로들이 죽었다.

결국 중공군 수용소 소장은 상급부대에 이 사실을 보고했고 밀가루를 제공받아 유엔군의 설사병은 위기를 넘길 수 있었다.

국군의 희생이 미군보다 덜했던 원인은 그래도 몸에 익은 곡식에, 먹을 수 있는 풀뿌리나 동물들을 잡아먹는 것이 가능했기 때문이다. 토담집 작업을 하고 돌아오는 길에 민가에 들러 시계나 반지, 털모자, 목도리 등을 주고 감자, 고구마와 같은 음식으로 바꾸어 먹었다. 또 시신을 치우는 조건으로 배급받은 식량도 도움이 되었다. 참으로 불행하기 짝이 없는 식량이지만…….

  반면 미군 포로들은 수용소 생활도 녹녹치 않겠지만 식생활은 물론이고 문화까지 다르니 살아남기가 더 힘들었던 것이다.
  특히 10대 후반의 미군 포로들의 사망률이 높았던 이유는 다소 군기가 약했던 탓도 있지만, 그보다는 신진대사가 완성한 나이임에도 필수영양의 공급 부족으로 체력이 더 빨리 소진되었기 때문으로 보였다.
  이렇게 먹는 것의 작은 차이는 정상적인 환경에서는 별로 중요하지 않겠지만, 절대 영양공급이 부족한 상태에서는 인간의 생명을 좌지우지했다.

크리스마스이브에 생긴 일

약간의 식사 개선으로 사망자가 줄어들었고 유엔군은 다소 활기를 되찾은 듯 보였다. 남한이나 북한, 중국에서는 설이 가장 큰 명절이다. 그러나 미국을 비롯한 대부분의 서양 국가에서는 크리스마스가 최대의 명절이다. 회색빛으로 찌들은 포로수용소에도 크리스마스가 다가왔다. 크리스마스를 3일 앞두고 유엔군 포로 중대장 스미스 윌슨 공군 소령이 밤늦게 국군 포로 대대장 장선홍 중령을 은밀히 찾아왔다. 윌슨 소령은 장선홍 중령이 1945년 미군정 당국이 영어를 이해하는 간부요원을 양성하기 위해 세운 군사영어학교 출신이라 말도 잘 통하고 누구보다 미군을 이해해 줄 것으로 생각했다.

"크리스마스 행사를 열려고 합니다. 도와주십시오. 트리도 만들고 예배도 보려고 합니다. 트리는 지천으로 깔려 있는 소나무를 사용하면 되지만, 다른 장식물은 저희들로서는 구할 방법이 없습니다. 한국군은 수용소 바깥으로 나갈 기회가 많으니 솜이나 솔방울 같은 장식물을 구해 주시면 감사하겠습니다. 이번 크리스마스는 고통과 절망에 빠져 있는 우리 유엔군 포로들에게 기쁨과 희망을 줄 것입니다. 그러니 꼭 좀 도와주십시오."

그리고 그는 작은 주머니를 풀어 주섬주섬 무언가를 꺼내놓았다. 시계와 만년필, 목도리, 장갑 같은 개인 소지품들이었다.

"이것들은 장교 몇 사람이 내놓은 겁니다. 모두 드릴 테니 트리를 만들 물건들과 교환해 주십시오. 이 시계는 제가 결혼할 때 아내에게 받은 선물인데, 지금 사용하는 것이 좋겠다는 판단이 들어 내놓는 겁니다. 아내도 이해를 해 주겠죠."

지금까지 용케 간직해 온 결혼기념 시계를 부하들을 위해 기꺼이 내놓은 것이다. 평소 과묵하고 강직한 성격의 장선홍 국군 포로 대대장은 가슴 뭉클한 감동을 받았다.

"잘 알겠습니다. 하지만 트리 장식물을 구하는데 이렇게 많이 주실 필요는 없을 듯합니다. 아무튼 최대한 도와드리겠습니다. 우리 국군 포로 중에도 기독교인이 있을 겁니다. 그들도 참석시키겠습니다. 그리고 중공군의 방해가 있을지 모르니 준비도 은밀히 하고 크리스마스이브 저녁에 잠깐 행사를 열어야 할 겁니다."

국군 포로는 토담집을 짓거나 시신을 매장하기 위해 수용소 밖으로 나갈 기회가 많았다. 수용소와 멀지 않은 곳에 작은 마을이 있어 가끔 들르기도 하고, 길에서 그 마을 사람들과 지나치기도 했다.

장선홍 중령은 윌슨 소령의 결혼기념 시계는 사용하지 않겠다고 생각했다. 결혼이라는 의미가 담겨져 있고, 그런 의미 있는 시계를 보관하고 있다는 것이 그에게 큰 위안이 되리라 생각했다.

시계를 빼고는 트리 장식물을 구하기 힘들다면, 자신의 만년필을 내놓을 요량이었다. 그리고 시계는 크리스마스이브 때 윌슨 소령에게 선물로 줄 작정을 하고 있었다.

장선홍 대대장은 4명의 중대장들과 함께 이 문제를 논의했다. 이 일에 적극 협조하기로 결정했고, 이후 트리 장식물을 구하는 일은 순조롭게 진행되어 갔다.

국군 포로들이 솜뭉치를 구해 왔고, 울긋불긋 예쁜 천 조각도 구해 왔다. 산에서 솔방울을 따서 예쁜 색깔의 천으로 덮어씌워 소나무에 걸면 멋진 트리가 될 성싶었다. 국군 포로 중에도 크리스천이 있었다. 그들도 은밀히 유엔군을 도와주었다.

마침내 12월 24일 성탄 전야가 찾아왔다. 매일 밤 9시에 저녁점호가 있고 이후에는 취침시간이었다. 하지만 점호를 마치고 곧 바로 모여 예배를 드리고 성탄을 축하할 작정이었다.

윌슨 유엔군 포로 중대장, 장선홍 국군 포로 대대장을 비롯하여 유엔군과 국군의 크리스천 포로들이 들뜬 기분으로 모여들었다. 초라하기 짝이 없었지만 그들은 트리를 가운데 두고 동그랗게 둘러섰다.

장선홍 대대장이 윌슨 중대장에게 손을 내밀어 악수를 청했다. 포로가 된 이후 이런 기쁜 날은 없었다.

"성탄을 축하합니다. 윌슨 소령님."

"장 중령님, 도와주셔서 감사합니다."

"이건 제가 드리는 크리스마스 선물입니다. 받아주세요."

"오! 이건, 제… 시계가… 아닙니까? 이걸… 어떻게!"

"결혼기념 시계를 장식물과 바꿀 수는 없었습니다. 편하게 받으세요."

윌슨 소령이 감격에 복받쳐 눈물까지 글썽였다. 평생 이렇게 감동스러운 성탄 선물은 다시는 받아 보지 못하리라.

이때, 척—척—척— 무거운 군화 발자국 소리가 들려왔다. 수용소를 관리하는 중공군 부대원들이었다. 성탄 예배를 보기 위해 유엔군과 국군 포로들이 모이고 있다는 보고를 받고 수용소장과 장교들 그리고 사병들이 급하게 달려온 것이다.

"빨리 트리를 치우시오! 그리고 즉시 해산하시오."

"우리에게 크리스마스는 당신네의 설 같은 명절인데, 못하게 하는 이유가 뭐요?"

"지금은 취침 시간이요, 그리고 수용소에서는 종교행사를 허락할 수 없소. 지금 당신들이 하는 짓은 모두 수용소 규정 위반이요. 그러니 자진해서 트리를 철거하고 해산하시오."

서로 설전이 오갔다.

이때 누군가 한국어로 조용히 캐럴을 부르기 시작했다.

"고요한 밤, 거룩한 밤 어둠에 묻힌 밤—."

그러자 미군들이 따라 부르기 시작했다.

"사 일렌 나잇— 호오올리— 나잇—."

거기서 캐럴은 멈추었다.

"퍽!"

어디선가 둔탁한 소리가 나더니 캐럴을 처음 불렀던 국군 포로 사병

크리스마스이브에 생긴 일 103

이 머리에 피를 흘리며 쓰러졌다. 중공군이 총개머리판으로 강타한 것이다. 모두 놀라 쓰러진 그를 바라보았다.

장선홍 대대장이 다가가 쓰러진 국군 포로 사병을 일으켜 세웠다. 그리고 수용소장에게 간절히 부탁했다.

"이 사람들에게는 일 년 중 오늘이 최대 명절입니다. 한 200여 명밖에 안 되니 예배를 볼 수 있도록 해 주십시오. 작은 소란도 없도록 하겠습니다. 혹여 문제가 생기면 제가 모든 책임을 지겠습니다. 부탁합니다."

그러나 수용소장은 대답대신 부하들을 쳐다보며 지휘봉으로 트리를 가르쳤다. 중공군 사병들이 우르르 달려들어 트리를 넘어뜨리고 부숴버렸다.

이에 흥분한 미군 포로 하나가 중공군들에게 달려들어 정신없이 발길질을 해댔다. 다른 포로들도 웅성대며 달려들 기세를 보이자 수용소장이 권총을 뽑아 들었다. 사태가 심각하게 돌아가자 장선홍 대대장과 윌슨 중대장이 포로들에게 자중하라며 고함을 질러댔다.

그리고 윌슨 소령이 무언가 작심한 듯 앞으로 나가 목청을 높였다.

"사랑하는 전우들이여. 이들의 나라는 종교를 용인하지 않는 공산국가이니, 우리가 아무리 부탁해도 소용이 없을 것 같소. 그러니 사고가 생기기 전에 오늘은 이만 해산합시다. 부탁합니다."

어쩔 수 없는 일이었다. 슬프고 아쉽지만 성탄 예배는 결국 이렇게 끝나버리고 말았다. 가족과 함께 칠면조를 굽고 성탄을 즐겨야 할 유엔군 포로들은 초라한 트리 하나를 지키지 못하고 쓸쓸히 흩어졌다.

중공군에게 구타당한 국군 포로는 다행히 큰 상처는 아니었다. 차가운 밤하늘에는 별이 빛나고 있었고, 그의 발걸음은 한없이 무거웠다.

그는 입에 흐르는 피를 닦으며 다시 조용히 캐럴을 부르기 시작했다.

그러나 이것으로 끝난 것이 아니었다. 중공군은 조금 전 거세게 항의하며 발길질했던 미군 포로를 연행해 갔고, 그는 그날 밤 숙소로 돌아오지 않았다.

다음날 아침, 사태가 심각하다고 판단한 윌슨 소령이 수용소장을 찾아가 따졌다.

"어제 잡혀왔던 포로는 지금 어디 있습니까? 모두 자진해서 해산하지 않았습니까?"

"어제 그곳에 모였던 전부를 수용소 규정 위반으로 처벌할 수 있지만 나의 아량으로 봐준 겁니다. 하지만 우리 병사를 폭행한 미군 포로는 용서할 수 없습니다. 죄질이 나빠 일주일 독방에 수감시켰으니 그리 아시오."

독방! 소령은 답답함을 가슴에 묻고 돌아올 수밖에 없었다. 그곳이 어떤 곳인지 잘 알고 있었다. 포로들이 사고를 치면 독방에 가뒀다. 그 독방은 수용소 본부 지하에 있었다. 일체 누구를 만날 수도 없었다. 사람을 볼 수 있는 기회는 하루 세 번 식사를 넣어주는 중공군뿐이었다. 이때 대소변 용도의 깡통 하나를 넣어주었다. 그러나 그건 큰 문제가 아니었다. 너무 비좁아 누울 수도 다리를 쭉 펼 수도 없었다. 그저 잔뜩 쪼그리고 앉아 있을 수밖에 없었다. 천정이 낮아 일어나 허리도 펼 수 없었다. 햇살이 전혀 들지 않는데다 바닥에서 습기까지 차올라왔다. 일주일은 고사하고 단 하루만 지나도 관절이 굳어버렸다.

독방에서 나오면 거의 병신이 되거나 시름시름 아프다가 죽어갔다. 그래서 수용소 내 독방에 갔다 오면 '지옥에 갔다 왔다' 고 했다.

한해의 마지막 날, 독방에 갇혔던 미군 포로는 일주일의 감금기간을 채운 후 석방되었다.

걸어서 끌려갔던 그는 들것에 실려서 돌아왔다. 정신도 반쯤 놓고 있었다. 그리고 피골이 상접한 그가 회복되어 다시 예전의 건강을 되찾으리라고 믿는 사람은 아무도 없었다.

그는 그날 밤을 넘기지 못하고 죽었고, 죽기 직전 어디서 그런 기운이 생겼는지 벌떡 일어나 외마디 소리를 지르고는 다시 넘어졌다.

"공산주의자 놈들, 지옥에나 가라."

그의 죽음을 끝으로 1951년 12월 31일은 저물어갔다.

걸신 병

　수용소에 포로들이 더 이상 들어오지 않는 것을 보면 전쟁은 교착 상태에 빠진 듯 보였다. 그 때문인지 전쟁 상황에 대해 한마디 말이 없다. 또 포로 교환이란 말도 들어본 지 오래되었다. 북한의 얼어붙은 땅처럼 모든 것이 얼어붙어 있었다.

　형편없는 식사는 포로들에게는 영양실조를 불러왔고 심한 영양실조는 폐결핵이나 간염, 야맹증 뿐만 아니라 정신분열증으로 이어졌다. 밤이 되면 좁은 방 안에서 옆사람의 얼굴조차 알아보지 못했다. 문지방에 걸려 넘어지고 선반에 머리를 부딪치기가 일쑤였다. 그래서 밤에는 눈뜬 장님마냥 어디 나다닐 수도 없었다. 또 오랜 굶주림과 설사로 몸 안에 기름기가 모두 빠져나가 추위에 무척 힘들어했다. 포로들은 매일 같이 죽어갔다. 이곳 강동 포로수용소는 그야말로 생지옥이나 다름없었다.

11월 중순부터 연말까지 국군 포로 120여 명이, 유엔군 포로 80여 명이 죽었다. 200명이나 되는 젊은이들이 죽어갔지만 제대로 손 한 번 쓰지 못하고 그저 지켜볼 뿐이었다. 1천 명이었던 포로가 두 달이 채 안 되는 짧은 기간에 800명으로 줄어들었다. 국군 포로 장선홍 대대장과 유엔군 포로 윌슨 중대장이 함께 몇 차례 수용소장을 찾아가 식사 개선과 환자 치료를 요구했지만 속수무책이었다. 그나마 대책을 세우려는 고민도 의지도 없어 보였다. 그들이 하는 일은 사망자 숫자를 파악하여 살아남아 있는 포로 숫자를 정확하게 계산하는 것뿐이었다.

죽어가는 숫자만큼 포로들의 전우애, 사랑, 배려, 이성은 사라지고 삭막해져 갔다. 이제 모두가 식충이 하창수가 되고 있었다. 아니, 살기 위해 모두 점점 미쳐가고 있었다. 한참 먹어야 할 젊은 나이에 하루 세 끼 먹어 봐야 정상적인 식사로 치면 한 끼도 되지 못하니 어찌 이들을 비난하랴! 게다가 단백질 공급이 전무하니 몸은 고기를 달라고 아우성이었다. 이런 상태가 수개월 지속되자 결국 정신분열증을 일으키는 포로들이 생겨났다. 말이 좋아 정신분열증이지 먹을 것에 완전히 미쳐버린 것이다.

1952년 1월 1일 월요일 임진년 새해가 밝았다.
새해 첫날이라 평소와는 달리 식사가 좋은 편이었다. 옥수수가루와 좁쌀을 섞은 밥, 그리고 무국에 염분이 들어 있는 무장아찌가 반찬으로 나왔다. 포로들은 차례를 기다리며 줄지어 서 있었다. 이때, 줄 맨 앞쪽에서 소동이 벌어졌다. 식사 시간에 차례를 무시하고 항상 맨 앞에서 배식을 받는 포로가 있었다. 그는 정신분열증세를 보여 포로들이 묵인해 주고 있었다. 식사 때만 되면 그의 두 눈은 번뜩였다. 혹여 누가 자신의 음식을 빼앗아 먹을지도 모른다는 강박관념에 사로잡혀 있었던지, 항상 두리번거리며 입이 터져라 음식을 집어넣었다. 그는 특이하게도 반찬 없이 밥만 모두 먹고, 다음에는 반찬만 따로 먹었다. 그리고 다시 배식을 받기 위해 줄을 섰다. 중공군이 혼쭐을 내어 쫓아 버리면 다른 포로들에게 다가가 밥을 나눠 달라고 조르기도 하고 때로는 빼앗아 재빨리 도망치기도 했다.

  그는 이미 포로수용소에서 걸신(乞神)으로 통하고 있었다. 그가 정신분열증세를 보이고 있었지만 그걸 걱정하는 사람은 없었다. 그런 그가 오늘은 벌써 세 번째 줄을 선 것이다. 그가 느끼기에도 오늘 식사가 좋았던 모양이다. 중공군 취사병이 두 번까지는 봐주었지만 세 번째는 참을 수 없었던 모양이다.

  "배고파 죽겠어요. 밥 주세요."

  "벌써 세 번째 아냐. 가, 못줘!"

  "아닙니다. 전 처음입니다. 얼른 주세요! 빨리요."

  "이 거지새끼, 이거 하루 이틀도 아니고 배때기는 너만 고프냐? 이 새끼 더 이상은 안 되겠어. 오늘은 버르장머리를 제대로 고쳐놔야지."

  중공군 취사병이 쇠로 만들어진 국자로 그의 머리통을 내리치고 사정없이 두들겨 패기 시작했다. 그는 얻어맞아 머리에서 피가 흐르고 걸어차여 쓰러졌지만 주린 개가 고기를 보고 덤비듯이 다시 일어나서 달려들었다.

머리에서 흐른 피가 밥그릇에 뚝뚝 떨어졌지만 그는 빈 그릇을 내보이며 소리 질렀다.

"아니에요, 전 밥 안 탔어요. 정말입니다. 빨리 밥 주세요."

다시 발길질이 시작되었지만 말리는 사람은 아무도 없었다.

1952년 1월 1일 아침은 그렇게 걸신사건으로 시작되었다.

포로들의 몸은 말라붙고 병은 깊어만 갔다. 더구나 육류나 생선 섭취가 전무하니 버틸 수가 없었던 것이다. 그래서 인간이 먹을 수 있는 것은 무엇이든 먹어야 했다. 아니, 먹고 죽지 않는 것이라면 뭐든 먹어야 했다.

그런데 어느 날, 어디선가 고기 굽는 냄새가 진동했다. 수용소에서 좀처럼 보기 드문 일이었다. 아니 전혀 불가능한 일이 벌어진 것이다. 이 굶주린 포로수용소에서 고기 굽는 냄새가 날 이유가 없지 않은가?

강동식과 분대장은 냄새의 진원지를 찾아갔다. 수용소 귀퉁이에 아름드리 느티나무가 있었다. 강동식이 가끔 찾아가는 곳이었다. 고향에서 떠날 때 손을 흔들던 함양에 있는 느티나무보다도 더 굵고 큰 나무였다. 그래서 집이 그리우면 이곳에서 잠깐씩 고향을 생각하던 곳이다. 냄새의 진원지는 바로 이 느티나무 아래였다.

무슨 고기를 굽는지 고소한 냄새가 진동하고 있었고 누가 쪼그리고 앉아 구운 고기를 입으로 집어넣고 있었다. 털 그을리는 냄새도 코를 자극했다.

강동식과 분대장이 가까이 다가왔지만 그는 전혀 눈치 채지 못하고 있었다.

"누구요. 뭘 굽는 거요?"

흘깃. 고기를 굽던 포로가 인기척에 놀라며 뒤를 돌아봤다. 바로 그 녀석이었다. 밥을 달라며 몇 번씩 줄을 서다가 얻어맞은 그 걸신이었다. 마치 고인돌처럼 작은 돌 두 개를 기둥 삼아 세우고 그 위에 얇고 널찍한 돌을 올려놓고 그 밑에 불을 지펴놓고 있었다. 놀랍게도 그 돌판 위에는 두 마리 쥐가 구워지고 있었다.

"왝!"

강동식과 분대장은 구역질을 참지 못하고 겨우 위장 바닥에 붙어 있던 음식물마저도 전부 토해낼 것 같았다.

고향에 있을 때 겨울밤에 심심풀이로 초가지붕 처마로 숨어드는 참새를 잡아 구워 먹은 적은 있지만 쥐를 잡아 구워 먹은 경험도, 본 적도 없었다. 고기 살이 익는 냄새는 코를 자극했지만 쥐고기라는 것은 그야말로 충격이었다. 그러나 이 사건은 오히려 굶주림에 지친 포로들에게 들불처럼 번져갔다. 국군 포로나 유엔군 포로 할 것 없이 낮에 부엌이나 헛간을 뒤지고 다니며 쥐를 잡기 위해 한바탕 소동이 벌어졌다. 얼마 만에 먹어 보는 고기인가? 지저분한 동물이라는 선입견 때문에 처음에는 먹기가 거북했지만 쥐 고기는 고소하고 부드러웠다. 얼마나 잡아먹었던지 며칠이 지나자 쥐들이 씨가 말라버렸다. 쥐고기 맛에 대한 버릴 수 없는 미련은 초가집 처마 속으로 숨어드는 참새 잡이로 옮겨가고 있었다.

비열한 사상교육

'국군 포로들을 우리가 원하는 목적대로 이용하기 위해서는 사상 개조하는 것에서부터 출발한다.'

이것은 북한의 생각이었다. 그들의 목적은 국군 포로를 인민군에 편입시켜 해방전사로 양성하거나 전쟁 복구에 노동력을 이용하거나 공산주의의 우월성을 홍보하는데 활용했던 것이다.

그래서 중공군이 관리하는 강동 포로수용소이지만 사상교육만큼은 인민군이 담당했다. 사상교육은 아침 식사가 끝나고 오전 두 시간에 마을회관에서 실시했고, 인민군 정치보위부 소속 장교들이 돌아가면서 강의를 했다. 그들은 사상교육을 순화해서 정치학습이라고 불렀지만 사실은 공산주의 세뇌교육이었다.

사상교육 시간에는 마르크스와 레닌의 사회주의 사상, 모택동의 혁명투쟁사, 김일성의 항일투쟁사를 강의했으며, 강의가 끝나면 강사가 질문하고 포로가 답변하는 학습토론으로 이어졌다. 누가 강의를 하던 앵무새처럼 토시 하나 안 틀리고 항상 꼭 같았다.

포로들에게 레닌의 사회주의 사상이니, 김일성의 항일투쟁사가 머리에 들어올 이치가 없지 않은가?

포로들은 혼잣말로 '헛 지랄이여! 개자식들' 하며 욕지거리를 내뱉었다.

그렇게 비아냥거렸던 포로들도 똑같은 이야기를 귀에 딱지가 앉도록 듣다 보니, 어느새 자신도 모르는 사이에 줄줄 외울 정도가 되어 있었다. 그들은 이러한 반복 학습효과를 노렸던 것이다. 그리고 학습토론 때 강사의 질문에 대답 못하면 '동무는 사상이 의심스럽소.' 하면서 문제를 삼으니 포로들이 학습 내용을 암기하지 않을 수도 없었다. 날조되고 과장된 그들의 무용담도 생존을 위해서는 그저 사실인 양 받아들여야만 했다.

정치학습 시간에 때로는 월북자와 북한에 전향한 국군 포로가 와서 강연하기도 했다. 하루는 국군 포로 출신으로 북한에 전향한 육군 소위가 와서 강연을 했다.

"소수의 지주, 자본가가 다수의 농민, 노동자를 착취하는 남한의 전근대적인 국가운영 방식은 공산진영이 전쟁에서 승리하는 그날부터 이 땅에서 영원히 사라지게 만들 것입니다. 남조선의 이승만 정권은 이를 두려워해서 미 제국주의자들의 지원을 받아 저항하고 있지만, 전세는 이미 위대한 김일성 장군 쪽으로 기울었습니다. 지금도 늦지 않았으니 인민군에 자원입대하여 조국해방전쟁에 동참하십시오. 하루빨리 통일 전사가 되기 바랍니다."

그는 입으로는 공산주의를 찬양했지만, 당당하지 못한 자신이 부끄러웠던지 그의 눈은 강의 시간 내내 천정을 향하고 있었다. 육군 장교가 어떻게 저지경이 되었나 싶은 측은한 마음도 들었지만, 포로들은 그저 '너는 지껄여라.' 하고 딴전을 피우고 있었다. 포로들은 연필로 누런 종이에 무언가를 끼적거려 돌려 보고 있었다. 이 위대한 사상교육시간에 포로들은 또 다른 위대한 욕망을 그리고 있었다.

―W. X. Y

오랫동안 잊고 있었던 여체를 상징하는 영어 알파벳이었다. 그리고는 킬킬대며 찢어버렸다. 잠시지만 참으로 행복한 시간이었다. 포로수용소에서 웃는 유일한 시간이기도 했다.

정치학습이 끝나면 다음은 한글교육이었다. 사실은 대부분 포로들이 소학교는 졸업했고, 또 5년제 중등학교를 다녔거나 다니다 군에 왔지만, 포로 심문 때 남한 교육을 많이 받았다 하면 거부감을 갖는다는 말을 듣고 무학이라고 거짓 진술을 많이 했다. 이제 와서 한글을 안다고 했다가는 진술 내용 모두가 거짓이 되고 감당할 수 없는 일들이 벌어지게 될 것이다. 그래서 한글을 알면서도 울며 겨자 먹기 식으로 꼬박꼬박 한글교육에 참석했다.

―ㄱ ㄴ ㄷ ㄹ ㅁ ㅂ ㅅ―, ㅏ ㅑ ㅓ ㅕ ㅗ ㅛ…….
―가 나 다 라 마 바 사 아…….
―결혼 똥개 신부 아버지 어머니 동생 총 밥 포로…….

이들은 문맹자를 퇴치한다는 취지로 한글교육을 실시했지만 이미 한글을 깨우친 포로들은 가, 나, 다 식의 기초교육에 처음에는 웃음을 참기 힘들었다.

하지만 교육을 맡은 인민군 장교는 신이 났다. 진도가 척척 나가기 때문이었다. 그는 포로들이 한글을 알고 있어 그런지는 모른 채 오직 자신의 지도력 덕분인 줄 알고 더 열성을 보이는 바람에 포로들은 한글교육이 지겹고 따분했다. 차라리 힘든 노동을 하는 것이 훨씬 속 편하다는 생각이 들었다.

사상교육은 유엔군 포로에게도 시행했고 다른 점은 강사가 영어를 유창하게 구사하는 중공군 장교라는 것과 강연 말미에 항상 미국의 공산당 지도자 포스터에 대해 설명하면서 마친다는 것이었다.

하루는 미군 사병들을 대상으로 실시하던 정치학습이 끝날 때쯤 포로수용소 소장이 들어왔다.

"고국에 있는 가족들과 연락이 두절되어 얼마나 답답하겠소. 가족들도 여러분의 소식을 애타게 기다리고 있을 것이오. 그래서 인도적인 차원에서 가족들에게 편지를 보내는 것을 허용하기로 했소. 대신에 편지를 검열해서 공산주의를 비난하는 내용이 있으면 발송하지 않는 것은 물론이고 처벌도 하겠소. 그러니 어떻게 편지를 써야 될지 잘 생각하고 판단하기 바라오."

북한 제품인 백두산 연필과 종이를 받아든 유엔군 포로들은 그들이 살아 있다는 소식을 가족들에게 알리고 싶은 간절한 마음에서 누구라고 할 것 없이 바닥에 엎드려 편지를 써내려갔다.

하지만 중공군이 베푸는 호의의 바탕에는 철저히 계산된 무서운 계략이 숨어 있었다. 중공군 장교는 미군 사병들이 제출한 편지 중에서 십여 장을 골라서 읽어주면서 "이 편지는 바로 미국으로 발송이 되오. 이 편지처럼 쓰면 발송할 수가 없소."라며 어떻게 보면 친절하게 편지 쓰는 요령까지 알려주는 것 같았다.

그리고 그중에서 한 통을 뽑아 읽어주었다.
"사랑하는 부모님, 저는 전투 중에 포로가 되어 지금은 북조선 평안남도에 있는 중국이 관리하는 포로수용소에 있습니다. 그러나 걱정하시지 않아도 됩니다. 우리는 제네바협정에 규정된 대우를 받고 있으며 이곳 군인들과 똑같이 입고 먹고 있습니다. 아프면 치료도 해 주고 심할 경우는 후방에 있는 군 병원에 입원도 시켜줍니다. 빨리 전쟁이 끝나 고국으로 돌아가고 싶습니다. 전쟁이 빨리 끝나도록 정부에 촉구해 주십시오. 다시 연락드리겠습니다."
그러나 그들은 모르고 있었다. 처음 채택된 편지는 이미 중공군에게 포섭당하여 공산주의자로 전향한 포로의 글이었고, 그 편지마저 치밀하게 교육받아 써진 글이라는 것을. 그리고 이 편지는 모범 답안이 되었다.

이처럼 검열을 통과한 편지는 '중공군이 대우를 잘해 주고 있다. 전쟁이 빨리 끝났으면 좋겠다. 고향으로 빨리 돌아가고 싶다.' 는 대강 이런 내용들이었다.

반면 포로수용소 '환경이 나쁘다. 음식이 형편없다. 부상이나 질병을 제대로 치료해 주지 않는다. 한국 전쟁은 공산주의자들의 침략전쟁이다. 미국은 위대한 국가이다. 자유진영이 승리했으면 좋겠다.' 이런 내용이 한 줄이라도 들어가는 편지는 발송할 수 없다며 작성자를 호명하여 편지를 돌려주었다.

미군 사병들은 자신의 생존 사실을 가족에게 전할 수 있는 절호의 기회를 놓치고 싶지 않았다. 처음에는 단순히 중공군이 금기시하는 문장을 적지 않는데 주안점을 두었으나 두 번, 세 번 편지를 작성하면서 자신도 모르게 공산주의에 다소 우호적인 문장들이 들어가게 되었다. 미군 포로 사병들은 검열을 통과해야만 편지가 발송될 수 있다는 사실을 알고 있었기 때문이다.

미군 포로 사병들은 공산진영을 다소 찬양했지만 이는 나의 마음이 아니라 편지가 고향에 전달되기 위해서 필요한 요식적인 행위라고 생각했다. 그리고 조국인 미국을 비난하거나 폄하하는 글만 적지 않으면 된다고 생각했다. 미군 포로 사병들은 몇 차례 편지를 작성하면서 공산진영을 찬양하는 것이 미국에 피해가 되고 또 이러한 내용을 공산주의자들이 이용할 수 있다는 우려에 대해서는 무감각해져 가고 있었다.

그래서 날이 갈수록 공산진영을 찬양하는 내용은 직설적이고 노골적으로 변해갔다. 그럴수록 중공군은 미군 병사들에게 지난번 보낸 편지가 가족들에게 전달되었다거나 이번 편지를 빨리 발송될 수 있도록 적극 협조하겠다며 생존 소식을 전하고픈 미군 병사들의 심리를 자극하고 십분 이용했다.

 공산진영 입장에서 유리하게 잘 적은 편지는 복사해서 정치학습 시간에 나누어 주거나 수용소 본부에 붙여 공산주의 찬양 경쟁을 유발시켰다. 미군 사병들은 자신들이 쓴 편지가 공산주의의 선전용으로 한국 전쟁의 홍보용으로 다른 미군 포로들을 설득하는 세뇌교육 자료로 활용되리라고는 전혀 생각하지 못했다.

 중공군의 이러한 시도는 인간은 자신이 쓴 글에 자신의 행동과 생각을 일치시키고자 하는 심리작용과 다른 사람들의 글은 비교적 그대로 믿는 인간의 심리를 교묘히 이용한 것이었다. 결국 편지 검열은 미군 병사들의 이성적 사고와 가치관을 크게 흔들어 놓았다.

 중공군은 편지 검열이 소기의 성과를 얻었다고 판단했는지 글짓기 대회까지 개최했다. 중공군이 내건 상품은 담배와 삶은 계란이었다. 수용소에서는 이러한 것도 매우 귀중한 물건이었기에 많은 미군 사병들이 백일장에 참가했다. 편지 검열을 통해 공산주의 찬양에 익숙해진 탓인지 아니면 자신의 글이 뽑힐 가능성을 높이기 위해서인지 글의 내용은 위험 수위를 넘고 있었다.

 중공군은 편지 검열과 백일장을 통해서 공산주의에 상당히 우호적인 미군 사병들을 발굴하여 나중에는 이들로 하여금 포로들의 감시와 동향을 파악하여 보고하는 밀고자로 선정했다.

 그러던 어느 날 일요일이었다. 쉬는 날인데도 수용소가 바빠졌다. 포로들은 영문을 모르는 채 집집마다 대청소를 하고 새 군복을 지급받아 갈아입었다.

　다른 날과 달리 매우 좋은 아침 식사가 제공되었다. 마치 잔칫집 같은 분위기였다. 보리밥에 찐 감자, 김치와 깍두기 반찬, 돼지고기 국에 두세 점 고깃덩어리까지.

　포로들은 영문을 모르는 채 좋아했고, 축구공을 주어서 공도 차고 햇살 아래 옹기종기 모여 휴식도 취했다.

　그때였다. 낯선 지프차가 도착했고 사복을 입은 외국인들이 내렸다. 30대로 보이는 노랑머리의 여성과 남성 둘, 그리고 영화를 찍는 기계를 든 40대 남성이었다. 포로가 된 이후 처음 보는 외국 민간인이었다.

　이들은 중공군의 안내를 받으며 카메라로 포로수용소 여기저기를 찍으며 돌아다녔다.

　그리고 얼마 후 스피커를 통해 국군 포로와 유엔군 포로 모두 마을회관 앞으로 모이라는 방송이 흘러 나왔고 포로들은 다시 모여들었다.

　수용소장이 나와 설명했다.

　"이분들은 국제적십자에서 나온 분들입니다. 이곳 생활을 찍어 여러분 나라와 국제사회에 제공할 것입니다. 여러분 얼굴도 최대한 찍어 보낼 겁니다. 살아 있는 모습을 고국에 있는 가족들에게 알리는 방법이기도 합니다. 그리고 국군 포로와 미군 포로 한 명씩 인터뷰를 할 겁니다. 협조해 주시기 바랍니다."

　그의 말이 마치자 단상 뒤에서 포로 두 사람이 나오더니 단상 앞에 마련된 의자에 앉았다. 그리고 노랑머리 외국인 여성이 포로들 가운데 앉았다. 카메라가 돌아가고 있었다.

　"어? 저거— 하창수 아냐?"

두 사람 중, 한 명은 국군 포로 식충이 하창수였고, 또 하나는 미군 포로 사병이었다.

외국인 여성의 질문과 포로 두 사람의 답변은 일사천리로 진행되었다. 미군 포로와 하창수 답변은 앵무새처럼 같았다.

"잘 먹고 따뜻한 방에서 잘 지냅니다. 약간의 노동은 있지만 힘에 부치게 시키지는 않습니다. 의무시설도 잘되어 있고 의사에게 항상 진료를 받을 수 있습니다. 그리고 공산주의가 자본주의보다 낫다는 것도 확실히 알았습니다. 김일성 장군님과 모택동 주석님께 감사해야 할 것입니다."

그러던 그가 갑자기 벌떡 일어나 만세삼창을 불러댔다.

"김일성 장군 만세— 위대하신 모택동 주석 만세— 조선민주주의 인민공화국 만세—."

그러자 수용소장을 비롯한 중공군 장교들이 얼굴에 함박웃음을 지으며 손바닥에 불이 나도록 박수를 쳐댔다.

포로들이 술렁였다. 카메라는 두 포로 뿐 아니라 다른 포로들을 찍기 시작했고 그때서야 잠시의 술렁이던 분위기가 가라앉았다. 모두가 얼굴을 비치려고 목을 뽑아 올리는데 열을 올렸기 때문이다.

"저 개자식들 먹을 거 때문에 배신하는 거여."

"이건 정말 용서가 안 되는데?"

소곤소곤 하창수에 대한 비난이 터져나왔다. 그는 모든 국군 포로와 조국을 배신했다. 그것도 공개적으로. 더구나 이 외국인들이 국제적 십자 요원들이라는 건 새빨간 거짓말이었다. 그들은 공산진영이 포로들에게 비인도적으로 대우를 하는데 대한 국제사회의 비난을 뒤집기 위해 홍보영상을 촬영하러 온 공산주의자들이었다.

 포로 숫자가 틀린다는 유엔군의 지적에 많은 포로들이 공산주의로 전향했다는 것을 홍보하는 것도 그들이 온 목적이었다. 공산주의의 우월성을 홍보하는…… 그것은 6.25의 당위성을 만드는 치밀한 전략이기도 했다.

 그들은 다시 배식과 식사 모습, 축구와 휴식하는 모습을 8mm 흑백 필름으로 찍고, 포로들이 쓴 편지를 가지고 돌아갔다. 이 짧은 영상과 편지들은 서방 세계에 훌륭한 선전물이 될 것이다.

 수용소 생활은 다시 평상으로 돌아왔고, 그 지긋지긋한 눈이 쏟아져 허리춤까지 쌓였다. 그런데 눈이 내리던 다음날 하창수가 감쪽같이 사라졌다. 며칠 후 눈이 녹자 그는 흉기에 찔려 죽은 채로 눈 더미 속에서 발견되었다.

 수용소에서 하창수 피살사건을 조사했으나 끝내 범인을 찾아내지 못했다. 그리고 인터뷰에 응했던 미군 포로는 그 후 다른 수용소로 보내졌다. 그는 아마도 조국을 버리고 중국에서 평생을 보내게 될 것이다.

동생 동민이의 전사

2월 초가 되었다. 날씨는 여전히 혹한에 머물러 있고 툭하면 폭설이 쏟아졌다. 그동안 수용소에 작은 변화가 있었다. 분대별로 5명 정도씩 빼내어 200여 명이 강동 포로수용소에서 다른 곳으로 갔다. 그들이 전투에 투입되었는지 아니면 포로 교환으로 고향에 갔는지, 그도 아니면 철도나 도로의 보수공사에 내몰려 다시 죽음의 길을 걷게 되었는지 알 수는 없었다.

그리고 얼마 후 수용소에서 빠져나간 숫자만큼의 국군 포로들이 다시 들어왔다. 강동식의 분대에도 5명이 새로 배정되어 왔다. 그러나 강동식이 처음 배정받을 때에 비하면 방은 비교적 널널한 편이었다. 그 사이 죽어간 포로들이 있어 빈 공간이 늘어났기 때문이다.

포로들은 새로 들어온 신참 포로들에게 몰려들었다.

"전황은 어떻습니까?"

"포로 교환은 있었습니까?"

"언제 포로가 되었습니까?"

그날 밤, 강동식은 어린 포로 하나와 대화를 나누느라 밤잠을 설쳤다. 바깥세상과 전쟁 상황이 너무 궁금했던 것이다. 그가 처음 이곳에 왔을 때 고참 포로들이 궁금해했던 것처럼 말이다.

19세의 한진태라는 이 포로는 몸이 녹초가 되어 있었지만 마다않고 대화에 응해 주었다. 그이 역시 강행군과 영양실조로 비쩍 말라 있었고 얼굴에는 수심이 가득했다.

"전, 고향은 충청북도 진천이고요. 작년 3월에 입대해서 참 많은 전투에 참가했습니다. 죽을 고비도 여러 번 넘겼고요. 그러다가 지난해 11월 서부전선 감악산 전투에서 중공군에 포로가 되어 오늘 여기까지 오게 되었습니다."

그는 땅이 꺼질 듯 한숨을 내쉬었다. 그동안 여러 포로수용소를 옮겨 다녔지만 이렇게 북녘 땅 깊숙이 들어온 것은 처음이라고 했다.

"여기 사정은 좀 어떤가요?"

"이곳 역시 식사 사정은 별로 좋지 않아요. 그동안 배고픔과 질병으로 많은 포로가 죽었어요. 그래도 봄이 되면 좀 나아질 겁니다. 산과 들에 돋아난 나물을 뜯어먹고 동물들도 잡아먹을 수 있으니까요. 이곳에서는 굶어 죽어도 얼어 죽을 염려 하나는 없지요. 허허!"

"여기서 생활하는 동안 저 많이 지도해 주십시오. 저는 아직 나이도 어리고…… 그런데 형님은 고향이 어디세요? 성함은 무엇이고요?"

"휴―우."

강동식은 깊은 숨을 들이킨 후 자신을 설명하기 시작했다.

"고향은 경남 함양입니다. 작년 10월에 입대하여 춘천에서 신병교육을 마치고 바로 화천으로 갔고 거기서 전투에 참가했다가 10월 말에 중공군 포로가 되었습니다. 저도 죽을 고비를 여러 번 넘기고 작년 11월 말에 이리로 왔지요. 이름은 강동식입니다. 앞으로 강 일병이라고 해도 좋고 형님이라 불러도 좋습니다."

누워 있던 그가 자리에서 벌떡 일어났다.

"함양에서 오셨다고요? 성함이 강동―?"

"네, 강동식, 그렇습니다만……."

그가 깜짝 놀라는 듯해서 강동식도 자리에서 일어나 앉았다.

"저와 함께 전투를 했던 전우 하나가 있었는데, 이름이 강동민입니다. 고향이 함양이라고 했고요. 형이 있다는 말을 자주 했지요. 형 대신 입대했다고요."

"뭐… 뭐라고… 했습니까? 동… 동민이와 함께 군대 생활을… 했다고요?"

"그럼… 맞군요, 강동민의 형님이시군요, 고향도… 맞고, 어떻게 이런 일이……."

세상을 살다 보면 가끔, 기적 같은 일이 종종 있다. 강동식에게는 오늘이 바로 그런 날이었다. 하필 자신의 방에 배정받은 신참 포로가 동생과 함께 군대 생활을 했다니, 쉽사리 믿을 수 없는 일이었다. 그러나 그건 사실이었다. 지금 확인하지 않았는가?

"그래, 동민이는 무사한가요? 잘 있나요?"

"……."

한참 침묵을 지키던 그가 마침내 입을 열었다.

"전사했습니다. 작년 10월 파주전투에서 전사했습니다."

강동식은 맥이 딱 풀려 더는 견딜 수가 없었다. 머리를 떨어뜨리고 손으로 얼굴을 감쌌다. 하지만 눈물도 나오지 않았다. 동생의 전사 소식을 여기서 듣다니…… 동생의 전사통지서는 집으로 날아가 가족들을 비탄에 빠지게 했으리라. 그런데다 자신의 전사통지서도 비슷한 시기에 집으로 갔을 것이다. 어쩌면 한날한시에 형제의 전사통지서가 배달되었을 수도 있었다. 실제가 그랬다. 정말 기막힌 일이 아닐 수 없었다.

동생과 형은 작년 같은 달 10월에 전사하고 포로가 되었다. 전쟁 봉에 일반 편지는 없었고 행정 문서는 배달되었지만 면사무소에서 매일 배달할 수는 없었다. 그래서 일주일 치를 모아 배달하다 보니 공교롭게도 한 날 한시에 형제의 전사통지서 두 통이 함께 집으로 배달되었던 것이다. 강동식의 집에는 청천벽력 같은 소식이었으리라. 두 아들을 한꺼번에 모두 잃었다며 슬퍼하실 부모님과 남편이 죽었다는 소식을 받은 아내의 마음은 어떠했겠는가? 생각이 여기까지 미치자 강동식은 가슴이 막혀 숨을 쉴 수가 없었다.

"제가 알기로는 동생은 참 많은 고생을 했습니다. 강동민은 인민군에게 포로로 잡혔다가 인민군에 편입되어 다시 국군과 전투를 했지요. 그때 탈출에 성공하여 국군에 원대 복귀한 후 경기도 파주 전투에서 중공군과 싸우다 전사했습니다. 저도 그때 거기서 중공군 포로가 되어 지금 이 지경이 되었지요. 문산, 파주 일대를 빼앗고 빼앗기고…… 특히 파주 적성면, 그 근처 감악산 전투는 정말 격렬했습니다. 동민이도 감악산 전투에서 중공군이 던진 수류탄에 맞아 전사한 겁니다."

　그랬다. 춘천으로 징집된 병력은 강동식처럼 동부전선으로 배치되었고 원주로 징집된 병력들은 동생 동민이처럼 서부전선으로 배치되었던 것이다. 감악산은 험준한 산이라 진지를 지키려는 국군과 빼앗으려는 공산군 사이의 전투는 알려진 것보다 훨씬 더 치열했다. 자유진영과 공산진영은 감악산 전투가 마치 6.25 전쟁의 승패의 분수령인 양 이 전투에 모든 사활을 걸었었다. 동생 동민이는 여기에 투입되었고 장렬히 전사했던 것이다.

　오늘 들어온 이 포로는 바로 동생과 함께 전투를 치룬 같은 부대원이었던 것이다. 영화 같은 일이고 소설에나 나올 법한 일이지만 당시에는 그런 일이 비일비재했다.
　슬펐다. 억울하고 분했다. 지금 당장이라도 총을 빼앗아 초소의 위병을 사살하고 동생의 원수라도 갚고 죽어버리고 싶었으나, 그건 불가능한 일이었다. 개죽음밖에 안 되었다. 전쟁 포로가 된 강동식은 죽은 동생을 위해 아무것도 할 수 없는 자신이 답답하고 분했다.
　'살아야지. 동생이 죽었다니 나라도 살아남아야지. 부모님들을 생각해서라도 악착같이 살아서 집으로 돌아가야지!'
　비로소 그의 눈에 눈물이 맺혔다. 그는 희미해져가던 증오에 다시 불을 붙였다.

　사실, 중공군이나 북한 군부가 발표한 포로 숫자는 실제보다 훨씬 적었다. 지난해 12월 휴전회담 때 포로 숫자가 틀린 이유에 대해서 그들은 이렇게 밝힌 적이 있다.

"포로 5만 7천여 명을 우리 후방 군사조직에 편입시켰다. 우리는(북조선) 조국해방전쟁에 참가한 해방전사들을 전쟁 포로로 인정할 수 없었으며, 남조선 군이 해방전쟁을 하겠다고 자원하는 것을 막을 명분이 없었다. 그래서 전쟁 초기에는 전투에 직접 참가시켰고, 중화인민공화국군이 투입된 후로는 후방 군사조직에 편입시켜 군수물자 수송이나, 조달, 아니면 전쟁 복구작업, 생산 활동에 참여시켰다."

그러나 이건 새빨간 거짓말이었다. 강동식 동생 강동민이 전투에 참가한 것은 맞지만, 자발적인 것이 아니라 강요에 의한 참가였다. 인민군에 편입되었던 강동민이 탈출한 것이 그 증거가 아닌가?

외롭고 의지할 데가 없는 곳이 포로수용소였다. 그러나 강동식과 한진태는 서로 믿고 의지할 수 있는 절친한 동지가 되었다. 수용소 생활에 익숙해진 강동식은 한진태를 동생처럼 보살펴 주었고, 한진태는 강동식을 형처럼 따랐다.

포로 교환 때 함께 고향으로 돌아가자고 했다. 그 전에라도 혹 좋은 기회가 오면 함께 탈출하자고 약속까지 했다.

수용소를 벗어나 도로를 보수할 때도, 토담막사를 지을 때도, 사상교육을 받을 때도, 죽 한 사발 먹을 때도 이들은 형제처럼 붙어 다니며 서로를 격려하고 끔찍이 아껴주었다.

그동안 사나흘에 한 번 꼴로 삐라가 살포되었다. 유엔군은 이 마을 전체가 포로수용소라는 것을 알고 있는 듯, 미군 비행기는 수용소 상공을 선회하다 삐라를 뿌리고 돌아갔다.

중국이 참전하면서 한국어가 통하는 조선족 출신 사병들을 많이 징집했다. 삐라가 계속 살포되자 조선족 사병들은 삐라 내용을 중공군에게 흘렸다.

중공군은 한국전쟁에 개입했을 당시는 정말 미국이 중국 본토까지 침공할 것이라는 위기감에 죽어라 싸웠다. 그러나 삐라를 보면 정반대였다.

북한의 선제공격으로 전쟁이 발발했고 이를 응징하기 위해 유엔 결의로 자유민주주의 16개 국가가 전쟁에 참전했다는 삐라의 내용에 대해 처음에는 중공군들이 반신반의하다가 나중에는 사실로 받아들이면서 자신들이 목숨을 걸고 싸우는 해방전쟁의 명분에 의문을 갖기 시작했다. 정말 이 전쟁은 소련의 스탈린을 위한 전쟁이 아닌지 의심을 했다. 소련과 중국이 공산권의 맹주가 되기 위해 치열한 암투를 벌이고 있다는 것은 중공군 사병들도 알고 있었기 때문이다.

포로가 포로를 감시하다

 신참 포로들이 들어온 지 도 1주일이 지났다. 늘 같은 일상이던 이곳 강동 포로수용소에 갑자기 개별 포로 심문으로 들썩거리기 시작했다. 포로 심문이라면 전체 포로를 대상으로 하는 것인데 지금은 특정인을 지목하여 심문을 했다. 그리고 저녁 식사를 마치고 취침 전 휴식시간에 불려갔는데 밤이라는 공포감까지 더한데다 갔다 하면 얼굴에 멍이 시퍼렇게 들어 돌아오기가 일쑤였기에 포로들은 자신이 심문에 불려갈까 봐 전전긍긍했다. 또 심문을 마치고 돌아오면 그때부터는 마치 벙어리가 된 듯 입을 굳게 다물어버렸다.
 '도대체 무슨 일이 벌어지는 것일까? 갔다 오면 왜 모두 벙어리가 되는 것일까?'
 궁금해서 물어봐도 대답하는 자는 아무도 없었다. 누구 하나가 불려가면 그 방의 포로들은 눈을 붙이지 못하고 그가 돌아올 때까지 기다렸다.

하루는 30여 명의 포로가 땔감을 구하기 위해 산으로 올라갔다. 중공군 감시병을 피해 강동식은 한진태에게 포로 심문 요령을 일러주었다. 그건 포로가 된 이상 군인의 군번이나 총번처럼 반드시 기억해야 할 사항이었다.

"이봐, 진태! 심문을 다시 시작하는 이유를 모르겠어. 자네(이때는 동생처럼 여겨 말을 놓았고 한진태는 강동식을 형이라고 불렀다.) 처음 포로 심문을 받을 때 뭐라고 대답했었는지 기억하나?"

"예, 기억하죠, 형. 여기 와서 심문을 받을 때도 같은 대답을 했는걸요, 그 정도 요령은 이미 들어서 알고 있었죠."

"그래 잘했어! 대답이 틀리면 직싸게 얻어터져. 거짓말을 한다고 여기거든, 그래 어떻게 진술했는데?"

"충북 진천에서 출생했고 소학교를 졸업한 후 청주에 있는 직물공장에서 노동자로 일하다가 월급날 생필품 사러 읍내에 나왔다가 군대에 끌려왔다고 거짓말을 했습니다. 누가 말하는데 부자나 지주는 아주 싫어한다고 해서요."

"잘했군. 그럼 원래는 뭘 했는데?"

"아버님이 땅이 좀 많으셔서 소작인들에게 나누어 주고 집에 머슴을 두고 직접 농사도 지었습니다."

"흠— 그런데 혹 직물공장 관련 기술적인 걸 물으면 어쩌려고 그랬어!"

"괜찮습니다. 같이 있던 전우 하나가 정말 그 직물공장에서 일하다가 왔거든요. 그래서 그이에게 많이 들었습니다."

그때 누군가가 말을 거들어 왔다.

"난 대포 소리에 고막이 터져 귀가 안 들린다고 했다가 들통이 나 죽도록 얻어맞은 일이 있었지요. 아무튼 거짓말하다 걸리면 맞아 죽습니다."

"그럼요, 여기서는 앵무새가 되어야지요. 심문 때 대답했던 것처럼 항상 같아야 합니다."

강동식은 꼭 동생 같은 한진태를 위해 알려줄 수 있는 것은 다 말해주었다.

그리고 3일 후 저녁점호가 끝나자 중공군 사병이 한진태를 찾았다. 강동식은 가슴이 철렁해서 먼저 대답했던 심문 내용을 잊지 말라고 당부했고 한진태는 자신 있는 표정으로 수용소 본부를 향해 집을 나섰다.

수용소 본부에 도착하자 세 명의 중공군이 보였는데 한 명은 한국말을 잘하는 조선족이고 하나는 장교이고 또 하나는 총을 들고 있어 감시병으로 보였다.

중공군 장교는 가죽 채찍으로 책상을 툭툭 치며 위협을 주었고, 조선족은 본격적인 심문을 시작했다.

놀랍게도 책상 위에는 한진태와 강동식의 포로 심문 기록이 나란히 올려져 있었다. 그리고 이들은 두 사람이 절친한 관계라는 사실도 이미 파악하고 있었다. 하지만 한진태는 그걸 전혀 모르고 있었다.

성명과 계급을 확인한 후 본격적인 심문이 시작되나 싶었다.

"청주 직물공장에서 노동자 생활을 했다고?"

"예, 그렇습니다."

"무슨 일을 했나?"

"완성된 직물을 창고로 나르고 팔려나갈 때 다시 옮기는 단순한 노동일을 했습니다."

"북이란 게 뭔지 아나?"

"네. 직물을 짤 때, 손바닥 크기로 마치 배처럼 생겼는데, 그 오목 팬 곳에 실을 넣고 일정하게 왔다 갔다 하면서 실을 풀어주는 구실을 하는 도구입니다. 그러면 천이 짜지는 것입니다."

"그런 거 누구한테 배웠어! 너 직물공장에서 일한 적 없잖아!"

갑자기 언성이 높아지더니 장교가 일어나 진태의 허벅지를 걷어찼다.

"아닙니다. 직물공장에서 일했습니다."

"이 새끼 거짓말하는 것 좀 봐, 안 되겠군!"

중공군 장교와 질문을 하던 조선족이 일어나 사정없이 때리기 시작했다. 구타가 한동안 이어지더니 다시 자리에 앉았다.

"이 반동분자 포로 놈아! 강동식이 알려줬어. 넌 공장에 다닌 적이 없다고. 반동지주의 아들이잖아."

"네? 그…그럴 리가…저는 정말 청주 직물공장에……."

한진태는 속으로 울부짖었다. 그럴 수가 없었다. 내가 죽은 동생에 대해서 알려주었고 동식이 형은 심문을 받는 요령까지 나에게 자세히 알려주지 않았던가? 하지만, 하지만…… 청주 직물공장에 다녔다는 것이 거짓말이라는 것을 알고 있는 사람은 지금까지 동식 형밖에 없었다.

그런데 그들은 태도를 바꾸어 한진태에게 부드럽게 말하기 시작했다.

"여기서는 누구도 믿어서는 안 된다. 누구든 포로들로부터 정보를 얻으면 밀고하게 되어 있다. 그래야 신분을 보장받으니까. 알겠나? 강동식은 네가 한 말을 모두 우리에게 보고했다. 그리고 네가 지금까지 한 거짓말은 없던 걸로 하겠다. 그대신 자아비판 기간을 1주일 줄 테니 그 사이에 누가 무슨 말을 하는지 잘 들었다가 보고하라. 그러면 넌 속죄가 될 것이다. 아무 보고도 없으면 넌 독방에 수감된다. 알겠나, 이제 그만 가 봐."

입술이 터지고 허벅지에 타박상을 입어 절뚝이며 막사로 돌아오고 있었다. 분했다. 강동식을 형이라 생각하고 말했는데 그렇게 믿었던 형이 밀고를 하다니…… 생각할수록 자신을 배신한 강동식이 미웠다. 세상에 정말 그럴 수는 없는 일이다.

물론 강동식이 밀고한 것은 아니었지만 한진태는 모든 정황으로 볼 때 강동식을 의심하지 않을 수 없었다. 중공군은 두 사람이 늘 붙어 다니며 함께 생활한다는 것을 알고 있었고 지금 그걸 이용하는 것이었다.

산에서 땔감을 하던 날, 청주공장에 대한 대화를 엿들었던 포로가 밀고했다는 것을 한진태는 짐작조차 못하고 있었다. 두 사람의 대화에 끼어들어 '거짓말을 하다 걸리면 맞아 죽는다.'고 충고했던 그 포로를 한진태는 까맣게 잊고 있었던 것이다. 그래서 한진태는 강동식이 밀고했다고 단정할 수밖에 없었다.

한진태는 집으로 가다가 다시 수용소 본부로 발걸음을 돌리기를 몇 차례 반복하다가 결국 수용소 본부 문을 열고 들어갔다. 중공군들은 머리를 맞대고 이야기를 하며 무엇이 그리 우스운지 킬킬대고 있었다. 그들은 의아한 눈빛으로 다시 돌아온 한진태를 보았다. 포로 심문을 마친 포로가 다시 찾아오는 경우는 처음 있는 일이었다.
"무슨 용무라도 있나?"
"네. 저도 제공할 정보가 있습니다. 강동식에 관한 겁니다. 그는 언제나 중공군과 북조선 군대에 대해 비판을 해 왔고, 모택동 주석과 김일성 장군을 비난했습니다. 기회를 봐서 탈출하자는 제의도 했습니다."
그는 강동식과 탈출하자고 약속한 사실에다 더해서 그들이 발끈할 거짓말까지 보태서 일러 바쳤다. 그래도 그는 분이 풀리지 않았다. 믿는 도끼에 발등 찍힌다더니 꼭 그 짝이 났던 것이다.
"그래, 잘 알았어, 해방전사 동무는 1주일까지 갈 것도 없이 지금 자아비판에서 빼주고 지은 죄를 속죄한 것으로 하겠소, 앞으로도 열성을 보이시오."

그 시각 강동식은 마음을 졸이며 한진태가 돌아오기를 기다리고 있었다. 심문은 잘 마쳤는지, 얻어맞지는 않았는지 걱정하고 있었다.
한진태가 돌아오면 심문을 받은 자들이 왜 사람들 눈치를 살피고 벙어리가 되는지 모두 밝혀질 것이다.
그런데 한진태는 생각보다 훨씬 더 많은 시간이 흐른 뒤에야 돌아왔다. 이번에도 역시 한진태의 몰골은 말이 아니었다. 얼굴은 얼마나 얻어맞았는지 퉁퉁 부어오르고 피멍이 들어 있었다.
"아니. 어떻게 이렇게… 많이 아프겠구나."
놀란 강동식이 얼굴의 피를 닦아주기 위해 한진태에게 다가왔다. 하지만 그의 표정은 싸늘하기만 했다. 다가오는 강동식의 손길을 뿌리치더니 모포를 덮어쓰고 누워버리는 것이 아닌가? 강동식에게 당한 배신의 골은 너무나 깊어 보였다.

무슨 일이 있었는지 알 길이 없는 강동식이 거듭 되물었지만 한마디 대답이 없었다. 그리고 한진태는 다음날부터 강동식을 의도적으로 피하기 시작했다.

'대체 영문을 알 수가 있어야지. 왜 그러는지!'

아무리 생각하고 또 생각해도 이해할 수 없는 행동이었다. 왜 자신을 피하는지. 왜 바라보는 눈초리에 증오가 섞여 있는지를!

그로부터 사흘이 지났다. 우울한 마음으로 저녁 식사를 마치고 누워 있는데, 중공군 사병이 찾아왔다.

"강동식 동무 계시오?"

"네."

"오늘은 강 동무가 심문을 받는 날이니 함께 갑시다."

강동식은 두렵기도 했지만 한편 호기심도 일었다. 지금까지 심문 뒤에 보여온 포로들의 행동에 대한 의문이 풀릴지도 모른다는 묘한 기대감과 동생 진태가 무엇 때문에 냉담해하는지 그 단서를 찾을 수 있을지도 모른다는 생각이 들었기 때문이다.

녹지 않은 잔설에 얼어붙어 길은 미끄럽기 짝이 없었다. 그는 비틀걸음으로 수용소 본부로 갔다. 심문이라면 이골이 난 강동식이지만, 걸어가면서도 자신에게 최면을 걸듯 혼자 묻고 혼자 답변을 해 보았다.

'이름은 강동식. 경남 함양에서 소작인 아들로 태어나 공부는 못했고 농사짓다가 전쟁이 나서 춘천으로 징집당하여…….'

그러나 이번에는 그의 노력은 물거품이 되었다. 그가 수용소 본부에 들어서자 이름만 물어보고는 가타부타 한마디 없이 중공군 사병 여럿이 달려들어 두들겨 패기 시작했다.
"네놈이 공산주의를 비판해? 그리고 김일성 장군님과 모택동 주석을 비난했다면서? 헛소리하는 거 우리는 앉아 있어도 다 알고 있어. 이 반동 놈의 새끼야!"
"저… 그게 아니라… 누가 그런 말을……."
그런 적이 없다고 그가 발버둥쳤지만 폭행은 막무가내로 계속되었다.
"수용소를 탈출하자는 말도 했잖아. 이 자식 진짜 독한 반동 놈이네!"
발길질과 주먹세례, 총개머리판을 가리지 않고 그들의 폭행은 이어졌고 누구에게나 한 것처럼 자아비판 기간을 정해 주면서 그때까지 다른 포로를 밀고하지 않으면 독방으로 보내겠다며 협박을 해댔다.

그렇다면 누군가가 포로들의 일거수일투족을 지속적으로 감시하고 밀고한다는 말이 아닌가? 밀고자 한 사람의 말은 꼬리에 꼬리를 물고 이어지고, 불려가서 얻어맞고 또 다른 사람을 고발하는 그런 식이었다. 그래서 모두 죄인이 되고 모두가 밀고자가 되는 것이다. 결국은 포로가 포로를 감시하는 것이니 정말 섬뜩하지 않을 수가 없었다.

그는 그제야 알만 했다. 심문을 받고 돌아오면 왜 모두가 벙어리가 되는지를. 심문은 구실이고 사실은 손 볼 사람이 정해지면 그를 불러 족치는 것이 심문이라는 것을…….
강동식이 돌아오자 포로들은 걱정스러운 얼굴로 맞아주었다.

누가 "괜찮아." 한다.

"열불 나도록 맞았지만 견딜 만해."

그러나 한진태는 보이지 않았다. 강동식이 방문을 열고 들어오는 인기척에 모포를 뒤집어쓰고 돌아 누워버렸기 때문이다.

강동식은 밀고자가 누구인지 떠볼 요량으로 말을 흘렸다.

"모두 말조심해야겠더라고. 우리가 나눈 대화를 중공군이 다 알고 있으니······."

이 말에 모두들 짐짓하더니 슬금슬금 물러나 자리를 잡고는 누워버렸다.

'누군가? 누가 밀고자인가? 식충이 하창수와 다를 바 없는 인간이 아닌가? 아니다. 이놈은 전우들을 밀고하는 배신자가 아니던가? 식충이 하창수와는 비교할 수 없는 나쁜 놈이다. 도대체 그놈은 누구란 말인가?'

강동식은 밀고자를 찾아내기만 하면 가만 두지 않겠다고 단단히 벼르고 있었다.

'그렇다면 진태도 이렇게 당했을 것이다. 그리고 내가 밀고했다고 오해를 했을 것이다. 진태는 도대체 무슨 말을 들었기에 나를 피하고 있는 걸까? 그걸 알아야 한다. 오해는 풀어야 한다. 그런데 어떤 방법으로 오해를 풀어야 할까?'

강동식은 이틀이나 꼼짝을 못했다. 전우들이 타다주는 음식으로 식사를 했다. 사흘째 되던 날 통증은 줄어들었고 자리를 털고 일어나 토담집 작업에 나갔다. 포로들은 예전과 같지 않았다. 모두 입을 굳게 다물고 있었다. 힘든 노동에 입버릇처럼 내뱉던 그 흔한 불평 한마디조차 늘어놓는 사람이 없었다. 포로들은 서로 경계하고 서로를 의심하고 있었다.

한진태도 그랬다. 강동식을 의심하고 있었다. 그러다가 한 가지 의문이 들기 시작했다. 중공군은 동식이 형이 불었다고 했지만 그렇다면 저렇게 죽도록 두들겨 맞았겠는가? 그리고 동식 형은 여기서 우연히 만나 내가 그의 동생의 전사 소식을 알려주었고 그동안 형, 동생처럼 정을 나누었는데 밀고를 할 이유가 없지 않은가? 한진태는 머리가 복잡해지고 혼란스러웠다.

'동식이 형이 아니라면 누군가 자신이 직물공장의 근로자가 아니라 지주의 아들이었음을 알았고 그가 밀고했을 가능성도 있다. 가만히 생각해 보니 땔감 작업을 하러 가서 자신의 신분에 대한 대화를 나눌 때 둘만 있었던 것은 아니었던 것 같다. 30여 명이 함께 가지 않았는가? 낮말은 새가 듣고 밤말은 쥐가 듣는다고 하지 않았는가?

그렇다면 자신이 얼마나 어리석은 짓을 했단 말인가? 그러나 동식이 형이 아니라는 증거는 없고 또 다른 사람이라고 확신할 수도 없었으니 마음만 찜찜했다.

다음날 국군 포로와 미군 포로 몇 사람이 또 죽었다. 강동식이 오랜만에 시신 매장자로 자원했고, 한진태도 따라나섰다. 오늘 동식이 형과 담판을 지어 보리라 작정했던 것이다.

얼어붙은 땅을 파헤치고 시신 매장을 마친 후, 그들은 배급받은 담배를 종이에 말아 피고 있었다. 먼저 대화의 물꼬를 튼 사람은 한진태였다.

"형이 날 밀고했수?"

"내가? 내가 왜— 동생 같은 널 밀고하겠냐. 어떤 놈의 밀고로 나도 죽다 살아나지 않았느냐? 난 정말 아니야, 더구나 다른 사람도 아닌 너를 내가 왜—."

"하지만 내가 청주 직물공장에 다니지 않았다는 걸 알고 있습디다."

"지금 여기엔 밀고자가 수두룩해, 생각도 못했던 일이지, 땔감 작업을 할 때 그때 그놈 있잖아, 말 끼어들던 놈, 그놈이야, 그놈이 너를 밀고했겠지, 그놈이 우리 대화를 엿들은 게 분녕해. 그리고 우리가 기회를 봐서 탈출하자고 말한 것까지 알고 있었어, 그러니 밀고자가 수두룩하단 말이지. 이제 그만 일어나자, 누가 또 우리 대화를 엿들을지도 모르니까."

"그럼 동식이 형은 아니네요."

"그래, 이제 오해가 풀렸으니 난 너무 기쁘다. 네가 냉담한 바람에 답답했거든. 오해를 푸니 이제 후련하네."

한진태는 할 말을 잃고 있었다. 이제야 진상이 파악되었다. 밀고자는 동식 형이 아니었다. 그런데도 자신은 흥분을 삭히지 못해 거짓말까지 보태 동식 형을 고발했으니 사실 밀고자는 자신이 아니던가?

이런 형을 의심했다니, 한진태는 동식 형에 대한 죄책감과 자신에 대한 자책감에 너무 괴로웠다. 그리고 자신이 형을 고발했다는 말은 도저히 꺼낼 수가 없었다.

강동식은 정말 후련한 가슴으로 산을 내려오고 있었다.

주먹을 움켜잡았다.

'반드시 밀고자를 찾아내고 말리라.'

배신자

1952년 2월 중순, 당시 전쟁이 교착상태에 빠져 있던 것처럼 툭하면 내리던 눈도 뜸해졌고 그 양도 줄어들었다.

하지만 수용소 분위기는 여전히 싸늘했다. 개별 포로 심문에 불려가서 매를 맞고 돌아오는 포로들이 계속 있는 걸로 봐서는 밀고자는 지속적으로 포로들의 동향을 보고하는 듯했다.

과연 밀고자는 누구란 말인가? 강동식은 궁금증과 분노가 치밀어 올랐다. 오히려 날이 갈수록 밀고자를 색출해 내겠다는 집착이 커져갔지만 의심이 갈만한 사람을 찾지는 못하고 있었다.

자고 일어나니 며칠 만에 내린 눈이 무릎까지 쌓여 있었다. 스피커를 통해 제설작업 지시가 내려졌다. 포로들은 모두 나와 작업을 하면서도 작은 기운을 쓰는 눈 쓸기에도 힘들어했다.

이날은 날씨도 맑은데다 눈이 햇살에 반사되어 포로들의 얼굴에 땀

구멍까지 보일 정도였다.

포로들의 얼굴은 핏기 없이 창백한데다 양쪽 볼과 눈은 움푹 패여 있고 수염이 자라 사람이라기보다는 차라리 말라빠진 고릴라에 가까웠다.

강동식은 포로들을 보면서 '나도 저렇게 형편없는 모습일까? 나 또한 저 사람들과 다르지 않겠지?' 라는 생각이 들어 몇 사람 얼굴을 번갈아가며 살펴보았다. 그러던 순간 깜짝 놀랐다.

수염 때문에 지저분해 보이기는 매한가지였으나 성상인처럼 얼굴에 핏기도 있고 볼도 통통한 포로 하나가 눈에 쏙 들어왔다.

강동식의 시선은 그 포로에게 고정되었고 다시 유심히 살펴보게 되었다. 차근차근 뜯어보니 면도만 하면 정상인과 전혀 다를 바가 없는 건강한 얼굴에다 몸도 그리 축나 있지도 않았다. 그는 다른 포로들과는 분명 다른 모습이었다. 그는 바로 포로 소대장 최영철 하사였다.

'그가 정상인과 다를 바 없다는 것은 잘 먹는다는 뜻이고, 잘 먹으려면 중공군의 배려가 있어야 한다는 뜻이다. 수용소 포로들 중에서 그럴 수 있는 사람은 밀고자뿐이다.'

강동식은 제설작업을 하던 한진태에게 다가가 귀엣말로 포로 소대장 최영철 하사가 밀고자 같다고 했다.

"형님 말씀을 듣고 그놈 얼굴을 보니 수상하긴 수상하네요."

"맞아, 최 하사가 분명 밀고자야. 다들 뼈만 앙상한데 저 인간만 멀쩡한 것을 보면 틀림없어."

"그렇다면 저 인간은 우리와 달리 뭐라도 더 쳐먹는다는 말인데, 언제 처먹었지요?"

"그러게……."

그리고 보니 지난해 12월 하순경 사건이 기억에 떠올랐다.

포로들은 땔감을 구해 오고, 토담집을 짓고, 시체를 매장하는 고된 하루를 뒤로하고 모두 깊은 잠에 빠져들 때였다. 몇 발의 총성이 났고 고함 소리가 들려왔다. 포로들은 놀라 튀어나왔다. 탈출자가 발생한 것으로 생각했으나 아니었다.

포로 두 사람이 중공군 보초병들에게 집단 구타를 당하고 있었는데 그 장소가 바로 수용소 본부와 붙어 있는 취사장 안이었다. 이를 보아 구타당하는 포로들은 취사장에 먹을 것을 훔치러 몰래 들어갔다가 발각된 것으로 보였다.

그때 구타를 당하던 포로 중 하나가 바로 최영철 하사였다. 식량을 훔치려 한 포로는 독방에 가두는 것이 보통이나 그들 둘이는 얻어맞은 것 외에는 다른 처벌을 받은 것이 없었다. 오히려 다음날부터 약 2주간 포로들이 가장 부러워하는 취사장에서 조리보조 일까지 했다. 그리고 이후 그들은 각기 자기가 소속된 소대로 돌아와 포로들과 함께 생활을 해 왔다.

강동식이 지금 확인한 최 하사의 얼굴은 혈색이 돌고 통통했다.

"진태, 틀림없이 그놈이 밀고자야. 최 하사 그놈 말이야."

"형, 최 하사 그놈이 제설작업을 하다 말고 조금 전에 주먹밥을 타러 취사장에 갔는데, 돌아오면 족칠까요?"

"심증은 가지만 물증은 없으니 조금만 더 살펴보자."

포로들은 제설작업을 중단하고 아침 식사를 위해 숙소로 돌아왔다.
강동식은 포로들에게 최 하사가 밀고자로 의심이 간다며 말을 꺼냈다.
"얼굴이 통통하고 혈색이 도는 포로는 최 하사밖에 없습니다. 우리를 밀고해서 잘 쳐먹었다는 거죠. 그놈이 중공군과 내통하는 바람에 우리는 서로를 의심하고 서로 감시하는 불편한 생활을 해 온 겁니다. 게다가 툭하면 불려가 얻어맞고……."
포로들은 눈이 커지면서 강동식을 빤히 쳐다보더니 그간 있었던 일을 털어놓기 시작했다.
"밀고자는 그놈 하나 만이 아닐 겁니다. 사실 저도 포로 심문을 한다며 불려간 적이 있었는데 중공군은 나를 회유하기 위해 별의별 제의를 다 했지요. 〈여기는 경비병의 숫자가 적어 포로 관리에 많은 어려움을 겪고 있다. 그러니 같은 소대 포로들의 동향을 파악하여 보고해 주면 포로 교환 때 가장 먼저 돌려보내 주겠다. 그리고 포로들에게 죽지 않을 정도로 최소한의 식사만 제공할 예정이지만 너에게는 고기와 식사를 충분히 제공하겠다. 비밀은 철저히 보장된다. 공산당을 비판하는 자, 수용소 생활에 불만을 가진 자, 폭동이나 탈출을 선동하는 자를 파악하여 보고하라.〉 하지만 나는 중공군의 이런 제의를 거절했지요, 거절했다가 맞기도 했지만요, 우리는 언젠가는 포로 교환으로 남쪽으로 돌아갈 텐데, 밀고자가 될 수는 없었기 때문이었습니다. 그런데다 제가 밀고자란 것이 알려지면 돌아간들 나중에 어찌 되겠습니까?"

배신자 143

여기까지 일사천리로 말하던 그가 또 다른 기억을 떠올리는 듯 잠시 조용하더니 다시 입을 열었다.

"맞아요. 중공군 놈들이 이런 말도 했지요, 〈만약 이런 제의를 받았다는 말을 다른 포로들에게 알리면 넌 그날로 죽는 줄 알아라. 네가 떠들고 다니든, 숨어 말하든 우리는 앉아서 다 알 수 있으니 만일 그런 일이 생기면 네가 발설한 것으로 알고 바로 즉결하겠다.〉고 협박했습니다. 제가 거절하자 최 하사 그놈을 회유한 모양입니다. 그놈이 곧 주먹밥을 가지고 돌아오면 저도 자세히 살펴보겠습니다. 얼굴이 피둥피둥하다면 그건 우리가 얻어맞은 대가일 겁니다."

또 다른 포로들이 한마디씩 거들고 맞장구를 쳤다.
"예, 그러고 보니 최 하사가 수용소 본부에 불려간 적은 있었지만, 얻어맞은 흔적은 한번도 본 적이 없습니다."
"생각해 보니 정말 그렇네요. 그럼 최 하사가 밀고자란 말인가요?"
물증은 없으나 정황증거는 분명했다. 최 하사의 얼굴이 가장 확실한 증거였다. 강동식이 본 그의 얼굴은 혈색도 좋고 통통한데다 약간의 기름기마저 돌고 있었다. 그리고 포로들이 말한 것처럼 석연찮은 그의 행적이 또한 증거이었다.

그날 저녁, 공교롭게도 중공군 사병이 숙소에 와서 최 하사를 데리고 갔다. 포로들은 최 하사가 돌아오기만 기다렸다. 그가 돌아오는 모습이 멀쩡한지 아니면 피투성이인지를 보면 그에 대한 의심이 풀리기 때문이었다.

그는 한 시간도 더 지나서 돌아왔고 방에 들어오면서 혼잣말로 중얼댔다.

"중공군 놈 새끼들, 사람을 얼마나 들들 볶아대고 두들겨 패던지 혼났네."

한진태가 얼른 받아서 그에게 물었다.

"그래 뭐 때문에 두들겨 맞았습니까?"

"뭐… 내가 계급을 속였다나. 뒤 늦게 그러네."

"어디를 맞았소. 얼굴은 말짱해 보이는데…….''

"가슴팍이나 안 보이는 곳을 골라서 요령껏 때리니…….''

"그럼 우리 중에 누군가가 밀고한 것이 아니겠소?"

그 말에 최 하사는 아무런 대답도 하지 않고는 얼굴을 홱 돌리더니 벽을 보고 누워버렸다. 최 하사가 말하는 동안 내내 그의 입에서는 고기 냄새가 쏠쏠 풍겼다.

이제야 밝혀졌다. 포로들을 감시하고 밀고하는 배신자. 바로 최 하사 이놈이었다.

포로들은 다음날부터 그를 기피하기 시작했다. 모여 앉아 있다가도 최 하사가 오면 슬그머니 흩어지고 입을 닫았다. 식사 시간에도 누구 할 것 없이 그의 옆에 앉으려 하지 않았다. 소대원들은 노골적으로 그를 경계하기 시작했다.

최 하사가 밀고자라는 소문은 수용소에 삽시간에 퍼졌다.

소문은 장선홍 국군 포로 대대장 귀에까지 들어갔다. 대대장은 최 하사를 불렀다.
"최영철 하사의 행동을 도저히 이해할 수 없다. 최 하사는 대한민국 국군이며 최고참 병사가 아닌가? 솔선수범해야 할 당신이 어떻게 적군의 사주를 받는 배신자가 되었는가? 포로 교환 때까지는 자중해야 뒤에 탈이 없다. 그러니 적군에 협조하는 비겁한 행위를 당장 그만두어라. 내 충고를 귀담아 듣기 바란다."

그러나 최 하사는 오히려 대대장에게 대들었다.
"포로 주제에 아직도 장교 행세를 하려합니까? 대대장님 같은 장교들이 지휘를 잘못해서 우리가 포로가 되었잖소. 이제 상황은 달라졌습니다. 여기는 국군 부대가 아니라 중공군 포로수용소이고 난 그들의 보호를 받고 있습니다. 내 한마디면 대대장도 무사하지 못합니다. 그러니 쓸데없이 내 걱정은 마시오. 포로 교환이 되리라 생각합니까? 꿈 깨시오. 그들이 말하는데 포로들을 돌려보내도 전부 다는 돌려보내지 않는답니다. 그들이 마음에 드는 사람만 골라서 일부만 돌려보낸다고 했습니다. 그러니 대대장 자신이나 걱정하시오. 그리고 난 공산주의 사상을 존중하니 간섭하지 마시오."
장선홍 대대장은 더 이상 아무 말도 못하고 그를 돌려보냈다.
'그가 훗날 공산주의가 사람을 이용하는 방식을 알게 되면 오늘을 후회하리라. 밀고는 공산당을 지탱해 온 원동력이고 상호 간에 감시 당하고 밀고 당하게 된다는 것을 알게 될 것이다. 그리고 그는 언젠가는 버려질 것이다.'

최 하사는 장선홍 대대장을 만난 이후부터는 하루에도 2~3차례 수용소 본부를 드나들며 아예 드러내 놓고 밀고자 역할을 했고, 하루가 무섭게 변해가고 있었다.

최 하사는 어차피 밀고자로 낙인이 찍힌 마당에 중공군에 더욱더 협조를 잘해서 잘 먹고 지내다가 전체 포로 중 일부 돌려보내는 포로 교환 명단에 포함되어 고향으로 돌아가겠다는 나름대로의 계산을 하고 있었던 것이다.

그래서 그는 눈에 불을 켜고 소대원들의 일거수일투족을 감시했고 밀고거리가 있으면 잠시 주저함도 없이 바로 수용소 본부로 달려갔다. 소대원들은 최 하사가 함께 있다가 그가 자리를 뜨면 그때부터 불안해지기 시작했고, 자신들의 말과 행동을 과거로 돌려 다시 생각해 보지 않을 수 없었다.

최 하사의 비열하고 더욱 활발해진 밀고 때문에 소대원들은 수시로 불려가서 매를 맞고 돌아왔다. 중공군은 〈공산군대를 비하하는 발언을 했냐. 아니면 유엔군대를 찬양하는 발언을 했냐. 작업을 게을리한다는 지적이 있다. 정치학습 시간에 졸았다는 것은 사상이 부족하다는 증거다.〉 이런 식으로 실체도 없는 억지 꼬투리를 덮어씌워 사람을 잡았다.

최 하사는 자신의 밀고에 소대원들이 두들겨 맞고 돌아오면 "나는 언제든지 너희들을 독방에 가둘 수 있고, 밥을 굶길 수도 있다. 정치학습과 작업을 게을리하면 보고하여 처벌받게 할 수 있다."고 협박하며 눈웃음을 지었다. 그는 어느새 소대원들이 당하는 모습에서 희열을 느끼는 것 같았다.

그러다 보니 최 하사가 함께 있을 때는 소대원들은 일절 대화를 나누지 못했다. 최 하사를 보면 마치 중공군을 보는 듯해서 소대원들은 하루하루가 고역이었다. 감시의 눈과 24시간 함께 생활하고 있으니 소대원들은 숨이 막혀 죽을 지경이었고 모두 정신병자가 될 것만 같았다.

하지만 낮에 그렇게 날뛰던 최 하사도 잠잘 때만큼은 구석에 자리를 잡고 항상 벽 쪽을 보고 잤다. 잠결에도 소대원들 쪽으로 몸을 돌려 눕지는 않았다. 잠잘 때 포로들이 자신에게 해코지를 할지 모른다는 불안한 마음이 들었던 모양이다.

최 하사에 대한 소대원들의 미움과 증오는 그를 죽이고 싶을 정도로 커져갔다. 강동식은 "하창수를 죽일 게 아니라 최 하사 이 녀석부터 죽였어야 했다."며 분해했고, 소대원 중에서 누가 "최 하사가 잘 때 목을 졸라 죽이고 시체는 몰래 묻어버리자."는 제안을 했다.

그러나 그건 탁상공론에 지나지 않는다. 포로수용소에서 중공군에게 그렇게 열성적이던 하수인이 죽는다면 그들은 가만히 있지 않을 것이다.

그렇다. 최 하사가 없어지면 소대원들은 모진 고문을 당할 것이고, 그중에서 누군가 한 사람이라도 토설하면 소대원 모두를 죽일 것이 뻔했다.

"그 새끼 차라리 모질 병에 걸려 뒈지면 가슴이라도 후련하겠다."는 넋두리를 늘어놓고는 최 하사 살해 모의는 더 이상 진전을 보지 못하고 흐지부지 끝이 났다. 20명이나 되는 소대원들이 빨간 완장을 찬 최 하사 한 사람을 어찌할 수가 없었다.

시간이 지나면서 최 하사 뿐 아니라 국군 포로와 유엔군 포로의 소대별로 밀고자가 한두 명씩 정해져 있다는 소문이 나돌았다. 이 많은 포로들의 동태를 최 하사 혼자 살피기는 어려웠기 때문이나.
그리고 시간이 지나면서 국군이나 유엔군의 밀고자는 차츰 드러나고 있었다.

수용소 전체가 온통 밀고자에 촉각을 곤두세우고 있을 때 엉뚱한 사건이 터졌다.
월슨 미 공군 소령은 유엔군 포로 중 최고위급 장교였다. 그는 방 하나를 혼자 쓰고 있었는데, 방 안에는 야전침대와 작은 책상이 지급되어 사용하고 있었다. 같은 집에 다른 방 하나는 포로 중대장 월슨 소령의 부관들이 사용하고 있었다. 중대장은 포로들에 대한 자료를 수용소 본부와 공유하고 있었으며 이는 서로 유기적인 협조를 하기 위해서였다. 포로들도 군대와 같은 조직에다 통제는 가급적 자율에 맡긴다는 취지에서 그렇게 했다.
그런데 어느 날, 갑자기 영어에 능통한 중공군 통역장교 한 사람과 무장한 사병 4명이 월슨 소령의 방에 들이닥쳤다. 그들은 아무런 설명도 없이 방부터 뒤지기 시작했다.

"무슨 일입니까? 뭘 찾는 거요!"

"중대장께서 수용소 생활을 낱낱이 기록한다는 정보를 입수했습니다. 그건 수용소 규정 위반입니다. 그래서 일기를 찾기 위해 왔으니 자진해서 내놓기 바랍니다."

그건 사실이었다. 윌슨 소령은 수용소 생활을 매일 매일 적고 있었다. 거기에 더해 수용소의 위치와 구조 뿐만 아니라 하루 일과를 꼼꼼히 기록하고 있었다. 그리고 인간 이하의 대우, 사상교육, 밀고자, 비애, 죽음 등등…….

윌슨 소령은 언젠가 이곳을 벗어나 자유의 몸이 된다면 이 기록을 공개하리라는 생각에서 이곳에 올 때부터 기록하고 있었다. 그리고 아무도 몰래 일기를 쓰고 있었는데, 그에 대한 정보를 입수했다며 일기장을 내놓으라는 것이었다.

"난 그런 거 쓴 적이 없소!"

"거짓말 하지 마시오. 우리는 이미 알고 왔으니까!"

그들은 작은 방을 샅샅이 뒤져 천장 위에 은밀히 감추어 두었던 일기장과 몇 가지의 개인 소지품을 찾아냈다. 그중에는 지난 성탄절 때 국군 포로 대대장으로부터 돌려받은 결혼기념 시계도 있었다. 그는 개인소지품까지 압수하는데 항의하여 몸싸움까지 벌이다 중공군 사병들에게 얻어맞았다. 입술에서 피가 터지고 이마가 깨졌다.

윌슨 소령은 미군 전투기 편대를 이끌고 동부전선 철원 부근의 도곡리 철교를 폭격하다 대공포에 전투기가 꼬리를 맞아 추락하는 바람에 포로가 된 미 공군 편대장 출신이었다. 미 공군사관학교 졸업생의 자존

심은 완전히 망가져버렸다. 중공군 사병에게 맞았다는 마음의 상처 때문이었고, 2차 세계대전을 승리로 이끈 미합중국의 위대한 군대에서 밀고자가 있다는 것은 치욕적인 일이라고 생각했기 때문이다.

이 사건은 유엔군 포로 전체를 술렁이게 만들었다. 유엔군 포로 중대장 윌슨 소령은 믿을만한 몇몇 장교와 하사관을 불러 이 문제를 논의했다. 일본과의 전투에서 혁혁한 공을 세웠던 나이 많은 하사관이 입을 열었다.

"말도 안 됩니다. 더구나 장교를 구타하다니요. 억울하지만 우선 밀고자부터 찾아야 합니다. 밀고자는 분명히 중대장님 측근 인물일 가능성이 높습니다. 중대장님에 대해 잘 아는……."

"맞습니다. 국군 포로처럼 영양상태가 양호한 자를 찾아봅시다. 중대장님 측근부터요."

국군 포로 중 밀고자를 찾아낸 것은 강동식의 예리한 관찰력 덕분이었다. 영양상태가 그것이었다. 윌슨 중대장을 밀고한 것을 보면 유엔군 내에서도 밀고자는 반드시 있을 것이다.

그들은 먼저 신사적으로 자백부터 받기로 했다. 내부적으로 은밀히 알려 국가를 배신하고 밀고자가 된 자는 먼저 중대장을 찾아가 자백하고 용서를 구하라는 지시를 내렸다. 그리고 한편으로 몇몇 장교와 하사관이 숙소를 돌며 얼굴이 기름진 포로를 찾기 시작했다.

며칠 지나지 않아 미군 포로 6명이 윌슨 소령을 찾아와 자백을 했다. 윌슨 소령의 탄식이 이어졌다.

"세계 최강의 미군 육군 장교가 빵 한 조각을 더 먹겠다고 공산군의 앞잡이가 되다니…… 어떻게 낯을 들고 고국에 돌아갈 수 있겠소."

그리고 자백을 하지 않은 서너 명의 유력한 밀고 용의자도 찾아냈다. 얼굴은 속이지 못했다. 다른 포로보다 잘 먹었기 때문에 살이 오르고 기름진 얼굴이었다. 그걸 찾는 일은 그렇게 어려운 일은 아니었다.

결국 윌슨 중대장을 고발한 용의자가 나타났다. 놀랍게도 지난 연말부터 중대장을 보필하기 시작한 〈칼 하몬〉이라는 초급 장교였다. 웨스트포인트(미 육군 사관학교) 출신은 아니나 보병학교를 나와 장교가 되었고, 한국전쟁에 자진 입대한 젊은 장교였다. 중대장은 슬펐다. 결혼기념 시계를 빼앗긴 것보다 마음이 더 아팠다.

'위대한 아메리카 군인이 밀고자가 되다니. 그것도 장교가 말이다. 중공군이 미국을 얼마나 우습게 보았겠는가?'

그날 밤, 권투선수 출신의 하사관을 비롯하여 건장한 하사관 6명이 저녁점호가 끝난 뒤 밖으로 나섰다. 그들은 어둠을 헤치고 장교숙소를 향해 걸었다. 얼굴엔 분노가 넘쳐 있었고 누군가라도 때려죽일 기세였다.

장교숙소에 이르자 문을 박차고 들어갔다. 잠들었던 장교들이 놀라 자리에서 일어났고 채 말리기도 전에 칼 하몬을 밖으로 끌어냈다.

"무슨 일인가!"

사태를 파악하지 못한 장교 하나가 소리쳤지만 그들을 막지는 못했다.

"중대장님 지시입니다. 그냥 주무십시오."

칼 하몬은 언젠가 걸신이 쥐 고기를 구워먹던 그 아름드리 느티나무 아래로 끌려갔다.

하사관들이 달려들어 그의 어깨에 붙어 있던 장교 계급장을 뜯어냈다.

"넌 지금부터 미군 장교가 아니라 국가의 배신자이며, 중대장님을 고자질한 밀고자로 대할 것이다."

장교는 새파랗게 질려버렸다. 자신이 밀고자란 것이 들통난 것을 이제야 알게 되었다.

"무… 무슨 말인가… 내가… 배 배신자라니… 난 아무……."

"넌 위대한 미군을 모욕했고 상관을 밀고한 쓰레기다."

권투선수 출신의 하사관이 그 엄청난 주먹으로 칼 하몬의 아랫배를 질러댔고 그는 비명 한마디 지르지 못하고 나무토막처럼 쓰러졌다. 그러자 다른 하사관들의 발길질이 이어졌다.

그 시간, 강동 포로수용소장 사무실에는 소장과 그의 영어 통역부관, 그리고 국군 포로 대대장 장선홍과 유엔군 포로 중대장 윌슨이 함께 앉아 열띤 토론을 벌이고 있었다.

"소장! 나는 미합중국 공군 소령입니다. 비록 지금 포로로 잡혀 있으나 엄연한 장교입니다. 그대들 사병이 장교인 나를 구타한 것은 있을 수 없는 일입니다. 최소한 제네바협약의 규정은 지켜줘야 할 것 아닙니까? 이번 일은 절대 그냥 넘어가지 못합니다. 여기서 일어나는 일을 아무도 모르리라 생각한다면 그것은 큰 오산입니다. 당신들이 우리 전우들을 변절자로 만들었듯, 미국도 일본과 중국에 수많은 협력자가 있습니다. 이곳 수용소 일도 이미 미국에서 알고 있을 것이며 이는 휴전협정 후 국제문제로 다시 불거질 것입니다. 만일 오늘 몇 가지 요구사항을 들어주지 않는다면 우리는 집단으로 저항할 겁니다. 그 책임은 전적으로 소장에게 있음을 알려 드립니다."

지휘봉으로 탁자를 탁탁 치며 듣고 있던 소장이 입을 열었다.

"남조선 해방전사의 요구사항은 무엇이오! 어디 한번 들어나 봅시다."

장선홍 국군 포로 대대장도 작심을 한 듯 굳은 얼굴로 소장을 바라보다 입을 열었다.

"밀고자 만드는 일을 즉시 중지하십시오. 그리고 당신들이 지금까지 만든 밀고자들에게 더 이상 감시하지 않도록 지시를 내리십시오. 다른 요구사항은 유엔군 포로들과 같습니다."

"그럼 유엔군 포로들의 요구사항은 무엇입니까?"

윌슨 소령이 영어로 쓴 종이를 내밀었다.

1. 포로 전원에게 1주일에 하루 휴식을 보장하라.
2. 밀고자를 없애 달라.
3. 성인에게 필요한 열량만큼 식사를 공급하라.
4. 더 이상 개별 심문을 하지 마라.
5. 의무실을 설치해 달라.
6. 종교 활동을 보장하라.

'지금은 휴전협상 막바지다. 휴전협정이 타결되면 포로 교환이 이루어질 것이며, 그러면 이 포로수용소에서 있었던 모든 만행들은 세상에 알려질 것이다. 그러면 국제사회의 여론은 공산진영에 나쁘게 형성될 것이고 그 책임은 전적으로 소장에게 있다.'

이것이 두 장교가 수용소 소장에게 요구조건을 들어달라는 요지였다.

소장은 돌이킬 수 없을 만큼 일이 복잡해졌다는 것을 직감하고 있었다. 그렇다. 휴전협정은 그리 멀지 않았다. 만일 여기서 난동이라도 일어난다면 휴전회담에 장애가 될 것이다. 그리고 그 책임은 소장인 자신이 져야 했다.

장시간 토의 끝에 합의사항이 나왔다.
1. 일요일은 반드시 휴식을 보장한다.
2. 밀고는 그들 스스로 선택한 문제로 받아들일 수 없다.
3. 식사는 최대한 개선하도록 노력한다.
4. 포로 심문은 하되, 강압적인 심문은 하지 않는다.
5. 의무실 설치는 어려우나 약은 지급하겠다.
6. 종교 활동은 일절 금지다.

"좋습니다. 우리 생각만 할 수는 없으니까. 그리고 마지막으로 개인적인 요구사항이 하나 있습니다."

장선홍 국군 포로 대대장 입에서 다시 요구사항 하나가 나왔다.

"말해 보세요."

"얼마 전 윌슨 소령님 숙소에 대한 수색이 있었다고 들었습니다. 일기장은 내줄 수 없다는 것은 압니다. 하지만 중대장님 시계는 돌려주십시오. 그건 소령님 결혼 선물입니다. 소장도 가족이 있다면 그 정도는 돌려주는 게 예의라 생각합니다."

"좋습니다. 그렇다면 그건 돌려 드리지요."

소장은 서랍을 열더니 거기서 종이에 돌돌 말은 시계를 꺼내 소령에게 건네주었다. 그의 눈에 잠시 눈물이 맺히는 것을 본 사람은 없었다.

수용소장의 태도가 놀랄 만큼 바뀌었다. 그가 숙인 것인가? 포로들 위협에 굴복한 것인가?

아니다. 사실은 그것만이 아니었다. 그 정도로 머리를 숙일 소장이 아니었다. 그는 바로 이틀 전 상부로부터 전통(전언 통신문)을 받았다. 지금까지의 포로에 대한 관리를 전반적으로 수정하라는 것으로 휴전 협정과 포로 교환을 앞두고 강경에서 온건으로 바꾸라는 지시였다.

어차피 포로들은 전투에 투입되거나 교환용으로 이용될 것이므로 좀 더 잘 먹이고 잘 재우라는 것이었다. 어떤 경우든 손해 볼 일은 아니기 때문이었다.

이때였다. 밖에서 시끄러운 목소리가 들려왔다. 영어, 중국어, 한국어 등 온갖 언어들이 섞여 들렸다.

중공군 통역 장교가 밖으로 튀어 나갔다가 돌아왔다.

"미군 하사관들이 소장님을 꼭 뵈어야 하겠답니다. 미군 하나가 만신창이가 되어 끌려왔고요."

"날 보겠다고? 좋다, 만나지."

그가 가슴에 차고 있던 권총집에 총을 꽂아 넣고 밖으로 나가자, 장선홍 대대장과 윌슨 중대장도 함께 따라나섰다. 미군 하사관들이 장교 한 사람을 부축하고 서 있었다. 바로 윌슨 중대장의 부관 칼 하몬이다.

"어찌 된 거요."

"중대장님 이 자가 중대장님을 밀고한 배신자입니다."

그는 얼굴이 피범벅이 되었고 양 팔에 부축을 받고 겨우 서 있었다. 권투선수 출신으로 몸집이 크고 목소리가 굵은 하사관이 나섰다.

"소장! 이 자는 우리 상관을 밀고한 배신자요. 이 자는 이제 우리 미군이 아니니 당신이 알아서 처리하시오!"

하사관들은 그를 짐짝 버리듯 버리고 떠났고, 소장의 눈짓에 보초병들이 부상당한 칼 하몬을 부축하여 어디론가 데려가버렸다.

장선홍 대대장과 윌슨 중대장 두 사람은 천천히 걸으며 대화를 나누었다.

"두 번씩이나 시계를 돌려주셨군요. 정말 감사를 드립니다."

"그게 무슨 큰일이라고요. 그런데 오늘 소장을 보니 태도가 완전히 바뀌었던데요? 전 놀랐습니다. 그리고 소령님 오늘 참 멋지셨습니다. 허허허허, 참 통쾌하더군요."

"오늘 작심하고 나왔는데 의외로 잘 먹히더군요. 그나저나 빨리 휴전협정이 맺어져야 할 텐데……."

이틀 후, 수용소 본부 식당에서 특별한 회식이 열리고 있었다. 돼지고기와 쌀이 섞인 밥이 제공되었다.

밀고자 최 하사를 비롯한 10명의 국군 포로와 6명의 미군 포로가 보였다. 이들은 그동안 수용소 소장을 위해 귀가 되고 눈이 되어주었던 밀고자들이었다. 오늘 회식은 그들을 위한 자리였다. 그러나 칼 하몬은 보이지 않았다.

구타를 당한 후 그는 취사실에서 목을 매달고 자살했지만 이를 아는 사람은 수용소 본부의 극소수 인원뿐이었다. 그리고 그를 비밀리에 매장한 장본인들은 오늘 회식자리에 참석한 밀고자들이었다.

"오늘까지 많은 희생을 치르고 고생하며 여기까지 왔는데 다른 수용소로 전출시킨다는 것은 말이 안 됩니다. 전 못 갑니다."

최 하사였다. 밀고자 전원을 다른 포로수용소로 보내겠다는 소장의 발언에 대해 강력히 항의하고 있었다.

그러나 이미 내려진 결정이었다. 중공군과 인민군의 최고 지휘부가 내린 결정이니 소장도 번복할 수 없었다.

"이미 협조자란 것이 노출되어 무슨 불상사가 일어날지 모릅니다. 칼 하몬을 보시오. 여러분 중에 누가 또 봉변을 당할지 모르고, 포로들이 신경을 곤두세우고 있으니 여기서는 더 이상 감시 활동을 할 수 없습니다. 다른 수용소에 가서 지금처럼 충실히 협조해 주시기 바랍니다. 여러분들에게 반드시 좋은 일이 있을 겁니다."

중공군은 처음부터 계획적으로 편지와 백일장 그리고 포로 심문을 빙자해서 밀고자를 선정했고 그들을 통해 포로들의 동향을 파악했다. 상호 간에 감시하고 밀고하는 공산사회의 비인간적인 밀고제도를 포로들에게도 적용했던 것이다. 지난해 연말 크리스마스이브에 일어났던 트리사건 외에는 큰 사건, 사고가 없었고 밀고자를 통해서 포로들의 결속력을 모래알처럼 만들어 놓았으니 중공군 수용소장 입장에서는 포로 관리는 대단히 성공적이었다.

이제 밀고자가 발각된 마당에 더 이상 그들에게 미련을 둘 수는 없었다. 중공군 사령부는 이미 밀고자들에 대한 처리 방침을 마련해 두었다. 유엔군 밀고자들 대부분은 중국 본토로 이송시켜 공산주의 선전에 최대한 활용할 작정이고 나머지는 유엔군 포로수용소에 계속 배치하여 포로를 감시하게 하거나 전쟁터에 내보내 유엔군을 상대로 공산주의를 선전하는 심리전에 이용할 것이다. 그리고 국군 포로 밀고자는 때가 되면 북조선 사령부에 모두 인계할 것이다. 그들은 밀고자란 것이 들통이 나 이제 남조선으로 돌아갈 수 없게 되었다.

그리고 휴전이 된다 해도 남조선 지리에 밝고 언어도 같으니 철저히 교육시켜 남파간첩으로 활용할 수 있고, 무장 게릴라로 이용할 수 있다. 최 하사를 비롯한 밀고자들이 이를 어찌 알겠는가?

밀고자들이 떠나고, 다른 포로들이 수용소에 유입되면 그중에 밀고자는 끼어 있게 마련이었다.

다음날, 밀고자들은 포로들이 보는 가운데 트럭에 실려 어디론가 떠났다. 포로들은 원조 밀고자 최 하사를 오랫동안 잊지 못할 것이다. 가장 악질이 그놈이었기 때문이다.

수용소의 봄, 그리고 여인 김분례

3월이 되었다.

귀를 에는 칼바람도, 살을 아리게 하는 혹한도 그 지긋지긋하던 폭설도 자연의 순리 앞에는 어쩔 수 없었던지, 어느새 바람은 훈풍으로 바뀌고 얼음 속에서는 물이 졸졸 흐르고 있었다. 실버들 강아지가 돋아나고 혹한과 싸워 이긴 들풀들은 그 질긴 생명력을 과시하듯 고개를 내밀고 있었다. 수용소에 영영 오지 않을 것 같았던 봄이 그렇게 가까이 와 있었다.

보름 전 수용소장과의 담판 이후 강동 포로수용소에는 몇 가지 변화가 있었다. 수용소장이 약속을 지켜 식사도 약간 개선되었고 일요일에는 휴식이 보장되었다. 지난 휴일에는 국군 포로와 미군 포로들이 씨름 경기를 가졌는데, 작은 동양인의 기술에 거구의 서양인이 맥없이 꼬꾸라져 모두 한바탕 크게 웃었다.

포로들은 봄이 오기를 애타게 기다려 왔다. 봄에는 개구리, 뱀을 잡아 먹을 수 있고 냉이, 쑥, 민들레, 도라지 등의 산나물들이 지천에 깔려 있기 때문이다.

먹고 죽는 양잿물만 아니면 뭐라도 먹어야 했던 포로들은 봄의 동식물들을 닥치는 대로 먹어치웠다. 그 덕분에 국군 포로의 건강이 한결 좋아졌다는 소문이 나자 유엔군 포로들도 수용소 마을 구석구석을 뒤지고 다녔다. 하지만 생전 보지 못한 한국의 식물들을 한두 번 보고 쉽게 분간이 가지 않는 모양이었다. 그래서 그들은 국군 포로들을 만나면 식물이란 식물은 모두 손가락으로 가리키며 먹을 수 있는 것인지 물었다. 서로 언어소통은 되지 않았지만 문제가 되지는 않았다. 국군 포로들은 유엔군 포로가 무엇을 묻는지 알 수 있었고, Yes, No 정도의 대답은 할 수 있었기 때문이다.

특히 양념 없이도 끓여 먹을 수 있는 쑥을 매일 같이 먹었다. 겨울에는 참새와 쥐 봄에는 개구리가 보양식이었다. 환자에게 개구리를 몇 마리 잡아 고아먹이면 거뜬히 일어나곤 했다. 그래서 아픈 포로가 있으면 개구리가 만병통치약이었다. 포로들은 식사가 개선되고 봄이 되면서 야생의 동식물을 섭취한 때문인지 사망자가 거의 발생하지 않았다.

유엔군 포로들은 따뜻한 햇살이 드는 담장 밑에 쪼그리고 앉아 하루에도 몇 번이고 빛바랜 애인 사진을 꺼내 입술을 포개고 다시 소매로 닦아 종이에 감싸 애지중지 주머니에 넣었다. 죽는 포로들도 없었고 오락시간까지 생겨 수용소의 봄은 평화스럽게까지 보였다.

하루는 토담집 작업을 마치고 돌아오는 길이었다. 길가 눈 더미 속에서 사람의 손과 발이 불쑥 튀어 나와 있었다. 지난해 겨울 이 길을 행군하던 포로가 죽자 시신을 눈으로 덮어둔 것이 눈이 녹으면서 시신의 손발부터 드러났던 것이다.

강동식과 포로 일행이 죽음의 행군 도중 마식령산맥에서 죽은 최 일병의 시신을 눈으로 덮어버리고 온 적이 있지 않았던가?

날씨가 풀리면서 언제부턴가 의문의 악취가 수용소를 뒤덮었다. 악취는 아침에 더욱 심하게 났고 해가 뜨면 거의 사라졌다가 저녁부터 다시 냄새가 나기 시작해서 다음날 아침까지 점점 심해졌다.

숨을 들이키는 순간 구역질이 나서 참을 수가 없을 정도였다. 그렇다면 분명 큰 짐승이나 사람이 썩는 냄새일 것이다. 수용소 소장도 더 이상 견디기 힘들었던지 중공군 사병들을 데리고 직접 수색에 나섰다.

악취가 나는 방향을 쫓아가다 보니 수용소 건너편 야산까지 가게 되었다. 그곳은 수용소에서 죽은 포로들을 지난해 초겨울부터 매장해 오던 곳이다. 그런데 땅속에 묻혀 있어야 할 시신 4구가 고스란히 땅 위에 드러나 있었다.

눈을 긁어내고 언 땅을 파서 묻어야 하는데 시신 매장조가 힘에 부쳤는지, 아니면 요령을 피웠는지 시신을 눈으로 덮고는 매장했다며 수수 한 됫박을 타 먹었던 것이다.

시신 주변에 동그란 발자국이 있는 것으로 봐서는 동물들이 달려들어 시신을 훼손한데다 날씨가 따뜻해지면서 부패하여 심한 악취를 풍겼던 것이다. 세상에서 가장 심한 악취는 사람 썩는 냄새라고 했던가?

얼마나 냄새가 고약했던지 중공군들은 손으로 코를 막았지만 모두 구토를 하고 말았다.

그중에는 미군 포로 밀고자 칼 하몬의 시신도 있었다. 밀고자라는 것이 탄로나서 전우들에게 몰매를 맞고 모멸감을 견디지 못하고 목을 매 자살한 그의 시신을 다른 밀고자들이 매장한 것이 그 지경이었다.

수용소장과 중공군 사병들은 수용소로 돌아와 포로 몇 명에게 장비를 주어 그들과 함께 다시 산으로 올라갔다. 이때 칼 하몬의 시신이 발견되었다는 말을 전해 들은 윌슨 소령도 따라 나섰다. 하사관들의 반대에도 불구하고 윌슨 소령은 칼 하몬의 유품을 수거한 뒤 엄숙하게 장례를 치러주었다. 그는 땅을 깊게 파서 시신을 매장하게 하고는 본인이 직접 나무로 십자가를 만들어 봉분 앞에 꽂아주는 아량을 보여주었다.

코에 연한 나뭇잎을 끼워 넣고 매장작업을 하던 포로들도 심한 구토를 했다. 얼마나 토했던지 나중에는 속이 쥐어짜듯 따가웠다. 그들이 수용소에 돌아왔지만 코에서는 악취가 영영 가시지가 않았다. 저녁 식사로 나온 음식의 냄새가 코에 닿자 다시 메스껍고 헛구역질이 나서 도저히 저녁을 먹을 수가 없었다.

3월 들어 미 공군기가 몇 차례 나타나 전단을 뿌리고 돌아갔다.
〈전쟁 상황은 국지전 양상의 소강상태이며, 3월 1일 재개된 휴전회담에서 유엔군 측이 재차 부상 포로부터 교환하자고 제의를 했으나, 공산군 측이 이를 거부하고 있다.〉는 소식이었다. 휴전회담이 재개되었다는 것은 분명 반가운 일이나 포로 교환에는 아무런 진전이 없다는 것은 또한 답답한 노릇이었다.

그러던 중 어느 날, 포로들을 모두 마을회관 앞 공터에 집결시키고는 이발기와 가위를 나눠주며 서로 머리를 잘라주라고 했다. 포로가 된 후 4개월 동안 이발을 못한데다 입고 있던 군복은 누더기가 되어 포로들의 몰골은 원시인에 가까웠다. 갑작스런 이발과 면도에 포로들은 이제 강동수용소를 떠날 날이 다가왔다고 짐작했다. '여기서 또 어디로 간다는 말인가? 여기서 더 북쪽으로 갈 곳이 있단 말인가?' 탄식이 흘러나왔다.

그날 밤, 모처럼 장선홍 대대장과 윌슨 중대장이 만났다.
"윌슨 소령님, 아무튼 여기서 철수하는 것은 분명해 보입니다. 어쩌면 유엔군과 헤어지게 될지도 모르겠습니다. 저희들은 남쪽으로 가면 포로 교환 가능성을 배제할 수는 없지만 더 북쪽으로 올라가면 전쟁 복구나 군수공장에서 노동을 하게 될 것입니다."
"장 중령님, 국군은 그렇다 손치더라도 유엔군은 어찌될 것 같습니까? 짐작조차 할 수 없으니 말이죠."
"사실 드릴 말씀이 없네요. 저도 별다른 정보나 대책이 없으니 말이죠."
윌슨 소령의 얼굴은 무척 굳어 있었다. 국군 포로는 그렇다 해도 자신들의 앞날은 예측하기가 더 힘들었을 것이다. 또 중국에 있는 수용소까지 유엔군을 끌고 갈지도 모른다는 말까지 나돌았기 때문이기도 했다.

"아무튼 제가 포로 교환 때 운이 좋아 한국으로 돌아갈 수 있다면 저는 미국으로 들어갔다가 다시 한국에 나올 겁니다."

"예? 이 지겨운 나라에 다시 오겠다고요?"

"네! 전 꼭 다시 옵니다. 그건 장선홍 대대장님 때문입니다. 장 중령님은 제게는 대단히 감동을 준 군인입니다. 한국 공군의 발전을 위해 일하고 가끔 장 중령님을 만나 술이라도 한 잔 하고 싶어서요."

그는 시계사건으로 진한 감동을 받았고, 그래서 이 후진국의 공군을 위해 자신을 바칠 것을 다짐하고 있었다. 살아서만 돌아간다면…….

"하하하— 저도 소령님을 꼭 다시 만났으면 합니다. 저도 소령님에게 여러 가지 깊은 감동을 받았거든요."

그러나 그의 얼굴은 참으로 쓸쓸해 보였다. 과연 살아 돌아갈 수는 있는가? 아내에게 시계사건과 장선홍 대대장 이야기를 들려줄 수는 있을까? 신(神)조차 버린 이 땅에서 살아남아 이 모든 고통을 글로 남길 수 있을까?

윌슨 소령의 이러한 상념을 눈치 챈 장선홍 중령이 그의 손을 잡아 주었다.

"만일 회고록을 쓰신다면 미국에서 최고의 베스트셀러가 될 겁니다. 힘내세요. 하하하—."

다음날 아침, 이들의 예측은 그대로 적중했다.

강동식과 한진태는 아침 식사가 끝나기 무섭게 들려오는 집합 소리에 의아해하면서 마을회관 앞 공터로 나갔다. 이미 많은 포로들이 모였고 늦은 포로들은 허둥대며 뛰어오고 있었다. 인원 점검이 끝나자 단상에 수용소 소장과 통역관이 함께 올라갔다.

수용소장이 짧게 한마디 했다.

"해방군관, 해방동지 여러분! 오늘 특별히 발표할 것이 있습니다. 국군 포로 여러분들을 더 안전한 곳에 수용하기 위해 오늘 후방 수용소로 이동시키라는 상부의 지시가 떨어졌습니다. 오늘은 1중대가 출발하고 2, 3, 4중대는 이틀 간격으로 출발할 것입니다. 장선홍 대대장과 장교들은 사병들과는 별도로 오늘 개성 쪽으로 떠나게 됩니다. 그리고 사병 여러분도 머지않아 영예스러운 해방전쟁에 동참하게 될 것입니다. 그동안 협조에 고맙게 생각합니다. 잘 가십시오. 이상!"

강동식과 한진태도 강동수용소를 떠나게 되었다. 그러나 간절히 바라던 전방이 아니라 더 깊은 후방으로 이동하는 것이다. 이로써 기대했던 포로 교환은 물 건너가고 노동에 내몰리게 될 것이라 짐작되었다.

"이제 탈출은 영원히 틀렸군."

강동식은 깊은 한숨을 쉰 후 한진태의 손을 힘껏 잡았다.

"진태, 또 행군이다. 진절머리나는 행군이 시작될 걸세, 힘을 내자고. 이제 와서 죽으면 절대 안 된다."

"알겠습니다. 형님!"

이미 지난겨울 죽음의 행군에서도 살아남았다. 지금은 봄이고 또 주간에 이동하는 행군이다. 그러나 두 번 다시 꾸기 싫은 악몽과도 같은 것이었다.

지난해 11월에만 해도 1개 중대에 200명이었으나, 지금 출발하는 포로는 85명뿐이었다. 질병에 걸렸거나 불구가 된 포로들은 수용소에 남겨졌지만 그걸 감안하더라도 겨울을 견디지 못하고 둘 중에 한 명 꼴로 죽은 셈이었다.

중공군 호송병의 숫자는 겨우 8명이었다. 그건 여기서는 아무도 탈출할 수 없다는 것을 알기 때문이다. 여기서는 탈출이 아니라 오히려 낙오를 두려워해야 할 지경이었다. 이곳은 너무 깊은 북한 땅인데다 언제 험준한 산악지대를 만날지 모르기 때문이었다.

수용소에 남은 국군 포로 2, 3, 4중대원들과 환자들, 그리고 유엔군 포로들 모두가 떠나는 국군 포로들을 배웅하기 위해 수용소 다리로 향하는 길목 양쪽에 길게 늘어섰다. 이별을 못내 아쉬워하고 있었다. 떠나는 자, 남아 있는 자 모두 눈물이 글썽거렸다.

윌슨 소령과 장선홍 중령도 다리 입구에서 서로 손을 잡고 있었다. 어느새 서로를 존경하는 사이가 되었고 훗날 서울에서 다시 재회하자는 약속까지 해 두었다.

"반드시 다시 만나게 될 겁니다. 건강하세요."

"그럼요. 꼭 다시 만나야지요. 살아서 만납시다."

두 장교는 굳게 포옹하고 헤어졌다.

강동수용소를 출발한 포로들은 죽음의 행군과 모진 수용소 생활에서 끝까지 살아남은 끈질긴 생명력을 가진 사람들이었다. 그런데다 날씨까지 춥지 않았다. 미군 비행기의 공습도 없었고 험준한 산악 행군도 아니었다. 그래서 행군은 순조로웠다. 포로들이 양쪽으로 길게 서서 걷고 중공군 감시병들은 그 중앙에서 총을 거꾸로 맨 채 좌우를 감시하며 함께 걸었다. 지난겨울 행군 때처럼 삼엄하게 경계하는 모습도 아니었다.

포로들은 북창군의 민가에서 하룻밤을 자고 다음날 아침에 덕천군을 향해 출발했다. 길은 험해지기 시작했다. 지름길을 택했기 때문인데, 산길로 가면 무려 이틀이나 절약되기 때문이었다. 저녁 무렵이 되어서야 덕천군에 들어섰고 승리산을 내려오다 작은 마을을 만났다.

평안남도 덕천군은 평양에서 동북쪽으로 약 300Km 떨어져 있고 사방이 산으로 둘러싸인 분지였다. 승리산 기슭의 이 마을은 하늘만 빠끔히 보이는 그런 촌락이었다. 젊은 남자들은 군대에 끌려갔고 아낙과 노인 그리고 어린애들이 사는 아담한 마을이었다. 강동식의 고향 함양군 마천면 덕전리 정도만한 곳이었다.

중공군 호송병이 이 마을의 리위원장을 찾아가 협조를 구했다.

"남조선 국방군 포로입니다. 오늘 밤 여기서 자고 내일 아침에 출발할 예정입니다. 그러니 쉴 곳과 먹을 음식을 준비해 주시면 고맙겠습니다."

남조선을 해방시키기 위해 달려온 중공군이라 그들이 협조를 구하면 들어줄 수밖에 없었다.

호송병과 포로들은 리위원장의 뒤를 따라갔다. 가면서 리위원장이 조선족 호송병에게 묵을 집에 대해 설명을 하고 있었다.

"이 집은 젊은 아낙이 혼자 살고 있는데, 남편은 결혼 초에 해방전쟁에 나갔으나 지금까지 1년이 넘도록 죽었는지 살았는지 소식이 없어요. 이 아낙을 볼 때마다 나도 마음이 아프답니다."

리위원장은 외딴 집 대문 앞에 멈추어 섰다.

"김분례 동무 계시오."

20대로 보이는 젊은 여인이 방문을 열고 빼꼼히 얼굴을 내밀었다.

"이 동무들은 누구입네까?"

"중공군의 호송으로 이동하던 국방군 포로인데, 우리 마을에서 하룻밤 자고 간다 하니 김 동무의 집을 좀 비워주시오."

"뭐요, 어떻게 침략전쟁을 일으켜 온 나라를 쑥대밭으로 만든 국방군 포로를 우리 집까지 데려왔소. 내 남편이 조국해방전쟁에 나가 목숨을 걸고 싸우고 있는지 모르시오? 그런데 국방군 군대를 우리 집에서 재워주라고요? 난 절대 그리 못합네다."

쌀쌀하기 짝이 없는 말투였다. 하기야 남편과 목숨을 걸고 싸우던 적에게 호의를 베푸는 자신이 남편에게 몹쓸 짓을 하는 것으로 생각이 되었던 모양이다. 전쟁터에 나간 남편이 죽었다면 국군이나 유엔군에 의해 죽었을 테니 그 마음 충분히 이해할 수 있었다.

리위원장도 그녀의 말에 연신 고개를 끄덕이다 다시 말문을 열었다.

"이 집에는 김 동무 혼자 살고 있으니 집을 비우기도 편하고 해서 부탁하는 것이니 하루만 편리를 봐주시오."

"……."

그녀는 방문을 쾅하고 닫아버린다. 더 이상 설득이 어렵다고 생각했던지 리위원장은 그녀를 협박하기 시작했다.

"이건 군의 방침이고 당의 명령이오. 정 안 된다면 나도 당에 보고할 수밖에 없소!"

 당의 명령은 거절할 수 없는 것이었다. 이웃집에서 묵기로 작정했는지 옷가지를 주섬주섬 챙겨 방을 나왔다. 그리고 부엌에서 먹을 것을 가져와 내놓고는 분이 풀리지 않는지 혼자 중얼거리며 대문을 나섰다.

 키는 155센티 정도 되어 보였고 피부는 거칠어 보였지만 얼굴은 곱상하게 생겼다.

 "남편이 군대에 갔다고요?"

 강동식이 말을 건넸다.

 "참견 마시라요. 난 반동들과는 말을 썩지 않습네다. 내가 미쳤지, 저 원수 놈들에게 밥을 쳐 먹이고 재워주다니."

 여인이 집을 나가자 리위원장은 조선족 호송병에게 부연 설명을 했다.

 "본래 저런 사람이 아니었는데, 남편의 소식이 끊긴 지 1년이 넘었으니 성격이 좀 거칠어졌죠. 저 여인과 부딪치지 않도록 조심해 주시오."

 평안남도 덕천의 그 김분례 여인의 집이다. 남편이 그리워 늦은 밤 잠 못 이루고 꽃베개에 눈물을 적시던 그 여인이었다. 강동식은 여인이 측은해 보였다. 집에서 아내도 그렇게 지낼 것이다. 죽었는지 살았는지 소식도 알지 못한 채…….

 강동식은 갑자기 아내가 그리웠다. 견딜 수 없을 만큼 그리워졌다. 남편을 전쟁터에 보내고 신경이 예민해져 버린 이 여인을 보니 그리움이 몰려왔던 것이다. 하루하루 생존과 싸워가며 살아야 했던 강동식에게 이 여인이 그리움을 몰고 왔다. 어머니, 아버지, 그리고 전사한 동생까지 머리에 떠올랐다. 그는 곯아떨어진 진태의 손을 부여잡았고 어느새 눈에는 눈물이 흐르고 있었다.

운산 습지의 동굴에서

 다음날 아침 다시 좁은 산길을 따라 행군이 시작되었다. 어제 김분례 여인을 만났던 덕천의 작은 마을까지는 순탄했다. 그러나 여기부터는 사정이 달랐다. 고도 800미터가 넘는 험한 준령이 다시 이어지고 있었다. 가파른 산길을 추어오르면 다시 계곡이 나왔고 계곡이 끝났다 싶으면 또 벼랑 같은 비탈진 산길을 올라야 했다. 때로는 맑은 계곡물에 얼굴을 씻고 목을 축이기도 했지만 얼굴과 등은 땀으로 흠뻑 젖었고, 잠시 휴식을 취할 때 등에서 모락모락 나던 김을 산바람이 날려버려 오슬오슬 추웠다.
 산을 넘는 데 꼬박 이틀이 걸렸다. 마침내 산 아래 멀리 작은 읍내가 보였다. 호송병들은 이곳이 평안북도 운산이라고 했다. 강원도 김화에서 출발하여 황해도를 거쳐 평안남도 곡산에서 다시 강동으로 또 산을 넘어 평안북도 운산까지 이르렀다. 참으로 길고 긴 여정이었으며 강동식은 아직 자신이 살아 있다는 것을 하늘에 감사해하고 있었다.

'아무리 깊은 북녘 땅이라 해도 살아만 있으면 언젠가는 탈출 기회가 있을 것이다. 가장 중요한 것은 마지막까지 살아남는 것이다.'

강동식은 지금까지 한시도 탈출을 포기한 적은 없었다. 다행히 천부적으로 다부진 몸을 타고 태어난 그의 체력 덕분에 지금까지 살아남는데 큰 도움이 되었다.

산을 내려와 마침내 작은 인민학교로 들어갔다. 학교의 지붕과 창문은 박살이 나 있었고 십여 명의 인부들이 달려들어 보수공사를 하고 있었다.

국군 포로들이 이때쯤 이곳에 도착한다는 것을 미리 연락을 받았는지, 무장한 인민군들이 기다리고 있었다. 그들은 중공군 호송병에게 명단을 건네받은 다음 일일이 신상을 확인했다. 부상자가 몇 있었지만 사망자는 없었다. 포로들을 운동장에 정렬시킨 후 인민군 장교 하나가 단상에 올랐다.

"여기까지 오느라 수고 많았습니다. 오늘부터 여러분들은 중화인민공화국에서 조선민주주의인민공화국 인민군대로 인계되었습니다. 원래는 이 학교를 여러분들이 사용하는 것으로 되어 있었으나 이틀 전에 미군 놈들의 폭격으로 학교가 이 지경이 되어 부득이 여러분들을 다른 곳으로 보내게 되었습니다. 약 한 달 후에 학교 보수공사가 끝나는 대로 여러분들은 다시 이곳으로 오게 될 것입니다. 그때까지 잘 지내시기 바랍니다."

인민군 장교의 말이 끝나자 중공군 호송병들은 떠나버렸고 인민군들이 제공하는 식사로 배를 채웠다. 나물과 좁쌀을 섞어 끓인 죽이다. 포로들은 작은 양이지만 정신없이 먹었다. 담배를 말아 한 대씩 물었다.

"그래도 말이 통하는 인민군이 생활하기는 편할겨."

"그렇겠지. 미우나 고우나 같은 민족인데 아무리 싸웠기로서니 중공군 놈들처럼 냉대야 하겠어?'

모든 포로들은 기대했다. '인민군은 같은 민족이니 무자비하게 대하겠느냐.' 는 의견이 대체적이었다. 식사를 마치고 채 10분도 지나지 않아 휴식은 끝나고 다시 집합했다. 그리고 1인당 빈 가마니 석 장씩을 지급받아 어깨에 들춰 메고 학교를 빠져나와 다시 행군이 이어졌다. 운산 읍내가 멀어지면서 포로들은 산길을 따라 높은 지대로 오르고 있었다. 여기저기서 수군거리는 소리가 들려왔다.

'혹 산속으로 데려가 모두 사살시키는 거 아닌가?'

'아마도 이 가마니는 우리들의 시체를 담을 용도가 아닌가?'

포로들 모두 같은 생각이었다. 강동식 역시 불안한 마음을 지울 수 없었다.

학교를 수용소로 사용할 수 없게 되었다면 민가나 다른 건물을 찾아야 하는데 산속으로 끌고 가니 말이다. 인적이 완전히 끊긴 산길이었다. 인민군들이 여기서 사살하고 불을 질러버리면 모든 것이 끝이었다. 포로들은 누구라 할 것 없이 모두 공포가 밀려오고 있었다.

계곡 사이로 물이 졸졸 흐르기도 하고 낮은 폭포도 보였다. 그렇게 40여 분을 오르자 산길은 끝나고 넓은 공터가 나왔는데 그 앞에 뻥 뚫린 커다란 동굴 입구가 보였다. 폭은 약 10m는 족히 되고 높이는 5m

쯤 되어 보이는 대형동굴이었다. 동굴 입구는 통나무로 문틀을 만들어 놓았고 그 사이에는 길고 가는 나무들을 발처럼 엮어 드리워져 있었다. 동굴 입구 한켠에는 작은 천막이 보였는데 그곳에 약 10여 명의 인민군이 보였다. 이곳이 바로 학교 보수공사가 끝날 때까지 수용될 임시수용소였던 것이다. 인민군 장교의 말대로라면 여기서 최소한 한 달은 버텨야 했다. 그러나 그 약속도 지켜질지는 의문이었다.

'원래 운산은 금광 지역이다. 이 동굴도 금광을 찾아 헤매던 일본인이 발견한 곳인데 탐사는 되지 않아 그 규모를 정확히 알지 못한다. 이 동굴은 생성된 지 약 3억 년은 되었을 것이다.' 라며 인민군 하나가 잘난 척을 했다.

인민군들은 포로들을 모아놓고 앞으로의 포로 생활에 대해 설명하기 시작했다.

"당분간 여기 동굴에서 생활한다. 분명히 말하지만 이 동굴 길이는 최소 4Km나 되고 한 번 잘못 들어가면 출구를 찾지 못해 개죽음 당할 수 있다. 말하자면 도망칠 구멍은 전혀 없다는 뜻이다. 동굴 입구는 석회질로 되어 있어 흐르는 물이나 떨어지는 물을 마셔서는 안 된다. 하지만 20m 더 안쪽에 흐르는 석간수는 마실 수 있다. 그리고 넓찍한 공간이 나온다. 지급한 가마니를 바닥에 깔고 생활하라. 아침과 점심은 주먹밥이고 우리가 산밑 마을에서 갖다줄 것이다. 하지만 저녁까지 그럴 수는 없다. 저녁은 동굴 안에서 취사를 한다. 대형 가마솥과 양푼을 지급하는데 그 용도이다. 저녁 식사용 식량은 매일 한 끼분씩 지급한다. 그럼 여러분의 대표자인 지도자 동무를 선출한다. 여러분들은 모두 병사이니 계급은 무시하고 성분이 좋은 포로를 선정했다.

〈강동식〉 동무 나와라―."

상상할 수도 없는 일이 벌어졌다. 강동식이 85명의 포로들의 대표가 된 것이다. 그것은 지금까지의 포로 심문 때 시종일관 진술의 일관성이 있었고, 또 소작농의 아들이라 남한사회에 많은 불만을 가졌으리라 판단했기 때문으로 보였다. 강동식은 일병이지만 불려지는 직책은 〈지도자 동무〉다. 지도자 동무는 포로들을 대신하여 건의사항을 말할 수 있었다. 그러나 강동수용소 때처럼 동태 파악이나 밀고 같은 것은 주문하지 않았다. 여기서는 그럴 필요가 없었던 것이다. 독 안에 든 쥐처럼 동굴 안에 갇혀 꼼짝을 못하게 되었으니 말이다.

포로들에게 동굴 수용 생활이 시작되었다. 아직은 쌀쌀한 날씨지만 동굴 안은 비교적 포근했다. 기온은 항상 영상 15도 정도를 유지하고 있었다. 아침, 점심은 인민군이 갖다주는 주먹밥으로 해결했다. 90명에 가까운 포로들이 먹을 주먹밥을 매일 하루에 두 차례씩 산 아래 마을에서 40분이나 산길을 올라와 동굴까지 가져오는 인민군들도 무척 힘이 들었을 것이다. 그리고 야간에는 산길이 위험하고 미군 비행기가 활동을 않기 때문에 저녁은 동굴 안에서 취사를 하게 했다. 그래서 저녁 취사는 완전히 해가 지고 어둠이 깔린 뒤에야 허용되었다.

포로들에게 하루에 두 번 동굴 바깥 출입을 허용했다. 아침에 화장실에 가는 시간은 모든 포로들에게 허용했고 저녁 취사용 땔감을 구하는 작업을 위해 매일 5명씩 별도로 허용했다. 화장실은 동굴 입구 바로 밑에 구덩이를 적당히 파서 그 위에 발판으로 통나무 두 개를 걸

쳐놓았을 뿐 감시를 용이하게 하기 위해 어떤 가리개도 설치하지 않았다.

그래서 포로들은 하루 종일 어두운 동굴 속에서 갇혀 지냈다. 입구가 동쪽 방향으로 나 있어 아침에 잠시 해가 들어올뿐, 그나마 몇 발짝만 안으로 들어가면 옆사람의 얼굴조차 식별하기가 어려울 정도로 어두웠다. 햇살이 너무 그리웠던 포로들은 나무발 사이로 감질나게 들어오는 옅은 빛이나마 받아 보려고 입구에 빼곡히 모여 앉아 있었다. 인민군 보초들은 엄격했다. 포로들이 햇살을 보게 해 달라며 동굴 바깥으로 기어 나오면 총부리를 들이대며 위협했다.

그러나 어둠보다 포로들을 더 괴롭히는 복병이 있었으니 습기가 바로 그것이었다. 야간에는 저녁 취사 후 모닥불을 피워놓으니 괜찮은데 아침부터 저녁까지가 문제였다. 연기가 새어 나가 공습을 받을까 봐 낮에 불을 피우는 것은 금지했기 때문이다. 널찍한 바위 위에 깔려 있는 가마니에 서서히 습기가 차올라왔다. 오후 무렵에는 엉덩이조차 대기 싫었다. 그런데다 오랜 기간 목욕을 하지 못해 생긴 피부병 환자들에게는 높은 습도는 가히 치명적이었다. 벌써 쿨럭이는 기침 소리가 여기저기서 들려오고 피부병에 걸린 환자들은 몸을 긁어대느라 밤잠을 설쳤다. 습기 가득한 동굴에서 얼마나 햇살이 그립겠는가?

일체 노동 없는 생활은 오히려 운동부족으로, 동굴 생활은 어둠과 습기로, 중공군포로 시절보다 못한 식사는 영양실조로 이어져 포로들의 건강은 급속도로 나빠졌다.

중공군 손에서 벗어나 같은 민족인 인민군 손으로 넘어가면 포로 생활이 한결 나아질 것이라는 포로들의 기대는 무참히 깨지고 말았다.

동굴 생활이 시작된 지 겨우 열흘 정도 지났을 무렵, 히스테리를 부리는 포로가 생겼다. 포로 하나가 갑자기 발작을 일으키며 넘어졌고 강동식을 비롯한 몇몇이 달려들어 발버둥치는 그의 몸을 주물러 흥분을 가라앉혔다.

이 포로의 발작은 이해가 되었다. 아니 모두가 발작이라도 일으키고 싶은 심정이었다. 봄이 되기를 그야말로 눈이 빠지게 기다렸다. 얼어붙은 땅이 녹고 죽었던 나무에 새 순이 돋아나는 봄이 오면 개구리나 가재를 잡아 구워먹고 온갖 열매들을 따먹으려 했다. 따뜻한 햇살에 몸을 맡겨 봄을 즐기려 했다. 그러나 그 지겨운 겨울이 가고 마침내 봄이 찾아왔지만 포로들을 기다리는 것은 이 눅눅한 습지대의 동굴이었다. 구부러지는 관절은 모두 뻐근했다. 이제 뼈 마디마디가 쑤셨다. 몸은 물에 젖은 솜뭉치마냥 항상 무거웠다. 어둠에 전우들의 얼굴은 잊혀져가고 귀에 익은 목소리로 누가 누군지를 분간했다. 눈을 뜨고 있지만 암흑만 보이니 기분은 늘 우울했다. 그러니 어찌 미치지 않고 견디랴.

쓰러져 있던 포로가 겨우 정신을 차렸는지 일어나 앉았다. 그러나 그가 회복됐다고 생각했던 포로들의 판단은 착각이었다. 그 포로가 갑자기 일어나 "와—악—" 하는 괴성을 지르면서 빠른 걸음으로 동굴 안쪽으로 들어갔다.

"안 돼! 멈춰 서!"

강동식이 고함을 지르며 따라갔지만 그는 이미 캄캄한 어둠 속으로 사라지고 말았다. 이 동굴에는 10m가 넘는 수직벼랑이 하나 둘이 아니라고 했다. 바닥의 돌은 기름을 발라놓은 것처럼 미끄럽고 대형 석순과 석주가 부지기수라 했다. 굴이 여러 갈래가 있어 한 번 들어가면 다시는 나오지 못한다고 들었다. 뒤따르던 강동식도 주춤 멈춰 섰다. 더 이상 들어가기가 겁이 났다. 자신도 살아 돌아오지 못할지도 모르기 때문이었다.

이때였다. 악— 외마디 비명소리가 들려왔다. 그 소리는 한동안 메아리로 울려왔다. 모두 숨이 턱 막혔다. 그의 비명소리가 사라지면서 천장에서 물방울이 바닥에 얕게 고인 물에 똑똑똑 떨어져 맑은 공명음을 내고 있었다.

그는 벼랑 아래로 떨어져 죽었던 것이다. 실족사가 아니라 자살을 선택했던 것이다. 언젠가 가을밤 곡산 중공군 부대에서 막사를 벗어나 스스로 자살을 선택했던 포로와는 또 다른 방법으로 스스로 죽음을 선택했던 것이다.

'아니다. 이건 개죽음이다. 담판을 지어야겠다.'
포로들을 자유롭게 내버려 둘 수는 없겠지만 사람이 죽지 않게는 해 줘야 할 것이 아닌가?
강동식은 이렇게 개죽음을 당할 바에야 할말이나 해 보고 죽자는 생각이었다. 그래서 포로 관리를 맡고 있는 인민군 장교에게 면담을 신청했다. 면담을 허용하겠다는 대답은 5일 후에나 왔다. 게다가 인민군이 쓰고 있는 인민학교로 내려오라고 했다.

그러나 강동식은 모르고 있었다. 일개 사병 포로가 인민군의 계산된 포로 전략을 어찌 알랴. 그들은 자본주의 사상을 버리게 하기 위해서는 우선 죽을 만큼 고통을 주어 정신을 깨끗하게 만든 다음 살아남은 자들을 대상으로 삶과 죽음을 선택하게 하면 인민군에 지원하게 된다는 것이다. 그래야 배신자도 없을 것이며 또 자발적 의사에 따라 인민군에 지원하는 형식을 갖춰야 제네바협약의 위반이나 국제 여론의 비난도 방지할 수 있다는 전략이었다. 만약 인민군의 의중대로 착착 진행된다면 전쟁에서 절반 이상 죽은 인민군의 공백을 지금 억류하고 있는 국군 포로 7만 명으로 충분히 메울 수가 있었다. 북한은 지금 사람이 필요했다. 그리고 남자는 더 필요했다.

자살자가 하나 둘 발생한다는 것은 인민군에게는 오히려 도움이 되었다. 그들의 계산대로 되어가는 것이기 때문이다. 그래서 〈지도자 동무〉가 찾아올 것을 은근히 기대하며 기다리고 있었다. 그리고 마침내 면담 신청이 들어왔던 것이다.
　의도적으로 5일을 기다리게 한 다음 면담을 허락했고, 지도자 동무 강동식은 따발총을 든 두 명의 감시병과 함께 인민군이 사용하던 학교로 찾아갔다. 뚝심 있는 강동식과 머리 회전이 빠른 인민군 장교의 만남은 이렇게 이루어졌다.

감시병의 안내를 받고 인민학교 교장실로 들어섰다. 인민군 장교가 큰 의자에 앉아 있었다. 처음 운산인민학교에 도착했을 때 연설을 했던 장교였다. 강동식은 거수경례를 했다. 이건 군인이라면 몸에 밴 습관이었다. 장교도 자리에서 벌떡 일어나서 경례를 받아주었다.

"어서 오시오, 지도자 동무!"

두 사람은 마주 앉았다. 인민군 장교가 다시 자리에서 일어나더니 허리에 찬 권총띠를 풀어 서랍에 넣고 장교 모자를 벗어 책상 모서리로 밀어놓는다. 편안하게 대화를 하자는 뜻이었다.

"긴장하지 마시오. 그간 고생 많았지요?"

그리고는 밖을 향해 손짓을 했고 이어 사병 하나가 쌀과 보리가 섞인 밥을 담은 군용 식기를 들고 들어왔다. 구수한 돼지고기 냄새가 풍겼고, 국에는 고깃덩어리가 제법 많이 보였다. 참으로 오랜만에 보는 콩자반과 배추김치가 반찬이었다.

침을 꿀꺽 삼켰다. 말 그대로 진수성찬이었다.

"자! 우선 배부터 채우시오!"

강동식은 당장이라도 한 입에 쓸어 넣고 싶었지만 꾹 참았다. 지금 자신은 84명의 포로들의 대표로 찾아왔다. 먹고 싶지만 할 말은 하고 먹어야 체면이 서기 때문에 그는 식기를 옆으로 밀어냈다.

"감사합니다만, 건의사항을 말씀드리고 먹겠습니다."

"그래요? 그럼 말해 보시오!"

인민군 장교는 속으로 짐짓 놀랐지만 표정으로는 나타나지 않았다. 사병치고는 뚝심 있는 놈이라고.

"동굴 생활은 모두 죽게 만들 겁니다. 습기에다 질병에다 모두 건강이 좋지 않은 상황이니까요. 마을로 내려오게 조치해 주십시오. 부탁합니다."

"다음은?"

"식사가 너무 열악합니다. 만일 동굴 생활을 더해야 한다면 산에서 나물이나 열매, 먹을 수 있는 동물들을 잡아먹게 허락해 주십시오. 어차피 여기서 탈출은 못하지 않습니까? 가라고 해도 갈 곳이 없는 포로들입니다. 며칠 전 포로 한 명이 자살을 했습니다. 모두 절망에 빠져 있습니다."

"좋소. 하지만 동굴을 벗어나게 할 수는 없습니다. 포로라는 신분을 잊어서는 안 됩니다. 민간인과 섞일 수도, 그렇다고 우리 인민해방군과 섞일 수도 없지 않습니까? 공회당이 있기는 하지만 거기는 민간인 지역입니다. 피차 위험지역이지요."

"하지만 동굴 생활이 너무……."

"살아남을 방법이 전혀 없는 건 아닙니다. 그럼 이렇게 하지요."

인민군 장교는 무언가 오랫동안 설명해 주었고, 강동식은 그 설명이 끝난 뒤에야 식어버린 밥을 한입에 털어 넣었다.

동굴 속의 포로들은 강동식이 돌아오기만을 눈이 빠지게 기다리고 있었다. 그동안 동굴 생활에 익숙해져 도롱뇽 같은 파충류나 장님굴새우 등을 잡아먹었지만 그것으로 체력을 유지할 수는 없었다. 포로들은 5천 년 전에 이곳에 살았던 원시인보다 못한 생활을 하고 있었다.

죽든 살든 담판을 짓고 오겠다고 했으니 뭔가 결론을 내고 올 것이다. 오전에 산에서 내려간 지도자 동무 강동식은 오후 늦게야 돌아왔고 포로들은 그의 입만 떨어지기를 기다렸다.

"어찌 되었소."

"얻어맞지는 않았습니까?"

혹 구타가 있었을까 걱정했던 사람은 역시 진태였다.

"자 여러분, 발표할 것이 있습니다. 잠시만 조용히 해 주십시오. 인민군 장교를 만나고 왔습니다."

"……."

"내일 아침 배식부터 달라질 겁니다. 그리고 사흘 후 우리는 운산인민학교로 내려가서 중대한 선택을 해야 합니다. 그 내용은 저도 잘 모릅니다. 그러나 우리가 여기서 모두 죽을 것인가 아니면 수단껏 살아남을 것인가를 선택해야 할 것 같습니다. 여기는 평안북도 운산입니다. 탈출하기에는 너무 북으로 올라왔고 그냥 죽기에는 지금까지 힘겹게 살아온 날들이 아깝고 억울합니다. 저는 여러분 결정에 따를 겁니다. 여기서 최후의 저항이라도 하다가 죽겠다면 같이 저항할 것이고, 어떻든 살아남아 다음을 생각하자면 그리하겠습니다. 제가 보기엔 인민학교로 내려가면 그 선택을 해야 할 것 같습니다. 일단 내일 저들이 약속을 지키는지 보고 다시 생각합시다."

잠시 술렁였지만 일단 내일 아침을 보고 결정하자는 의견으로 모아졌다. 하지만 이 동굴에서 계속 머물다가는 틀림없이 폐렴으로 죽거나 그도 아니면 영양실조로 살아남기는 힘들어 보였다. 무엇보다 햇살을 볼 수 없는 고통은 도저히 견딜 수 없는 고문이었다.

마침내 기대하던 아침이 왔다. 채 여명이 밝아오기도 전에 한 떼의 민간인들이 무엇인가를 잔뜩 짊어지고 올라왔다. 그들이 짐을 풀자 놀랍게도 삶은 돼지고기와 김치, 무국과 보리보다 쌀이 더 많은 밥이 나왔다.

포로들이 배터지게 먹고도 남을 많은 양이었다. 포로들은 꿈이 아닌지 의심했지만 고기를 입에 넣는 순간부터 반미치광이가 되었다. 식사시간 내내 말을 하는 포로는 없었다. 식사가 끝나자 북한 주민들은 말없이 그릇을 챙겨 산을 내려갔고 포로들은 포만감에 취해 햇살이 드는 동굴 입구 쪽에 누웠다. 금세 깊은 잠에 빠진 자들도 있고 허공을 바라보며 골똘히 생각에 잠기는 포로들도 있었다. 도저히 가늠할 수 없는 자신들의 앞날을 생각하고 있으리라.

그런데 특식은 그것으로 끝이었다. 식사는 다시 주먹밥이나 좁쌀로 끓인 죽이 나왔다. 모두가 공황에 빠졌다. 죽어도 잊을 수 없는 고기 맛 때문이었다.

그렇게 며칠이 흐르자 마침내 마을로 내려오라는 지시가 있었다. 포로들은 처음 올라왔던 산길을 꼭 20일 만에 다시 내려가기 시작했다. 포로들은 마을 한가운데 공회당 광장으로 안내되었다.

광장에는 놀라운 광경이 펼쳐지고 있었다. 84명의 밥상이 차려져 있고 그 상 위에는 수저가 나란히 놓여 있었다. 배식이 끝나자 인민군 장교가 모습을 나타냈다. 그리고 훈시를 시작했다.

강동식은 진태의 귀에 대고 속삭였.

"무슨 일이 있어도 나를 따라라. 내 결정을 말이야."

헛기침을 한 후 장교가 입을 열었다.

"간단히 말씀 드립니다. 여러분에게 선택권을 주겠습니다. 동굴로 다시 돌아가고 싶은 포로는 지금 일어나 돌아가십시오. 동굴이 싫으면 나누어 드리는 종이에 서명하십시오. 서명하는 포로는 오늘부터 정식으로 우리 위대한 인민해방군에 편입됩니다. 만일 동굴로 가겠다면 그 동굴이 무덤이 될 것입니다."

그리고 인민군에 자진 입대하겠다는 서약서를 나누어 주었다.

강동식이 이 종이를 들고 자리에서 일어났다.

"사는 것과 죽는 것의 선택입니다. 나는 다시는 동굴로 가지 않겠습니다. 이번에 가면 죽어서야 나옵니다. 난 어차피 고향에 갈 수 없다는 것을 깨달았습니다. 전 살아남기 위해 지금까지 고통을 견뎌가며 버텼습니다. 동굴 속에서 죽기는 싫었습니다. 전 자원하여 인민군에 들어가겠습니다."

그는 앞으로 나가 서약서에 이름, 계급, 군번, 고향 주소를 기록한 후 제출했다. 그러자 모두 따라 나섰다. 동굴로 다시 돌아가겠다는 포로는 한 명도 없었다.

다시 고기가 배식되었고 식사가 끝나자 포로들에게 양말, 칫솔과 비누, 수건과 겉옷 한 벌씩을 나눠주고 갈아입게 했다. 다 헐고 남루해진 군복을 벗는 포로들 심정은 찢어지는 듯 아팠다. 군복을 갈아입기는 했지만 국군의 딱지까지 차마 벗을 수는 없었기 때문이었다. 포로들이 하나 둘 새 옷으로 갈아입다가 깜짝 놀랐다. 인민군복이 아닌가? 명찰과 계급장은 없었지만 번호가 가슴에 새겨져 있는 틀림없는 인민군복이었다. 포로들은 몸에 맞지 않는 옷을 입은 것 같아 영 어색하고 불편했다.

국군 포로들은 공회당 실내 강당으로 들어섰다. 침낭이랑 베개가 가지런히 깔려 있었고, 그곳에 인민군 장교가 웃으며 서 있었다.

"동무들, 이제 남조선과의 인연은 이것으로 끊으시오. 여러분들의 고생은 모두 끝났습니다. 아무 걱정 마시고 푹 주무십시오. 내일 일은 내일 아침에 다시 알려 드리겠습니다."

그러나 이런 어처구니없는 일이 일어난 곳은 이곳 운산만이 아니었다. 북한 전역에 있는 크고 작은 포로수용소에서 굶주림과 질병으로 죽어가던 포로들은 회유와 강압에 의해서 어쩔 수 없이 두 손을 들고 인민군 편입에 동의했다.

그렇다고 포로 모두를 인민군에 편입시킨 것은 아니었다. 장교와 부상 및 질병에 걸린 사병들은 제외되었다. 그 숫자도 적지 않았다. 남조선에 포로로 잡혀 있는 인민해방군을 데려오기 위해서는 그들을 남겨두어야 했다.

마지막 전투, 그리고 실명(失明)

운산인민학교 보수가 끝나자 인민군에 편입된 포로들은 학교에 기거하면서 운동장에서 군사훈련을 받았다.

강동식과 담판을 지은 인민군 장교가 미소를 지으며 나타났다.

"동무들의 용단에 찬사를 보내오. 오늘부터 인민군대의 해방전사로서 조국해방전쟁의 승리를 위해 4주간 군사훈련을 받게 될 것이요. 또한 오랫동안 제대로 먹지 못했으니 좋은 식사를 제공하여 체력을 빨리 회복하도록 돕겠소."

어느새 학교 지붕에는 포로수용소라는 의미의 P·W가 적혀 있었다. 국군 포로들을 인민군에 편입시켜 훈련을 시킨다면 이 학교는 군사훈련소이지 포로수용소가 아니지 않은가? 북한 전역에서 국군 포로들을 인민군에 편입시킨 후 이들을 훈련시킬 공간이 필요했던 것이다. 말하자면 이 학교는 공습을 피하기 위해 수용소로 위장한 훈련소였다. 실제 한 달 전에 이 학교가 미군의 공습을 받았는데 수용소로 위장한 다음에는 미군 전투기가 몇 번 학교 상공에 나타나 선회했지만 더 이상 공습은 없었다. 미군 공군도 이 학교가 의심이 갔지만 P·W 두 글자를 보고 차마 사격을 할 수가 없었던 모양이다.

인민군에 편입된 후로 포로라는 딱지는 사라졌다. 그리고 차별도 없어졌다. 하지만 훈련소 일과는 하루 종일 군사훈련과 정치학습으로 짜여져 쉴 틈을 주지 않았다. 식사는 1주일 대부분 고깃국이 제공되어 포로들의 체력은 급속도로 좋아졌다.

인민군에 편입된 후 생활은 편해졌지만 마음까지 편해진 것은 아니었다. 소련제 모신나강 따발총에 대한 제원과 조립, 분해를 배우면서 또 소련제 수류탄 투척 훈련을 하면서 머지않아 국군과 유엔군에게 총부리를 겨누고 서로 죽고 사는 전투에 나가야 한다는 생각에 머리가 복잡해졌기 때문이다.
"과연 아군을 향해 총을 쏠 수가 있을까요. 나는 못할 것 같소."
"국군은 우리가 포로라는 것을 모르고 총을 쏠 텐데 살기 위해서는 싸울 수밖에 없지 않겠소."
"어떻게 하면 좋겠소."
"……."
누군가가 말을 받았다.
"전쟁터는 서로 대치하고 있는 상황이라 아군과 가장 가까운 거리입니다. 전투 중에 혼란한 틈을 타서 탈출합시다. 그러면 아군과 싸우지 않아도 되고 우리도 고향으로 갈 수 있지 않소."

"포로들을 인민군과 섞어서 전투에 내보낼 텐데 탈출하다가 인민군에게 발각되면 위험할 텐데요."

"뭐가 걱정입니까? 총도 있겠다. 적당한 기회를 봐서 옆에 있는 인민군을 죽이고 탈출하면 되지요. 나는 하늘이 우리에게 주는 마지막 기회라고 생각하오."

이 말에 포로들은 모두 말문을 닫고 지그시 눈을 감은 채 머릿속으로 그런 장면을 그려 보고 있었다.

"탈출, 그래 인민군 중대장이고 소대장이고 방해되는 놈은 다 죽이고 아군 쪽으로 똥 빠지게 뛰는 거야."

누가 혼잣말로 중얼거렸다.

포로들은 오래전에 잊어버렸던 탈출이라는 단어 한마디에 꺼졌던 희망이 다시 살아나고 탈출을 다짐하고 있었다.

포로들은 인민군에게 믿음을 주기 위해 군사훈련과 정치학습에 적극 협조했다. 이미 기초적인 군사훈련은 국군 훈련병 시절에 마친 포로들이었다. 소련제 무기도 이제 익숙해졌다.

포로들의 가슴에 숨겨둔 음모를 훈련소장은 전혀 눈치채고 못하고 있었다. 훈련소장은 포로들의 열성적인 태도에 대단히 흡족했는지 틈틈이 국군 포로와 인민군을 양편으로 나누어 체육대회를 열어주었다. 국군 포로와 인민군 사이에 대화가 잦아지자 훈련소 분위기도 좋아졌다. 인민군들도 국군 포로들을 자신들과 함께 해방전쟁에 나가 싸워야 하는 전우로 받아들이고 있었다.

4주로 계획했던 훈련은 2주 만에 끝났는데 인민군 최고사령부도 전선에 병력투입이 급했던 모양이다.

훈련이 끝나던 날, 국군 포로들에게 성명과 계급장이 붙어 있는 인민군복이 지급되었다. 마음은 못내 찜찜했지만 모두 인민군복을 입지 않을 수 없었다. 입고 보니 영락없는 인민군이었다. 옷을 입으면서 누가 중얼거렸다.

"전방에 나가 전투가 시작되면 빨갱이 군대 놈들부터 죽이고 튀는 거야!."

강동식과 포로들은 군용 트럭에 실려 전방을 향해 출발했다. 트럭은 밤낮을 가리지 않고 달렸다.

강동식은 벅차오르는 감회에 어쩔 줄 몰라 했다. 화천전투에서 포로가 되어 김화인민학교에 수용된 이래 북쪽으로만 올라갔지 남쪽으로 내려가기는 이번이 처음이었다. 비록 전투 중이기는 하지만 남으로 내려갈수록 집이 가까워지고 전선만 넘으면 대한민국 국군이 있는 땅인 것이다. 어떻게든 살아서 돌아가야 한다. 그것 때문에 여태 이를 악물고 살아남지 않았던가!

이들은 강원도 인제지역을 담당하는 인민군 보병 3군단 예하 1사단에 인계되었다. 이제부터 인민군으로 전투에 참가하게 되는 것이다. 그런데 강동식 일행은 먼저 도착한 다른 수용소의 포로들과 만나게 되었다. 그들 역시 인민군의 회유와 강압에 못 이겨 손을 든 국군 포로들이었다.

낯익은 얼굴이 보였다. 지옥에서라도 찾을 수 있는 얼굴…… 그가

마지막 전투, 그리고 실명(失明) 189

인민군 복장으로 여기에 나타나 같은 사단에 배치받았다. 밀고자 최영철 하사 바로 그놈이었다.

'저— 저놈이 여기를?'

"어— 강동식 동무 아니오. 허허허 여기서 만나다니. 우리 한번 멋지게 싸워 봅시다. 내 남조선 국군 놈들 10명은 죽여야 나도 죽을게요. 하하하—."

그가 손을 내밀어 악수를 청했지만 강동식은 그의 손을 잡지 않았다. 강동식은 그를 본체만체하고 돌아서버렸다.

'저 미친놈을 여기서 만나다니. 이젠 빨갱이가 다 되었어. 내가 네놈부터 죽이고 탈출하겠다!'

인민군 1사단사령부의 장교가 이곳 전쟁 상황에 대해 간단히 설명해 주었다.

"현재 전선에는 조선인민군보다는 대부분 중국인민지원군이 배치되어 있다. 하지만 이곳은 전쟁 초기부터 조선인민군이 배치되어 있었고, 지난해 9월부터 지금까지 7개월간 크고 작은 전투가 벌어지고 있다. 그 말은 아직 승자도 패자도 없다는 것이다. 그만큼 팽팽하다는 뜻이다. 그래서 전력보강을 위해 여러분들을 이곳에 투입시킨 것이다. 낮에는 제공권을 장악하고 있는 국방군이, 밤에는 병력 숫자가 많은 우리가 유리하다. 지금은 국방군이 854, 812고지를 점령하고 있다. 여러분들도 내일 아침에 연대에 배속되어 야간 전투부터 참여하게 될 것이다. 부디 용감히 싸워 미제와 이승만 독재자로부터 남조선 인민을 해방시켜 주기 바란다."

이들 인민군 1사단이 점령해야 할 고지는 강원도 인제군에 위치하고 있는 854, 812고지로 국군 12사단과 전투를 벌이고 있다고 했다.
"이 두 고지만 완전히 점령하면 국방군의 보급로를 차단하게 되어 강원도 깊숙이 밀고 내려갈 수 있다. 그래서 국방군이 기를 쓰고 막는 것이고, 우리 역시 목숨을 걸고 고지 탈환을 위해 싸우는 것이다. 두 고지만 점령하면 동부전선 전역을 우리가 차지할 수 있다."

인민군 장교의 설명이 끝나자 사령부 내의 천막에서 하룻밤 휴식을 취했다. 며칠에 걸친 이동에 포로들의 몸은 무거웠고 눈은 저절로 감겨 정신없이 잠에 떨어졌다.
새벽 5시, 기상 명령이 내려졌고 포로들은 지친 몸을 추스르며 일어났다. 아침 식사를 마친 후 854, 812고지를 지키고 있는 인민군에 합류하기 위해서 전선으로 출발했다. 새벽 같은 이른 아침 시간인데 폿소리가 들렸다. 유엔군 전투기들이 나타나 하늘을 휘저으며 기관포를 쏘아대고 간간이 폭탄을 떨어뜨렸다. 멀리서 아우성 소리가 들려오고 황급히 퇴각하는 인민군이 보였다.
지난밤 겨우 탈환한 고지를 이른 아침에 다시 국군에게 빼앗기고 퇴각하는 인민군 부대였다. 어제 사단사령부의 장교가 고지의 주인이 수시로 바뀐다고 설명한 그대로였다. 고지를 버리고 퇴각하는 인민군 뒤 멀리에서 국군이 추격해 오는 모습이 아련히 보였다. 푸른 제복의 국군의 모습이!
강동식은 가슴 뭉클한 감정에 복받쳐 온몸에 소름이 돋았다. 아군이었다. 국군이었다. 작년 가을 내가 입고 싸웠던 그 철모에 그 군복이었다. 당장이라도 달려가 내가 국군이었다는 것을 알려주고 그들과 함께 다시 북쪽을 향해 총을 쏘아대고 싶었다. 그러나 그건 마음뿐이었다.

전투에 합류하기 위해 전장으로 향하던 강동식의 행렬에도 전투기들이 날아들었다. 그리고 마치 콩 볶듯 기관총을 쏘아댔다.

퇴각 명령이 떨어졌다.

"후퇴한다. 모두 후퇴하라!"

포로들은 물론 인민군 모두가 개미 흩어지듯 흩어졌다.

전투기가 사라지자 국군도 더 이상 추격하지 않고 방향을 돌려 되돌아갔다. 854고지를 지키기 위해 돌아가는 것 같았다.

오늘 낮 전투는 정말 싱겁게 끝나고 말았다. 인민군들은 제대로 한 번 싸워 보지도 못하고 퇴각해버리고 만 것이다. 그렇다면 진짜 전투는 오늘 밤이었다. 오늘 밤 다시 고지를 탈환하기 위해 총공격을 펼칠 것이다.

강동식과 진태 그리고 밀고자 최 하사 모두 이날 아침 국군에게 쫓겨 내려온 인민군 연대에 배치를 받게 되었다.

강동식이 진태에게 귀엣말로 속삭였다.

"진짜 전투는 오늘 밤이다. 아마도 야간 전투라면 육박전이 될 것이다. 기회를 놓치지 말고 도망쳐라. 잘못하면 우리 국군에게 당할지도 모른다. 조심해라. 나도 오늘은 꼭 탈출할 것이다. 이번 전투에서 여기를 벗어나지 못하면 죽을 때까지 북한에서 살아야 할 것이다."

아침 9시. 854, 812고지는 완전히 국군 손에 들어갔고 인민군은 늘 그랬다는 듯 낮 동안은 휴식을 취했다.

저녁 식사는 생각보다 일찍 이루어졌다. 그 양도 아침보다 배는 되어 보였다. 아마도 이 식사가 살아서는 마지막이 될 사람이 태반일 것이었다. 한 번 전투를 치르면 그만큼 사망자가 많았다.

따발총 총알이나 수류탄은 무제한 지급되었다. 그 엄청난 전투를 치르고도 아직도 이만한 탄약이 있다는 것도 정말 놀라운 일이었다.

인민 군복에 따발총을 든 강동식은 자신의 모습에 쓴웃음을 지었다.

'내가 우리 국군과 싸우러가다니— 젠장!'

멀리 보이는 854고지를 바라보았다. 저기엔 또 다른 내가 고지를 지키고 서 있을 것이며 밤이 되면 또 다른 나와 목숨을 건 전투를 할 것이다. 아니었다.

'나는 탈출하고야 말리라—.'

이윽고 산하는 어둠 속에 파 묻혔고 인민군들은 낮에 빼앗겼던 고지 탈환을 위해 출발했다. 854, 812고지를 오르는 전투병들은 아무도 입을 열지 못하고 있었다. 그러나 폭풍전야의 고요함은 그리 오래 가지 못하고 총성 한 방으로 고요는 깨져버렸다.

탕! 조명탄 한 개가 터지자 약속이라도 한 듯 여기저기서 조명탄을 쏘아 올렸다. 금세 대낮처럼 밝아졌다. 이것이 신호탄이 되어 총소리가 아우성치듯 들려왔다.

국군이 쏘는 총알이 고지에서 아래로 비 오듯 날아오고 그 사이로 수류탄이 굉음을 일으키며 터졌다.

국군과 인민군은 서로를 코앞에 두고 사력을 다해 총을 쏘고 수류탄을 던졌다. 전쟁터는 대낮처럼 밝아 총에 맞거나 수류탄 파편에 쓰러지는 국군과 인민군 병사들의 모습이 또렷이 보였다.

마지막 전투, 그리고 실명(失明)

854고지를 향해 진격하던 강동식도 총을 쏘아댔다. 그러나 총구는 허공을 향하고 있었다. 어찌 국군이 국군에게 총부리를 겨누랴! 그럴 수는 없는 일이었다. 진태도 허공에다 총을 쏘며 탈출 기회만 노리고 있었다.

강동식은 최 하사를 찾았다. 그는 사격하면서도 욕지거리를 퍼부었고 그의 눈은 어둠 속에서 빛나는 야생동물의 눈처럼 반짝거렸다. 그는 공격 대열에서 몇 발짝 앞서 선봉에서 고지를 향해 오르고 있었다. 강동식은 그를 향해 방아쇠를 당겼다.

"퍽!" 한 놈이 쓰러졌다. 그러나 최 하사는 아니었다. 엉뚱하게 그놈 옆의 인민군 하나가 힘없이 쓰러졌다.

이때였다. "쾅!" 굉음과 함께 바로 가까이서 수류탄이 터졌다. 어둠 속에서도 밝게 빛나는 조명탄 불빛에 또 몇 명이 쓰러지는 것이 보였다. 강동식은 이때다 싶어 진태의 등짝을 말 볼기짝 때리듯이 두들겼다.

"진태야! 지금이야— 어서 튀어. 나도 따라갈 테니—."

"예, 형님!"

그가 공격 대열을 빠져나가기 위해 3시 방향으로 뛰었다. 그는 아까부터 보아 두었던 커다란 바위까지 무사히 도착했다. 조명탄 불빛에 보였다 안 보였다 했지만 일단 대열 이탈에는 성공했다. 그때부터는 날아오는 총알을 피하기 위해 다음 목표지점까지는 낮은 포복으로 기어갔다. 강동식은 허공을 향해 계속 방아쇠를 당기며 진태를 주시했다. 이제 산에서 내려오는 작은 개울만 건너면 끝이었다. 그는 개울을 건너기 위해 다시 벌떡 일어나 뛰었다.

바로 그 순간 캄캄했던 하늘이 조명탄 불빛에 다시 대낮처럼 밝아졌다.

진태는 마치 연체동물처럼 허우적대더니 그대로 쓰러진다. 아마도 앞뒤로 수없이 많은 총알을 맞은 듯했다. 진태가 죽었다. 그의 가슴에는 국군의 M1 소총이 그의 등짝에는 인민군의 모신나강 따발총 총알들이 박혔을 것이다. 인민군과 국군 양쪽에서 쏘는 총알을 모두 맞고 그는 쓰러진 것이다.

강동식은 진태가 쓰러지는 모습을 보고 깜짝 놀라 자신도 모르게 벌떡 일어섰다. 그리고 그는 강렬한 뜨거움을 느끼며 쓰러졌다. 쓰러지며 두 손으로 눈을 감쌌다. 강렬한 뜨거움을 느낀 것과 두 손으로 눈을 감싼 것, 그리고 정신을 잃은 일이 동시에 벌어졌다.

얼마의 시간이 흘렀을까? 무언가가 얼굴에 흘러내리는 듯한 느낌이었다. 그 느낌은 끈적이는 피 같았다.

"동무 좀 어떻소! 부축이라도 해 줄 테니 일어나시오."

누군가가 응급처치용 압박 붕대로 눈을 싸맸지만 흘러내리는 피를 막을 수는 없었다.

"부대로 갑시다. 가면 치료를 받을 수 있을 거요."

캄캄한 밤이라 누구인지 알 수는 없으나 억센 함경도 사투리를 쓰고 있었다. 강동식은 머리에 아무 생각도 떠오르지 않았다. 눈을 다친 게 분명했고 그 통증은 정말 참을 수 없을 정도였다.

강동식은 부상자들과 함께 인민군 1사단사령부로 돌아왔다. 그는 곧바로 천막으로 된 의무실로 들어갔다. 많은 환자들이 야전침대에 누워 신음하고 있었고 강동식도 빈 자리에 누웠다. 한참 시간이 흐른 뒤에야 의무병이 그에게 다가왔다.

눈을 살펴보던 그가 머리를 가로저었다.

"눈에 쇳가루가 박혔소. 박격포나 수류탄 조각인 거 같은데 일단 응급조치부터 하겠소."

"눈… 눈은 멀지… 않겠습니까?"

"아직은 모릅니다. 곧 군의관 동지가 올 테니 잠시만 기다리시오."

그러나 곧 온다던 군의관은 지겨울 만큼 시간이 흐른 뒤에야 나타났다. 의무병이 강동식의 오른쪽 눈을 사정없이 벌리자 군의관은 물총 쏘듯이 소독약을 찍— 뿌리더니 핀셋으로 눈에 박힌 쇠조각을 빼내었다. 강동식은 얼마나 아팠던지 악— 소리조차 내지 못했다. 참기 어려운 통증이 몰려왔다. 온몸의 신경이 눈으로 몰렸고 눈알은 금방이라도 터져버릴 것 같았다.

군의관은 아마 박격 포탄이 터지면서 그 파편이 바위에 튕겨 눈에 박힌 것 같다고 했다. 시력이 회복될 가능성은 없다고 했다. 한동안 통증이 심할 것이나 참고 지내다 보면 상처는 아물 것이라고 했다. 그러나 진통제도 없으니 그 엄청난 통증을 고스란히 견뎌내야 했다. 그는 외눈박이가 될 모양이었다.

참으로 맥이 빠졌다. 탈출을 위해 얼마나 기다려 온 전투였던가. 그러나 탈출은커녕 외눈박이가 되게 생겼고, 그토록 아끼던 진태는 눈앞에서 죽었다. 눈 부상으로 이제 전투에 참가할 수 없게 되었고, 따라서 탈출의 기회는 영원히 사라져버린 셈이다.

'이렇게 허망하게 돌아오다니. 코앞에 국군을 두고…… 100미터만 달리면 국군진영에 도착할 수 있었는데, 집으로 가는 건데!'

참으로 통탄할 일이었다. 손끝에 잡힐 것 같던 탈출은 물거품이 되었다. 84명이 이곳에 와서 30여 명이 탈출을 했으니 강동식은 미련에 미쳐나갈 것만 같았다. 차라리 죽고 싶은 심정이었다.

어젯밤 전투로 인민군 사단사령부가 발칵 뒤집혔다. 국군 포로의 사상을 전향시켜 인민군에 편입시키면 배신자도 없을 것이라고 믿었다. 그러나 그들의 생각은 보기 좋게 빗나갔다. 어젯밤 전투 중에 국군 포로 출신이 다수 탈출했고 이중 일부는 인민군 장교나 사병까지 죽이고 탈출했기 때문이다.

그래서 인민군 사단사령부에서는 그냥 넘어갈 수가 없었다. 진상조사에 착수했다. 어제 전투에서 사망한 인민군의 시신을 사단사령부 연병장으로 모두 가져와 발가벗겨 가마니 위에 뉘어놓았다. 시신의 신원과 총상을 일일이 확인하려는 것이다.

국군이 소지한 M1 소총 탄환의 총상은 문제가 안 되었다. 하지만 인민군이 사용하는 모신나강 따발총 탄환이 몸에 박혀 죽은 시신은 포로들에게 사살당한 것이다. 총상을 보면 구별이 되기 때문이었다. 그도 아니면 몸에 박힌 총알을 빼내 보면 쉽게 알 수 있었다. 그래서 군의관이 시신의 상처 부위를 확인했던 것이다. 조사결과 행방불명이 된 포로 35명은 탈주자로 간주했고, 모신나강 소총에 맞은 31명은 포로들에게 사살당한 것으로 결론을 내렸다. 사망자 중에는 강동식이 최 하사를 죽이려고 쏜 총알을 대신 맞고 죽은 인민군도 있을 것이다.

진상조사 결과가 이렇다면 현재 전투 중인 포로병들이나 부상 중인 포로병들을 더 이상 전투에 참가시킬 수 없는 상황이 되었다. 인민군 제1사단사령부는 심각한 고민에 빠지게 되었다.

진상조사는 포로병들에게로 이어졌다. 당시 전투상황에 대해 심문했다.

강동식은 텅 빈 탄창과 부상당한 눈 때문에 오히려 격려를 받았다.

"동무는 고지탈환에 큰 공을 세운 해방전사요. 고생 많았소."

그래야 했다. 그래야 눈을 제대로 치료받을 수 있고 눈이 치료되어야 다시 전투에 나갈 수 있었다. 그는 적어도 십여 명의 국군이 자신이 쏜 총에 맞아 죽었을 거라고 우겨댔던 것이다.

강동식의 눈 통증은 며칠이 지난 후부터 차츰 가라앉기 시작했다. 천막으로 된 의무실을 빠져나와 모처럼 햇살을 맞으며 천천히 걸었다. 어느새 계절은 봄의 막바지에 접어들고 있었다.

참 그리웠던 햇살이다. 그렇게 걷던 그가 깜짝 놀라 멈춰 섰다. 목발을 들고 나무 의자에 앉아 있던 부상병이 목발을 흔들며 불렀던 것이다.

"여— 어. 강동식 동무. 나요— 나! 눈을 다쳤구만."

그놈이었다. 밀고자 최영철 하사. 전투 때 내가 사살하려고 사격을 했던 바로 그 녀석이다. 섬뜩했다. 혹 알고 있는 것은 아닌가? 자기를 죽이려고 총구를 들이댄 자가 바로 강동식이란 것을 알고 있는 건 아닌가?

"최― 최 하사님도― 다쳤―."

"흐흐흐― 총알이 허벅지에 박혔어. 다행이지. 난 죽을 놈은 아니니 치료 끝나면 또 전투에 나갈 거야."

강동식은 자신을 의심하지 않는다는 것을 확인한 후 얼른 자리를 피했다.

'개자식, 또 함께 전투에 참가하게 되면 넌 반드시 내 손에 죽는다.'

강동식과 포로병들이 인민군 1사단사령부에 오던 날, 전쟁 상황을 설명했던 그 장교가 나타났다. 그는 전투에 참가했던 국군 포로병들을 연병장에 집합시켰다.

"해방전사 여러분은 앞으로 전투에 참가하지 않아도 된다. 여러분들의 안전을 위해 후방으로 배치하고 전투사업을 지원하는 일을 담당하게 될 것이다. 여러 해방전사들은 처음 출발했던 부대로 원대 복귀하여 거기서 새 임무를 받게 될 것이다. 치료 중인 전사는 복귀하는 부대에서 계속 치료를 받을 수 있다. 자! 이제 모두 출발하라."

그들은 포로들에 대한 전략을 변경했던 것이다. 포로병들을 전투에 참가시키지 않겠다는 것이다. 따라서 후방으로 배치하여 전쟁 복구나 군수물자 생산에 투입시키겠다는 것이다.

'최 하사 저 자식을 운산으로 끌고 가야 하는데…….'

강동식은 최 하사와 운산으로 같이 갈 수 있다면, 그에게 당한 모두의 고통을 대신 갚아주리라고 조용히 읊조렸다.

마지막 전투, 그리고 실명(失明)

강동식과 포로병들은 인민군에 편입되어 강원도 인제의 854, 812고지 전투에 투입되었다가 철수하게 되었지만, 두 고지의 전투는 지난해 가을부터 격전이 벌어졌고 1953년도까지 이어졌다. 최후의 승자는 을지문덕 장군의 용맹을 기려 부대 명을 을지부대로 정했던 국군의 육군 제12사단이었다.

절망의 포로 교환 발표

강동식과 포로병들은 털털대는 트럭에 실려 강원도 인제를 떠나 다시 평안북도 운산으로 돌아왔다. 1주일 전에 84명이 운산을 출발했으나 인제 전투에서 죽고 탈출하는 바람에 돌아온 자는 고작 36명이었다. 두 대의 트럭이 이틀을 달렸는데도 공습 한번 없는 것을 보면 미군 전투기들은 서부전선으로 모두 날아간 모양이었다.

"해방전사 여러분! 이제 전투에는 나가지 않게 됐소. 여러분들은 오늘부터 조선인민군 제2203 노무부대에 편성이 되어 금을 캐는 광산에서 일하게 되었소. 전쟁 통에 내버려 두었더니 대부분 광산이 폐광이나 다름이 없게 됐소. 노무부대 동무들의 힘으로 다시 복구해 주시오. 여기서 캔 금은 군수물자를 구입하는데 사용할 것이니 조국해방전쟁의 승리를 위해 분발해 주기 바라오."

포로병들은 인제를 떠나올 때 모두 소총을 반납했다. 아니 총을 빼앗겼던 것이다. 이제 말이 해방전사이지 오늘부터 인민군 노무부대에 편입되어 노동자가 된 것이다. 노무부대는 파괴된 교량, 활주로, 탄약고 등의 군사시설을 복구하거나 광산이나 탄광에서 채광하는 것이 임무였다.

강동식과 포로병들은 금광이 밀집해 있는 운산의 어느 광산촌으로 올라갔다. 다른 포로수용소에서 온 포로 200여 명이 도착해 있었다. 강동식은 눈 치료중이라 먼지가 많은 광산에서 일하면 실명할 수도 있으니 다른 일을 시켜달라고 떼를 써 보았지만 허사였다. 포로병들은 운산에 도착하자 잠시 휴식도 없이 노동에 내몰리게 되었다.

이들에게 주어진 첫 임무는 토끼장 같이 다닥다닥 붙어 있는 작은 집들을 보수하는 것이었다. 이 집들은 포로병들이 거처로 사용할 막사였다. 방문이 제대로 닫히지도 않고 벽이 갈라지고 신문지 벽지도 찢어져 있고 구멍 뚫린 지붕 사이로 들어온 빗물에 방바닥이 들고일어나 있었다.

바닥의 흙을 퍼낸 다음 구들을 다시 놓았다. 썩은 신문지 벽지를 뜯어내었으나 헌 신문지마저 없어 흙벽으로 두었다. 부엌의 아궁이를 손질하고 구멍 난 지붕을 보수했다.

한 조가 12명인데 배당된 가옥은 6채였다. 변변한 도구가 있는 것도 아닌 상황에서 두 사람이 집 한 채씩을 보수하라는 것이었다. 7월 여름 우기(雨期)에 비가 쏟아져 끝냈던 작업을 다시 손보는 일이 허다했다. 막사 보수에 한 달 이상 걸렸다.

말이 위대한 인민군 해방전사이지 국군 포로는 영원한 포로였다. 광산 주위에는 무장한 인민군 보초병들이 감시하고 있었고 아침저녁으로 인원을 점검했다.

포로 시절과 다른 점이 있다면 조금 나아진 식사였다. 물론 힘든 작업에 언제나 배가 고팠지만 그래도 포로 시절에 비하면 호식이었다.

강동식은 1주일에 한 번 인민군이 사용하고 있는 운산인민학교로 내려가 치료를 받았는데 이날은 눈의 붕대를 떼는 날이었다. 이미 실명은 기정사실로 받아들이고 있었지만, 사람이란 미련을 갖는 법. 마지막까지 희망의 끈을 놓지 않았으나 결과는 다친 오른쪽 눈이 실명했다는 것이다.

이 무렵 강동식은 극심한 절망감에 빠져 헤어나지 못하고 있었다.

이제 탈출도 불가능한 일이 되었다. 다시는 전투에 참가할 수 없게 되었고, 포로 교환이 되어 기적처럼 고향으로 돌아갈지 모른다는 희망도 사라졌다. 오히려 그런 기적이 자신에게는 돌아올 리 만무하다는 생각이 가로 누르고 있었다.

동생같이 아껴주고 의지했던 한진태의 죽음도 그를 절망에 빠지게 하는데 한몫했다. 거기에다 설상가상으로 오른쪽 눈까지 잃게 되었으니 그 참담한 마음은 이루 헤아릴 수가 없었다.

가슴에 깊이 새겨 두었던 증오심도, 탈출의 의지도, 포로 교환 희망도, 적에 대한 미움까지도 모두 무너져버리고 말았다. 그에게 이제 남은 것이라곤 오로지 절망뿐이었다. 몸도 지쳐 있었지만 마음이 더 지쳐버렸던 것이다. 그의 절망은 깊은 침묵으로 이어졌다. 작업에 관한 일 외에는 입을 열지 않았다. 포로들이 모여 고향 이야기, 휴전과 포로 교환을 이야기해도 강동식은 한마디 끼어드는 적이 없었다.

포로병들은 자신들이 보수한 집으로 들어가 생활하게 되었다. 이제부터 포로 시절처럼 몸을 세워 자는 소위 칼잠은 자지 않아도 되었다. 그러나 광산 복구 작업은 결코 녹록치가 않았다.
토목기술자들이 배치되어 포로병들은 그들의 지시에 따라 작업을 했다. 버팀목으로 사용할 통나무를 베어 그것을 정확히 5m씩 잘라 운반하는데 경사진 산을 오르내리기란 여간 힘든 일이 아니었다. 호흡이 맞지 않아 한 사람이 넘어지면 전부 고꾸라지기 일쑤였다. 통나무에 맞아 등뼈를 다치거나 발목이 부러지는 포로들이 속출했다. 그렇다고 적절한 치료를 해 주는 것도 아니었다. 그렇게 병신이 되는 것이다. 하루 목표량이 정해져 있어 이를 채우지 못하면 밤이 늦어도 목표량을 채울 때까지 작업을 해야 했다.

그렇게 기계처럼 일하는 사이 완연한 여름이 되었다. 하늘에서는 폭염이 내리 쬐고 있었고, 몸은 언제나 땀으로 흥건히 젖어 있었다.
그래도 여름은 겨울보다는 살 만했다. 차고 시원한 물은 지천으로 널려 있어 몸을 닦을 수 있다. 배고픔은 여전했지만 그렇다고 굶어죽는 사람이 생길 정도는 아니었다. 하지만 일사병이 문제였다. 폭염은 아니었지만 염분 결핍증에 걸려 있던 포로들이 약간의 기온 상승만으로도 땀을 비 오듯 흘리면서 죽어갔다.
광산 입구부터 시작한 갱도 보수작업은 꽤 많은 진척을 보이고 있었다. 이날은 강동식이 통나무를 찾아 산으로 돌아다니다 눈에 익은 산길을 만났다.

'언제 한번 와 본 산길 같은데?'

울창한 나무숲에 비탈진 길이다. 오를수록 눈에 익은 산길이다. 계곡 사이로 물이 졸졸 흐르기도 하고 낮은 폭포도 보였다. 산 중턱에 오르자 넓은 공터가 나왔다.

'아, 여기였구나!'

봄에 굶주림과 습기로 죽을 고비를 넘겼던 그 동굴수용소였다.

눈을 감았다. 살을 찢는 찬바람 소리가 윙윙 귀를 때리는 것만 같고, 동굴 안에서 외마디 비명을 지르며 죽어간 포로의 목소리가 들리는 것 같았다. 꼭 살아서 집으로 돌아가자고 했던 진태의 모습도 보였다.

동굴 안에 깔려 있던 가마니가 썩은 채 그 자리에 아직 남아 있었다. 그 위에는 다행히 포로들에게 잡혀 먹히지 않고 용케 살아남은 도롱뇽 두 마리가 침입자를 멀끔히 바라보고 있었다.

'아, 그래. 난 아직 죽지 않고 살아 있었구나. 죽음의 행군에서, 강동수용소에서, 운산수용소에서, 인제 전투에서도 살아남았지. 그래, 밀고자 최 하사 그놈이 말한 것처럼 나도 절대 죽지 않는다. 다시 기회는 있어, 분명 여기가 끝은 아닐 거야?'

한동안 잃어버렸던 탈출과 생존의 의지가 다시 꿈틀대며 살아나고 있었다. 그는 오랜만에 자신을 향해 부르짖었다.

'난 반드시 살아남아 고향으로 돌아갈 것이다!'

광산 복구가 끝나고 본격적인 채광작업에 들어갔다. 하지만 크고 작은 사고가 있었다. 갱도가 무너져 13명이 매몰되어 죽기도 했고, 25명이 갇혔다가 겨우 살아난 일도 있었다. 그런 사고에도 채광은 비교적 순조로워 많은 금을 캘 수 있었다.

왜 포로병들에게 귀한 금을 캐는 일을 맡겼을까? 답은 간단했다. 이들은 감시와 통제 하에 있어 혹 금을 훔쳐도 사용할 때도, 받아줄 사람도 없기 때문이었다. 이들에게는 매일 만지는 금이 돌과 다름이 없었다.

어떻게 된 일인지 그 흔했던 삐라를 몇 달째 구경조차 못해 전쟁 소식이 깜깜해졌다. 산속에 고립된 광산이다 보니 소문조차 들을 수 없었다. 200여 명의 포로들은 하루 3교대로 금광석을 캐며 기계처럼 일만하면서 그렇게 10개월을 보냈다.

해가 바뀌고 1953년 4월 말이 되었다. 이날 오후 포로들을 모두 집결시켰다.

"포로 교환 협상이 잘 진행되어 우선 부상병부터 교환하기로 했소. 일차적으로 부상이 심한 동무들부터 고향으로 돌려보내기로 했으니 호명하는 동무는 앞으로 나오시오. 그리고 지금 호명되지 않은 동무들은 2차, 3차 계속해서 교환이 있으니 때를 기다리시오."

인민군 장교의 말이 끝나자 호명에 들어갔다. 포로 교환 명단을 발표하는 것이다. 마치 살 사람과 죽을 사람을 가르는 의식처럼 느껴졌다.

"김동찬, 이진서, 전종윤, 최현호……."

이름을 하나하나 부를 때마다 심장이 멈출 것만 같았다. 자신의 이름이 불려져도 얼른 대답을 못했다. 오히려 그 자리에 털썩 주저앉아 버렸다. 그리고는 '어머니, 아버지'를 부르거나 괴성을 지르고 나서야 눈물을 흘렸다.

"호명된 동무들은 지금 바로 저기 트럭을 타도록 하시오."

인민군 장교가 분명히 부상자부터 교환한다고 했다. 그리고 부상자들의 이름을 불렀다. 강동식도 한쪽 눈을 잃은 부상자였다. 그런데 그의 이름은 부르지 않았다.

평안북도 벽동군, 이곳 수용소에서도 부상 포로 교환 명단을 발표하고 있었다. 벽동군은 강동식이 있는 운산에서 동창군만 지나면 나오는 압록강과 접해 있는 한반도 최북단에 소재하는 군(郡)이었다.

"김건식, 이만기, 천충기, 최영철, 이상 호명된 동무들은 지금 곧 출발 준비를 하시오."

최영철, 최 하사의 이름이 불렸다. 순간 최 하사가 몹시 당황해하며 앞으로 뛰어 나가며 소리쳤다.

"군관 동무, 명단에서 내 이름을 빼주시오."

"최영철 동무, 고향으로 돌려 보내준다는데 왜 그러시오. 고향에 돌아가기를 그렇게 바라지 않았소. 우리에게 협조한 동무의 공을 인정해서 상부에서 포로 교환 명단에 포함시켜 내려왔소. 그리고 동무는 실제 다리를 다쳤으니 부상 포로 교환으로 돌아왔다고 하면 남조선에 가더라도 별문제 없을 것 같소만……."

"나는 오래전부터 북조선에서 살기로 결심했소. 난 철저한 공산주의자요. 남조선으로 돌아가지 않을 것이니 명단에서 나를 빼주시오."

"정말 괜찮겠소, 후회는 없겠소?"

"정말 괜찮으니 내 생각대로 해 주시오. 부탁하오."

되레 최 하사가 간청했다.

최 하사는 꼭 살아서 돌아가기 위해 전우를 배신하고 밀고자를 자임했다. 그런 그가 마음이 변했다. 아내도 있고 자식도 있는 사람이 보내주겠다는데도 돌아가지 않겠다는 것이다. 그는 자신이 밀고자라는 사실을 많은 포로들이 알고 있어 남으로 돌아가도 군법에 따라 처벌을 받을 것을 두려워했던 것이다. 돌아가기 위해 밀고를 했는데 밀고 때문에 돌아갈 수없게 되었던 것이다.

6월에 접어들자 삐라는 매일 같이 뿌려졌다. 어느 날 뿌려진 삐라에는 〈지난 8일 포로 교환협정이 조인되었고 머지않아 정전협정도 타결될 것이다. 그 후 60일 이내에 포로들은 송환될 것〉이라는 내용이었다. 포로들은 날아갈 듯이 기뻤다. 포로가 된 이후 가장 기쁜 소식이었다. 전쟁이 끝나고 고향으로 돌아갈 것으로 잔뜩 기대하고 있었.

그러던 중 강동식은 또 다른 기쁜 소식을 들을 수 있었다. 눈 치료 때문에 접촉이 많았던 의무병으로부터 다음 포로 교환 명단에 강동식이 포함될 거라는 언질을 받았던 것이다. 그래서 하루하루가 구름 위에 떠 있는 기분이고 또 조바심이 나서 하루해가 그렇게 짧았다.

그러나 그로부터 약 보름 후 포로들은 기가 막힌 말을 듣게 되었다.
"당분간 포로 교환은 없다. 남조선 이승만 괴뢰도당이 포로송환협정을 위반했기 때문이다. 지난 18일 새벽에 국방군을 시켜 남조선에 억류되어 있는 우리 인민군 2만 7천 명을 북으로 돌려보내지 않고 일방적으로 석방해버렸기 때문이다. 이상이다."

정말 기절할 소식이었다. 엄청난 일이 터져버렸다.

이 대통령은 한미방위조약 체결 전에는 휴전할 수 없다며 미군의 감독 하에 있던 대구, 광주, 부산, 마산, 논산 등 7개 수용소의 공산진영 출신 반공 포로 2만 7천 명을 일방적으로 석방해버렸다. 이중에는 인민군에 강제 편입된 국군이나 남한 출신이 상당수 있었다. 또 공산주의가 싫다는 반공포로를 북조선으로 돌려보낼 수가 없었던 것이다. 유엔군도 당황했고 북한도 중국도 포로 교환협정을 위반했다며 거센 항의와 함께 그들을 모두 재수용할 것을 요구했다.
그러나 이승만 대통령은 단호하게 거절했다. 이 사건으로 포로 교환은 다시 지지부진해졌다.

국민들은 대통령의 결단에 만세를 불렀다. 인민군에 강제 편입되었던 아들을 되찾을 수 있었고 공산주의를 버리겠다는 포로는 진정한 자유인이 되었기 때문이다.

그로부터 3개월 정도가 지난 1953년 7월 27일.
남과 북이 대치하고 있는 서부전선 판문점. 이날 이곳은 한국전쟁 발발 이래 가장 뜻 깊고 의미 있는 날이 되었고 또 중요한 장소가 되고 있었다.
판문점에는 대형 천막이 쳐졌고, 이 천막에 국적이 다른 세 명의 장성들이 모여 들었다.
〈마크 W 클라크〉 유엔군 총사령관, 〈팽덕회〉 중국인민지원군 사령원, 그리고 〈김일성〉 조선인민군최고 사령관이 그들이다.

밤 10시, 이들 세 명은 정전협정문에 서명한 후 헤어졌다.

마침내 휴전이 이루어졌던 것이다. 휴전선은 기존의 38선이 아니라 조금 전 10시에 점령하고 있던 그 땅을 휴전선으로 긋기로 했다. 판문점 협상 테이블 한 중앙으로 휴전선이 지나가고 있었다.

"뭐야! 휴전이 되었다고?"

휴전 소식은 함양 땅에도 전해졌다.

두 아들의 전사통지서를 받았지만 작은아들 동민이의 시신은 확인된 반면 큰아들 동식이는 아직도 생사가 확인되지 않고 있었다. 그렇다면 포로로 붙잡혀 있을 가능성이 가장 높았다. 동식의 부모는 휴전이 되었고 곧 포로 교환이 있을 거라는 소식에 밤잠을 이룰 수가 없었다. 이제 마지막 희망은 포로 교환뿐이었다.

강동식의 아내도 두 살 된 아들 병구(秉求)를 둘쳐업고 시부모님을 따라 면사무소로 군청으로 쫓아다녔다. 혹 포로 교환 때 돌아올까 하는 기대감에서였다.

그러나 기다려도 소식은 없었다. 군청 공무원들은 아직은 알 수 없으니 조금 더 기다려 보라는 말만 되풀이할 뿐이었다.

작은아들 동민이와 함께 입대했던 사촌 동철이는 동두천 전투를 마치고 무사히 제대했지만 작은아들은 전사했고 큰아들은 죽었는지 살았는지 생사를 모르고 있었다.

'살아 있어야 하는데… 살아서 별일 없이 돌아와야 하는데…….'

강동식의 아버지, 어머니나 아내 모두 똑같은 생각에 골몰하고 있었다.
답답하고 안타까운 날들만 애처롭게 흐르고 있었다.

운산에도 삐라가 눈 내리듯 쏟아지기 시작했다. 이 깊은 북한 땅에도 드디어 정전협정 소식이 전해졌다.
삐라에는 이렇게 적혀 있었다. '유엔군 총사령관을 일방으로 하고 조선인민군 최고사령관 및 중국인민지원군 사령원을 다른 일방으로 하는 한국 군사정전에 관한 협정.' 이것이 정전협정의 공식 명칭이었다.
'정전협정이 이루어졌으니 60일 이내 포로 교환이 있을 것이다. 그러니 포로로 잡혀 있는 국군 여러분은 희망을 가지고 조금만 더 기다려 달라.' 는 것이 삐라의 내용이었다.
이제 삐라를 줍지 말라고 제지하는 사람은 없었다. 삐라를 마음 놓고 돌려봐도 고발하는 사람도 없다. 정전협정 하나만으로도 모두에게 자유가 주어지는 것 같았다.
'됐어. 이젠 됐어. 길어도 60일 만 버티면 된다. 돌아갈 날만 생각하며 지금까지 죽지 않고 살아오지 않았던가.'
강동식에게는 이제 하루하루가 희망이었다. 언제 남조선으로 향하는 트럭을 타고 할지 몰랐다. 요즘은 꿈도 자주 꾸었다. 손을 흔들며 떠나왔던 느티나무 아래서 집으로 달려가는 꿈이었다. 꿈을 깨면 안타깝고 슬펐지만 그래도 고향으로 돌아갈 날이 멀지는 않았다. 조금만 기다리면 드디어 돌아갈 것이다.

그러나 포로 교환은 남북 간의 견해 차이로 쉽게 이루어지지 않았다. 북한과 중국은 억류된 포로는 전원 돌려보내자는 강제 송환 입장인 반면 유엔군이나 미국은 포로들 자유 의사에 따라 송환되어야 한다는 입장이었다.

유엔군의 이러한 입장은 북한으로 돌아갈 의사가 없는 포로가 많았고, 이들의 상당수는 국군 또는 남한 출신으로 인민군에 강제 편입당했다가 유엔군에 포로가 되었다는 것을 알고 있었기 때문이다. 정전협정과 포로송환협정이 체결된 상태였지만 자유, 공산 양 진영의 입장 차이로 쉽사리 포로 교환이 이루어지지 못하고 있었다.

정전협정이 체결되고 두어 달이 지난 9월 어느 날이었다.
운산의 인민군 노무부대 사령부는 마침내 운산금광 지역의 모든 포로들을 불러 모았다.
이곳에서의 두 번째 포로 교환 명단을 발표하는 순간이었다.
"지금부터 호명하는 포로는 출발을 준비하라. 고향으로 돌아가라."
"박태일, 연규흠, 서상열, 정성호, 최민수."
모두 30여 명의 이름이 호명되었다. 이들은 인민군에 편입되지 않았던 포로이거나 부상자들이었다.
호명된 자들은 환호성을 질렀고 빠진 자들은 머리를 떨어뜨리며 눈물을 흘렸다. 강동식의 이름은 또 빠졌다.
"실망하지 마라. 기회는 또 있다."
노무부대 사령부 장교들이 명단에 빠진 포로들에게 위로의 말까지 해 주었다.

다음 포로 교환을 기다리던 중에 괴소문이 나돌기 시작했다.

인민군에 편입된 사실이 있는 포로들은 돌려보내지 않기로 했다는 소문이었다. 지난번 부상 포로 교환 때 남한으로 돌아간 국군 포로들이 인민군에 편입된 사실과 비행장이나 탄약고, 군수공장 등 군사적 목적을 가진 시설에 강제로 동원되어 노동한 사실, 비인도적인 포로수용소 생활에 대한 증언이 쏟아지면서 제네바협약 위반이라는 국제 사회의 비난과 함께 여론이 매우 나빠졌다는 것이다.

그래서 이런 경우에 해당되는 포로들은 더 이상 돌려보내지 않기로 했다는 것이다.

남은 포로들은 하늘이 무너지는 것 같았다. 인민군에 편입되어 국군과 전투까지 벌인 강동식과 운산 탄광의 포로들은 돌아갈 수 없다는 말이 아닌가?

'하늘은 내 편이 아니었어!'

그 강인하던 강동식 눈에서 마침내 뜨거운 눈물이 줄줄 흐르기 시작했다. 죽음 앞에서도 흘리지 않던 눈물이었다. 그 후 더 이상 포로 교환 명단을 부르지 않았다. 남아 있는 강동식과 포로들은 북한에 억류되어버렸다.

'6월 13일 탄전'에서 만난 여인

정전협정으로 전투는 끝났지만 남과 북 사이에는 철조망이 쳐졌다. 판문점 철교는 〈돌아올 수 없는 다리〉로 불렸고, 민간인들은 남과 북을 넘나들지 못하게 되었다.

포로송환협정에서 정전협정 후 6개월 이내에 포로 교환을 끝내기로 합의했으나, 어느새 1년이라는 세월이 훌쩍 지나가버렸다. 포로 교환이나 전쟁 이야기는 쑥 들어갔다. 삐라를 뿌리기 위해 날아들던 미군 비행기의 엔진 소리도 더 이상 들리지 않았다. 이제 고향으로 돌아가기는 영영 틀린 것 같았다.

강동식을 비롯한 포로병 모두에게 새로운 명령이 떨어졌다.
"이제 운산금광에서 금을 캐 본들 채산성이 맞지 않습니다. 새로 굴을 파야 하는데 그것도 지금은 어렵습니다. 그래서 여러분들을 함경북도 경흥군(현 은덕군)에 있는 '6월 13일 탄전'(아오지탄전)에 배치하기로 결정이 났습니다. 이곳에서 일한 경험을 살려 혁명적인 성과를 내주시기 바랍니다."

'6월 13일 탄전'이라 했지만 아오지였다. 남한에 있을 때 아오지탄광은 귀에 익었으나 '6월 13일 탄전'은 들어 보지 못했다. 광산에서 일한 경험이 있으니 역시 채광작업을 하는 탄광으로 보낸다는 것이다.

이틀 후, 운산금광에서 일하던 포로병 160여 명 모두는 트럭에 실려 함경북도 끝자락에 있는 아오지로 가게 되었다.

충덕산 기슭에 있는 아오지탄광은 북한에서 가장 많은 석탄 매장량을 자랑하는 곳이지만 강동식 일행이 아오지에 도착했을 때는 겨우 50여 명 정도가 생활하고 있었다.

하지만 며칠 후부터 어디에서 오는지 매일같이 많은 사람들이 모여들었다. 이들은 국군 포로 출신이거나, 유엔군이나 국군의 포로가 되어 남한 수용소에서 생활하다 포로 교환으로 북에 돌아온 인민군들이다. 국군 포로야 그렇다 해도 인민군 출신 포로들을 아오지로 데려오는 것은 이해가 되지 않았다. 하지만 남한에 갔다 왔으니 사상이 오염되었다는 것이 북한의 판단이다. 그래서 국군 포로나 포로로 갔다 온 인민군이나 사상이 의심스럽기는 매한가지라는 것이었다.

그렇다면 운산을 출발할 때 광산에서 일한 경험을 살리기 위해 아오지탄광으로 보낸다는 인민군 장교의 말은 새빨간 거짓말이었다.

적과의 동침이라 했던가? 서로 총부리를 겨누던 국군과 인민군이 아오지에서 만나 총 대신 삽과 곡괭이를 들고 함께 생활하게 되었다.

아오지탄광은 비교적 잘 보존되어 있었다. 이 깊은 북한 땅에, 그것도 산 속에 묻혀 있는 아오지는 폭격되지 않았기 때문이다. 남자들은 갱도로 들어가 석탄을 캤고 몇 안 되는 여자들은 탄을 분류하는 작업을 했다. 1일 3교대로 하루 8시간의 중노동이었다. 국군 포로들의 손에 의해서 아오지탄광은 활기를 되찾기 시작했고, 석탄산업이 북한의 대표적인 산업으로 자리를 찾아가고 있었다.

강동식의 작업 조에는 아주 특이한 사람이 하나 있었다. 우종석이라는 사람인데 굴에 들어가 작업을 하면서 한 달이 넘도록 말 한마디 없었다. 그렇다고 실어증에 걸린 사람도 아니었다. 전형적인 북한 말투를 쓰는 것을 봐서는 북한 출신이 분명했다.

강동식은 휴일 날 우연히 그와 식사를 하게 되었다.
"도대체가 입을 열지 않으니 무슨 일이오? 보니 벙어리는 아닌데 말입니다. 형 같아서 하는 말이니 말 좀 트고 서로 의지하고 삽시다."
"……."
"친하게 지내다 보면 서로 의지도 되고 도움도 될 겁니다. 난 원래 남조선의……."
강동식은 자신이 오늘에 이르기까지 있는 그대로 다 말해 주었고, 그도 진솔하게 말하는 강동식의 태도에 마음이 열렸는지 마침내 입을 열기 시작했다.
"당신은 국군 포로이니 여기에 오는 것이 별로 이상할 것 없소. 하지만 난 인민군이었소. 황해도 연백 출신이죠. 미군이 서울을 점령할 때

쫓겨 도망가다 파주 부근에서 붙잡혀 포로가 되었지요. 거제도 포로수용소에 끌려가 생활하던 중에 포로끼리 싸움이 벌어졌습니다. 남조선에 전향하자는 쪽과 죽어도 북으로 돌아가겠다는 두 파로 갈린 거지요. 말하자면 친공 포로와 반공 포로로 편이 나뉘어졌다는 거지요. 난 북송을 강력히 지지한 골수 중의 골수 공산주의자입니다. 그런데… 허… 참… 돌아오니 기가 막히는 일이 딱 벌어진 겁니다. 그렇게 투쟁하면서 변질되지 않고 깨끗한 사상으로 북으로 돌아왔는데 인민군에 편입도 안 되고 나를 이곳으로 보내버린 겁니다."

그는 말문이 터지자 신세타령으로 이어졌다.

"염병할— 김일성 주석이 남조선에 포로가 되었던 자들은 사상이 오염되었으니 격리시키라는 교시가 있었다는 겁니다. 참… 어이가 없어서… 북조선에서 사상을 의심받는 사람이 갈 곳이 어디겠소? 여기밖에 더 있겠습니까? 목숨 걸고 싸우고, 포로가 되어서도 굽히지 않고 투쟁해서 북으로 돌아온 나를 사상이 의심스럽다니요…… 염병할— 이런 경우가 어디 있습니까? 이 속 터지는 일을 누구에게 말도 못하고, 너무 기가 막혀서."

얼마나 억울하고 분했으면 말까지 잃었겠는가?

그 이후, 우종석은 굴에서 탄을 캐면서도 곧잘 말도 하고 얼굴에 화색이 돌아 보였다. 속으로만 썩히던 가슴앓이를 누구엔가 속 시원히 털어놓은 뒤에 찾아오는 후련함 때문이리라.

아오지탄광에는 계속해서 사람들이 몰려들었고 강동식이 온 지 1년이 지나 1955년에 접어들자 여자들이 수를 헤아릴 수 없을 만큼 많이 들어왔다. 개성처럼 전쟁 전에 남한 땅이었던 지역의 전쟁 미망인, 남편이 남조선으로 도망치고 홀로 남은 부녀자, 남편이 남조선 포로가 되었다가 남한에 전향한 인민군의 아내, 남편의 생사가 확인이 되지 않아 행방불명자로 처리된 인민군의 아내, 그런 여자들이 북한 전역에서 아오지로 쫓겨왔다.

아오지에 먼저 온 국군 포로와 포로가 되어 남한 수용소에 있다 돌아온 인민군까지, 그들은 김일성 체제에 불만을 가질 수 있는 유력한 후보들이었다. 모두 성분이 좋지 않거나 사상적으로 믿을 수 없는 자들인 것이다.

아오지는 일제강점기 때는 탄광노동자들이 강제 징용된 곳이며 해방 후에는 정치범, 사상범의 강제노동수용소로 이용되었던 곳이었다. 그런데 지금 이곳으로 몰려드는 사람들 모두 그런 부류에 속하는 사람들이었다. 이것이 아오지의 역사였다. 아오지에는 여자, 남자 합쳐 2천 명이 넘었다. 하지만 그들 모두는 가슴에 상처가 있는 사람들이었다.

굴속 막장에 들어가 8시간 탄을 캐고 하루 2시간씩 사상교육을 받으며 지내던 6월 어느 날이었다.

강동식은 작업을 마치고 숙소로 향하던 중 스쳐가는 한 여인을 보게 되었다. 그는 머리를 갸우뚱했다. 기억은 분명하지 않지만 어디선가 꼭 본 듯한 얼굴이었다.

'누구였더라? 남한에서 본 것 같기도 하고 북에서 본 듯하기도 했다. 남에서 본 여자라면 여기까지 올 리가 없었다. 그건 아니다. 그렇다고 북에 아는 여자가 있을 리 만무하지 않은가? 최근에 몰려들어 온 여자들은 아직 본 적이 없었다. 하지만 분명 낯익은 얼굴이었다.

'곱상하게 생긴 저 여인, 누구더라? 어디서 보았지? 분명히 본 얼굴인데?'

하지만 더 이상 기억은 떠오르지 않았다. 그리고는 여인을 까맣게 잊어버렸다.

그리고 다시 1년이 지나 전쟁이 끝난 지 3년이 되었다. 1956년 6월 말 어느 날, 국군 포로 출신들만 따로 모아놓고 '6월 13일 탄전'을 관리하는 '인민군 제1701 노무부대' 부대장의 연설이 있었다.

"위대하신 김일성 수령 동지께서 '내각결정 제143호'를 발표하셨습니다. 인민군대 병력 8만 명을 축소하는 용단을 내렸습니다. 그래서 여러분들은 오늘 인민군대에서 제대하게 되었습니다. 그리고 '조선민주주의인민공화국'의 인민임을 증명하는 공민증(주민등록증)도 하사하셨습니다. 이제부터 여러분들도 가정을 꾸리고 행복도 누리시기 바랍니다."

이로써 국군 포로들은 인민군에서 다시 북한 주민이 되었다. 호적이 만들어지고 신분증인 공민증을 발급받았다. 남한 사람이 졸지에 북한 주민이 되어버린 것이다. 포로들의 의사와는 상관없었다. 그렇다고 거부할 수도 없었다. 거부하다가는 포로수용소보다 더한 정치범수용소에 끌려가 쥐도 새도 모르게 죽어갈 것이다. 수용소라면 지긋지긋했던 포로들은 이마저도 운명인 양 체념하듯 담담하게 받아들이고 있었다.

'6월 13일 탄전'에서 만난 여인

북한은 전쟁으로 많은 젊은이들이 죽어 전쟁 복구나 산업을 일으키는데 필요한 노동력이 절대 부족했다. 그래서 국군 포로들을 돌려보내지 않고 억류해버렸다. 이제 그들이 북한 땅에서 정을 붙이고 살도록 유도해야 한다. 가장 좋은 방법은 결혼을 시키는 것이었다. 아내와 자식이 있으면 남한을 잊어버릴 것이라 생각했다. 또 남편이 죽거나 행방불명이 되어 사상이 의심스러운 인민군의 아내들도 그냥 내버려 둘 수 없었다. 그래서 아오지로 모았다. 그 여자들과 국군 포로들을 결혼시키면 두 가지 고민이 모두 해결되는 것이다. 북한으로서는 일거양득이었다. 소위 결혼장려정책을 적극 실시하게 된 것이다.

강동식에게도 가까이 지내는 선배로부터 중매가 들어왔다.
"이보게, 다들 여자를 만나 가정을 꾸리는데 자네도 이제 결혼을 해야 하지 않겠나? 남조선에 있는 자네 아내도 세월이 지나면 분명 재혼할 걸세. 그렇게 젊은 나이에 혼자 살겠는가? 이제 남조선으로 돌아갈 수 없네. 우리는 여기서 죽어. 살림 차리면 돈도 많이 주고 집과 가재도구도 주지 않나. 내 참한 여자를 봐 놓았네."
"전 함양에 아내가 있는데…… 내가 살아 돌아올 때까지 꼭 기다린다 했는데……."
"이보게, 남조선으로 돌아가긴 다 틀렸다니까. 여기서 정붙이고 살아야지. 다른 방도는 없어. 내 말대로 하게."
일제시대 때 만주로 이주했다가 해방이 되면서 돌아오다 여비나 몇 푼 벌려고 아오지에 왔다가 그만 눌러앉게 되었다는 장지원이라는 사람이다. 고향이 충남 당진이라 했고 나이는 12살 많아 띠 동갑 선배였다. 그와는 같은 조에서 1년 이상을 함께 석탄을 캐면서 친하게 지냈던 사이였다.

"그럼 맞선을 한 번 보지요."

강동식은 자신을 생각해서 하는 말이라 차마 냉정하게 거절할 수 없었다.

휴일날이었다. 맞선 보기로 한 날이었다. 강동식은 옷도 매만지고 머리도 가다듬었다. 피처럼 아껴 쓰던 돈도 조금 꺼내 챙겼다.

탄광 내에 있는 식당으로 나갔다. 거기엔 이미 장지원 선배와 한 여인이 앉아 있었다. 강동식은 과자를 사들고 그들에게 다가갔다.

"?"

맞선자리에 나온 그녀는 본 적이 있는 얼굴이었다. 그가 잠시 기억을 더듬자 생각이 났다. 1년 전 이맘때 작업을 마치고 집으로 향하던 중 스쳐가던 여인이었다. 낯이 익은 얼굴이라 누군지 한참을 생각했지만 기억을 살려내지 못했던 그 여인이었다.

강동식이 자리에 앉자마자 선배는 먼저 일어섰다.

"대화 많이 나눠요. 어지간하면 같이 살도록 하고요. 여기서는 의지할 사람이 꼭 필요하니. 두 사람 모두 알겠죠?"

그리고는 씨―익 웃고 사라졌다.

강동식은 한동안 말을 꺼내지 못했다.

"성함이……."

"예, 김분례라고 합니다."

"어디 사셨었죠?"

"평안남도 덕천군 승리리 승리산 기슭에 살았어요."

다시 얼굴을 보고 또 보았다. 맞다. 바로 그 여인이다. 마침내 그녀가 누군지 떠오른 것이다. 강동수용소를 떠나 운산으로 가던 중 하룻밤을 묵었던 민가의 집주인이다. 남편을 인민군대에 보내고 혼자 산다던 그 여인이다. 내가 말을 걸자 '국방군 포로와는 말을 섞지 않는다.' 며 쌀쌀맞게 대하던 그 여인을 아오지에서 다시 만나게 되었고 맞선 자리에 함께 앉아 있는 것이다. 어쩌면 이런 인연이 있을까? 어찌 놀라지 않으랴.

"혹시 날 기억하겠소?"

"내가 어찌 남조선 국방군 포로 출신을 안단 말이오."

"강동에서 운산으로 이동할 때 덕천에서 하루 묵고 간 일이 있었지요. 그날 당신 집에서 하루 신세 진 일이 있었습니다."

"아— 기억납니다. 남조선 포로들이 제 집에서 묵은 일이 있었지요."

"그런데 여기는 어떻게 오게 되었습니까? 그때 남편은 군대 갔었다고 들었는데."

"말도 마소. 남편의 생사가 확인되지 않아 실종처리되었지요. 남편이 포로로 잡혔다가 남쪽에 전향했을지도 모른다고 의심해 나를 이 아오지로 보내는군요. 참 기가 막혀서."

통 말이 없던 우종석이라는 그 사람과 아오지에 오게 된 사연이 비슷했다. 북한을 위해 희생했지만 결국 버림받은 것이다.

그녀는 강동식의 얼굴은 기억하지 못했지만, 남조선 포로들이 자신의 집에 하루 묵었던 것은 기억하고 있었다. 기막힌 악연이 인연으로 맺어지고 있었다. 외롭고 의지할 곳 없었던 두 사람은 이것도 운명이라 생각하고 만난 지 보름 만에 식을 올렸다. 아오지 사람들에게는 경흥군 경계를 벗어날 수 없다는 여행제한에 묶여 그들의 신혼여행은 광산관리소에서 내준 트럭을 타고 읍내를 한 바퀴 도는 것이었다.

김분례는 결혼한 지 6개월 만에 전 남편이 인민군에 입대하여 전쟁에 나갔으나 살았는지 죽었는지 행방불명이 되었다. 전 남편이 남한에 전향했을지도 모른다는 의심을 받아 그녀는 가장 신분이 낮은 적대계층이 되었다. 만약 전 남편이 전쟁터에서 죽었으면 그녀는 적대계층이 아니라 북한에서 가장 상류층인 핵심계층으로 분류되었을 것이다. 그렇다면 아오지에 오지도 않았고, 강동식과 그녀는 결혼할 수도 없었다. 전 남편의 행방불명이 그녀의 운명을 온전히 바꿔놓았고 강동식과 결혼을 하게 된 것이다.

강동식 부부에게는 광부들이 쓰는 집 한 채와 간단한 가재도구, 상당히 큰 금액인 현금 1만원이 지급되었다. 1957년 강동식은 그 쌀쌀맞던 북조선의 여인과 새 보금자리를 틀었다.

43호, 43호 집

강동식의 아내 김분례가 임신을 했다. 첫 딸이었다. 전 남편과 사이에 자식이 없어 아내로서도 첫 출산이었다. 그로부터 연거푸 딸 셋을 더 낳았다.

딸들이 자라면서 하나 둘 학교를 다니게 되었다. 인민학교 4년, 고등중학교 6년은 의무교육이었다.(2002년부터는 인민학교를 소학교, 고등중학교를 중학교로 개칭했다.) 그리고 대학은 당의 추천을 받은 학생을 대상으로 시험을 치러 선발했다.

하지만 국군 포로의 자식들은 아무리 공부를 잘해도 대학입학 시험을 볼 기회조차 없었다. 아버지가 성분이 나쁜 적대계층이라 그 자식들에게는 당에서 대학입학 추천서를 써주지 않았기 때문이다. 그뿐 아니라 포로의 자식들은 당이나 행정기관에도 등용될 수 없었다. 가뭄에 콩 나듯 당원이 되는 경우가 있으나 그건 체제 선전용으로 구색을 맞추기 위한 것이었다. 그래서 대부분의 국군 포로 자식들은 아버지의 신분이 대물림되어 참담한 삶을 살아갈 수밖에 없었다.

이것이 엄연한 현실인데도 대학진학을 하겠다며 발버둥치는 포로 자식들이 간혹 있었다. 이런 학생들은 대개 아버지와 심하게 다투다가 결국 좌절과 실의에 빠져 홍역을 치루듯 큰 아픔을 겪고 나서야 현실을 받아들였다.

강동식의 큰딸 금숙이는 학과 성적도 우수했고 공부하기를 좋아했다. 금숙이가 고등중학교 6학년이 되자 대학진학을 하겠다며 생고집을 부리기 시작했다.
"아버지 저도 대학에 가고 싶어요. 어떡해서든 당에 추천을 받아주세요."
큰딸 금숙은 아버지 신분 때문에 자신도, 자신의 자식도 불행하게 살 수밖에 없다는 것을 알고 있었다. 그래서 대학을 나와 행정기관에 취직하여 아오지를 벗어나고 신분을 세탁해 보려는 생각이었다. 큰딸의 꺾지 않는 고집에 못 이겨 강동식은 여러 차례 당의 간부를 찾아가 뇌물을 주며 부탁해 보았지만 결국은 딸의 대학입학 추천서는 받아내지 못했다.
큰딸 금숙은 그해 가을부터 실의에 빠졌다가 다음해 봄이 되어서야 겨우 평상심을 되찾았지만 강동식은 딸에게 더할 수 없는 미안한 마음과 죄책감에 하루하루가 가시방석이었다.

강동식은 희망이라고는 없는 막장 생활에 불만이 커져가던 중에 부모의 신분이 자식에게까지 대물림되는 것을 보고 마음에 옹이가 생겨 커지게 되었다.
고향에 돌아가지 못하고 지금 아내와 결혼해서 북한 땅에서 정붙이고 살아 보겠다고 마음먹었던 자신의 선택이 후회스럽기까지 했다. 둘째, 셋째, 넷째딸들도 금숙이처럼 좌절감에 빠질 것을 생각하니 차라리 자식은 낳지 않는 것이 나을 뻔했다.

그리고 다시 5년이 흘러 강동식이 북한에 온 지도 30년이 되었다. 큰딸 금숙이가 23세로 혼기가 찼고, 강동식의 나이는 50이 넘었다. 해는 1981년이었다.
북한에서 정상적인 신분을 가진 청년들은 가장 신분이 낮은 국군 포로의 딸에게 장가를 들려고 하지 않았다. 그랬다가는 자신의 신세 또한 망치기 때문이었다. 그래서 국군 포로들의 2세는 자연히 신분이 비슷한 탄광지역의 사람들과 결혼했다.

큰딸 금숙이가 결혼하겠다고 한다. 3년을 사귀어 오던 남자라고 했다.
"뭐― 누구의 자식과 결혼한다고?"
강동식이 발끈했다. 아오지 사람들이야 같은 최하위 신분인 적대계층이니 문제될 것이 없었다. 아니 적대계층의 위에 있는 동요계층이나 핵심계층의 신랑감은 금숙이 같은 낮은 여자는 거들떠보지도 않았다. 또 아버지가 국군 포로 출신이라면 모두 절레절레 고개를 저었다. 제 코가 석 자나 빠진 강동식이 신랑감을 문제삼고 있는 것이다.

"아버지 저는 그 사람을 사랑하고 있어요. 결혼을 허락해 주세요."

"내가 그래도 명색이 국군 출신인데, 인민군의 자식에게 딸을 보낼 수는 없다. 그것만은 절대 안 된다. 아버지가 보아 둔 사람이 있으니 지금 말하는 사람은 일찌감치 포기해라."

"이제 와서 인민군이면 어떻고 국군이면 어떻습니까? 여기서 국군이 인민군보다 나을 것이 뭐 있습니까? 거기서 거기 아닙니까?"

"금숙아, 아버지의 나쁜 출신 때문에 대학에 가지 못했지만, 그렇다고 인민군의 자식은 절대 안 된다."

강동식의 완강한 반대에 부딪히자 당황한 큰딸 금숙은 아버지에게 해서는 안 될 말을 자신도 모르게 불쑥 뱉어버렸다.

"아버지, 아버지는 인민군보다 못한 국군 포로잖아요— 그런데……."

"뭐, 뭐라고—."

탄광에 들어가 함께 탄을 캘 때는 인민군 출신이라는 것이 그렇게 부담스럽지는 않았다. 반면교사로 서로의 심경을 이해해 주기도 했다. 또 인민군 출신인 우종석 형과도 잘 지내고 있지 않은가? 그런데 막상 딸이 남한에 포로로 잡혀갔다가 돌아온 인민군의 아들과 결혼하겠다고 하니 영 찜찜해서 마음이 내키지가 않았던 것이다.

큰딸 금숙이와 결혼을 약속했다는 그 청년 역시 마찬가지였다.

"뭐— 누구와 결혼하겠다고—, 강동식의 딸과 결혼하겠다고, 야 이놈아 그 사람은 43호 아니냐? 어떻게 43호 집하고 결혼하려고 해. 안 된다. 안 돼."

탄광 인부들이 거처로 사용하는 막사를 번지 대신 1호, 2호, 3호씩으로 붙여놓아 누구의 집이라기보다는 몇 호집이라 불렀다. 43호는 1956년 국군 포로를 인민군에서 제대조치를 발표한 '내각결정 제143호'에서 생긴 은어로써 국군 포로와 국군 포로의 집을 의미하는 말이다.

"아버지, 전쟁이 끝난 지 30년이 다 되어가는데 이제 와서 인민군이면 어떻고 국군이면 어떻습니까?"

청년은 금숙이와 똑같은 말을 하면서 아버지를 설득했다. 하지만 인민군 출신 아버지는 역시 완강했다.

"우리는 그래도 여기 북한 사람이다. 지금은 이렇게 지내지만 우리에게는 희망이 있지 않나? 세상이 바뀌어 여기서 나갈지도 모르는데 43호하고 결혼하면 넌 영영 적대계층으로 살아갈지도 모른다. 그러니 안 된다."

청년의 아버지의 말도 일리가 있었다. 성분조사를 한답시고 직계 3대, 처가 및 외가 6촌까지 조사를 하는데, 며느리가 국군 포로의 딸이라면 아들의 앞날을 걱정하지 않을 수 없는 것이다.

금숙은 울고불며 단식을 하고 청년은 시름시름 앓아누웠다. 부모가 자식을 이기는 법이 없다고 했던가? 두 사람을 지켜보던 양가의 아버지들은 마음이 편치가 않았다.

강동식의 아내, 금숙의 어머니 김분례가 나섰다.

"금숙 아버지, 금숙이를 보내세요. 지금처럼 살다가는 씨가 끊길 때까지 대대로 탄광에서 살아야 해요. 우리야 죽으면 그만이지만 아직 살날이 창창한 자식들은 무슨 죄가 있나요? 그리고 지금 입북자의 성분을 재분류하는 요해사업을 하고 있잖아요. 그 집이 여기서 빠져나가 동요계층으로 상승할지 어떻게 알아요. 그냥 있으면 무슨 희망이 있겠어요. 그러니 금숙이를 그 집에 보냅시다."

아내의 간곡한 권유도 있었고 자식의 앞날을 생각하니 고집을 부릴 것이 아니었다. 강동식이 술을 한 병 사들고 딸이 결혼하겠다던 청년의 집을 찾아갔다.

두 아버지가 마주 앉았다. 머쓱했다. 평소에야 자주 보던 사람들이다. 강동식이 먼저 말을 꺼냈다.

"최 형, 날 보지 말고 우리 딸을 봐서 둘이 식을 올려줍시다. 내 이렇게 부탁하오."

강동식이 무릎을 꿇었다. 딸을 위해 무엇을 한들 어떠하리.

"그동안 나도 많이 생각했어. 금숙이야 어릴 적부터 내가 봐왔는데, 이쁘고 똑똑하니 어디 내놔도 손색이 없지. 암— 허허 참, 우리가 졌어, 애들한테, 자 술 한 잔 받으세."

그렇게 큰딸 금숙이는 결혼을 했다. 서로 총부리를 겨누며 싸우던 국군의 딸과 인민군의 아들이 결혼을 했다. 남한 포로와 북한 포로의 자식들이 결혼을 한 것이다. 세월이 흘러도 아버지들은 앙금을 지울 수가 없었지만, 2세들은 달랐다. 국군이고 인민군이고 문제가 되지 않았다. 사랑이 우선이었다.

강동식의 딸과 인민군 최씨 아들의 결혼은 아오지의 화젯거리가 되었다. 그들이 국군 포로 출신과 인민군 출신의 자식이 결혼에 성공한 제1호 부부였기 때문이다. 이때부터 국군 포로의 자식과 인민군 자식의 결혼이 자연스럽게 이루어지게 되었다.

다람쥐 쳇 바퀴 돌듯이 죽어라 일하는 일상이 반복되던 초여름이었다. 이날도 3교대 작업을 마치고 목표량을 달성했다는 확인을 받으러 노동자들이 탄광사무소에 들렀다. 이때 낡아 빠진 흑백 TV에서 조선중앙방송 뉴스가 나오고 있었다. 사람들은 자연히 TV를 주시하게 되었다.

여자 뉴스 진행자의 급하고 다부진 목소리가 들렸다.
"주체 70년, 서기 1981년 6월 21일 우리 북조선의 영웅적인 전사 8명이 배를 타고 남조선의 충남 서산 앞바다까지 침투하여 남조선의 박정희와 인민들의 간담을 서늘하게 하고 모두 장열이 전사했다."
그리고 8명의 사진이 차례로 지나가고 사진 아래에는 이름이 적혀 있었다.
강동식은 그 자리에 털썩 주저앉았다. 얼굴은 돌처럼 굳어 있었고 혀가 돌아가지 않았다.
"저… 저…, 저이는……."
최 하사다. 방금 지나간 사진은 밀고자 최영철 하사가 분명했다. 그의 얼굴은 지옥에 가서도 기억할 수 있었다. 이름은 최영철이 아니라 최철민으로 나왔다. 최 하사는 포로가 된 이후 밀고자 역할을 자임했고, 줄곧 북한에 남겠다는 입장을 밝힌 사람이라 사상을 인정받아 이름까지 바꾼 것이다.

최 하사는 인제 전투에서 헤어진 후 30년이 되도록 그의 소식을 들어 본 적이 없었다. 그런 그가 남파 간첩이 된 것이다.

북한은 남한에 간첩을 보낸다는 사실을 강하게 부정하여 왔었다. 그런데 국영 TV방송을 통해 간첩들의 사진까지 보여주며 북한 스스로 간첩을 인정했다는 것은 매우 이례적인 사건이었다.

강동식 뿐만 아니라 탄광사무소에서 뉴스를 보던 국군 포로 출신들은 짐짓 놀라며 저마다 한마디씩 했다. 뉴스에서 영웅으로 칭송한 남파간첩은 자신들이 아는 사람들이라 수군댔다. 그들의 말을 종합해 보면 간첩들은 국군 포로 출신이고 포로수용소에서 밀고자 역할을 했던 사람들이었다. 이번에 충남 서산 앞바다에 사살당한 영웅들은 국군 포로 출신 간첩단이었다.

강동식은 집에 와서도 최 하사, 최영철이 머릿속에서 맴돌고 있었다. 젊지도 않은 쉰 살 전후의 그들을 왜 간첩으로 보냈을까? 그들의 임무는 무엇이었을까? 그들의 형제가 살고 있는 남한에 보내 해코지를 하려했다는 생각에 또 한 번 북한이라는 사회가 무서워졌다.

자신의 생각과 행동을 철저히 공산주의에 맞게 바꾸고 북한 땅 어디엔가 살고 있을 것으로 생각했던 최 하사가 간첩이 되었고, 결국 남한의 국군에 의해 사살당했다고 하니 그 사람의 운명도 참으로 기구하다는 생각이 들었다.

'그 사람은 그래도 남한에서 죽었구나.'

강동식은 죽은 그가 부럽다는 생각이 들었다. 최 하사가 죽은 곳이 남한이니 말이다. 국군 포로의 자식이라는 이유로 당의 추천을 받지 못해 큰딸의 대학진학이 무산되었고 최 하사의 국군 포로 간첩단 사건 이후 북한 사회에 대한 회의가 커지면서 생활에 쫓겨 한동안 잊고 지냈던 고향에 대한 생각이 날로 커져갔다. 고향에 가서 그곳에 묻히고 싶다는 마음이 간절해지기 시작했다. 고향으로 돌아가는 것이 여생의 소원이 되고 있었다.

다음해에 둘째딸도 결혼했는데 남편은 국군 포로 출신의 아들로 탄광에서 일하는 광부였다. 큰사위 집에서 그렇게 기대하던 신분 재분류하는 요해사업이 끝났다. 하지만 결과는 신분의 상승도 이곳에서 이주하는 것도 성사되지 못했다. 그것도 금숙이 때문일지도 모른다.

아오지에서는 참으로 많은 사람이 죽어 나갔다. 죽음이 일상이 된 이곳에서는 죽음의 숭고한 의미마저 무뎌졌다. 하지만 피를 나눈 부모와 자식 간에는 달랐다. 결국 큰사위는 갱도가 무너져 죽고 둘째사위는 폐병으로 죽었다. 혼자된 두 딸을 생각하면 죄책감이 들어 얼굴을 제대로 쳐다볼 수 없었다.

셋째, 넷째 늦둥이 두 딸의 운명도 언니들의 전철을 밟을 것이라고 생각하니 가슴이 찢어질 듯 아파왔다.

결국은 남은 두 딸도 언젠가는 과부가 될 것이다. 외손자도 탄광의 일꾼으로 살다가 언제 죽을지 모른다는 생각이 늘 머릿속에 가득했다. 강동식은 나이가 들면서 고향에 대한 그리움과 어린 두 딸에 대한 걱정이 커져만 갔다. 먼저 죽지 못한 자신이 한스러웠다.

어느새, 강동식의 나이는 만 60세가 되어 연로보장 대상이 되었다.

정년퇴임 같은 것이다. 지난 30년 그렇게 열심히 일했지만 돈을 모으기는커녕 있던 살림살이도 팔아먹고 남은 것은 덮을 이불과 간단한 취사도구뿐이었다.

아오지를 탈출하다

　세월은 참으로 무심하여 1998년 10월 하순이 되었다. 첫눈이 내리던 날이었다. 흩날리는 눈발은 바람에 쓸려 쌓이지 못하고 온기를 품은 햇살에 금세 녹아버렸다.
　함경북도 경흥군 충덕산(아오지탄광이 있는 산) 기슭에 노인과 젊은 두 여인이 작은 봉분 앞에 나란히 서 있었다. 노인의 손에는 채광용 삽이 들려져 있었다. 노인은 하늘을 한 번 올려다보더니 다시 봉분에 흙을 한 삽 덮고는 삽을 뒤집어 툭툭 흙을 다지고 있었다. 노인의 등짝에 떨어진 눈발은 모락모락 김으로 피어나고 있었다.
　강동식의 아내 김분례 여인이 마침내 한 많은 생을 마감했고, 강동식은 지금 자신의 손으로 아내를 묻고 있는 것이다. 여인들은 그의 셋째, 넷째딸들이었다.
　강동식과 김분례는 덕천에서 국군 포로와 그들에게 집을 비워주는 집주인으로 우연히 만났고, 아오지에서 운명적으로 다시 만나 결혼했다. 그리고 딸 넷을 낳고 40여 년을 함께 살았다. 김분례 여인은 사위 둘이 죽은 후부터 시름시름 앓다가 평소 좋지 않았던 폐가 급속도로 나빠져 급기야 폐렴으로 숨을 거두었다.

강동식은 몇 번이나 봉분을 쓰다듬었고 눈에 눈물이 맺힌 채 딸들을 바라보았다.

"얘들아, 네 어미는 평생 호강 한 번 못하고 운명했구나. 네 어미의 산소를 잘 봐두어라. 이것이 마지막이 될지도 모른다."

그는 삽을 질질 끌면서 떨어지지 않는 발걸음을 겨우 돌려 산을 내려왔다.

집으로 돌아오자마자 강동식은 두 딸을 큰 방으로 불러 앉혔다.

"얘들아, 이 못난 아비 때문에 너희들이 고생을 했구나. 아비가 국군 포로 출신이라 당의 추천을 받지 못해 대학을 못가고, 좋은 직장도 얻지 못하고, 당원도 될 수 없으니 너희들 볼 면목이 없구나. 너희 어미와 이 아비는 오래전에 남조선으로 가기로 약속을 했었다. 그런데 그만 네 어미 건강이 나빠져서 행동으로 옮기지 못하고…… 회복되기만을 기다렸는데…… 네 어미의 무덤을 놓고 가는 게 가슴 아프지만 네 어미도 반대하지는 않을 것이다."

"흐흐흑……."

그는 다시 입을 열었고 두 딸은 눈물을 글썽이며 아버지의 말에 귀를 기울였다.

"이제 남조선으로 갈 것이다. 여기는 인간이 살 곳이 못된다. 이 아비를 따라 남조선으로 가자."

이 말을 처음 들은 두 딸은 깜짝 놀라면서 아무런 말을 하지 못했다.

잠시 침묵이 흘렀다.

"예, 아버지! 저희들도 43호, 43호 집, 국군 포로 딸이라는 말, 정말 죽도록 듣기 싫었어요. 남조선으로 가요."

"혼자 사는 너희 언니 둘을 남겨두고 가는 것이 영 안 됐지만 남편을 잃은 아녀자들을 어떻게야 하겠냐? 옷가지만 준비해서 3일 후에 출발하도록 하자. 다른 것은 이 아비가 알아서 할 테니. 다른 사람들이 눈치 채지 못하게 행동하거라."

강동식은 두 딸을 데리고 아오지에 있는 경흥역으로 갔다. 강동식은 만 60세가 넘으면 일을 하지 않는 연로보장에 해당되어 외출하기가 자유로웠다.

역에는 많은 사람들로 붐볐다. 다른 지방에 거주하는 친척을 방문하려고 나온 사람도 있지만 대부분은 겨울을 앞두고 먹을 것을 구하러 나서는 사람들이었다. 턱없이 부족한 배급에 늘 배고픔에 시달리는데다 그나마 수확철인 지금 양식을 구해 놓지 않으면 겨울에는 하루 걸러 하루 굶게 된다. 역에는 많은 사람들이 있었으나 무표정하고 서로 이야기하는 사람이 없는 이유도 그 때문이었다.

"기차가 오면 무조건 타는 거야, 알았지?"

군(郡) 경계를 벗어나 여행하자면 정치보위부에서 여행증명서를 발부받아야 했다. 그러나 그건 기대할 수 없었다. 아오지 사람들은 신분 때문에 아예 허가를 해 주지 않았기 때문이다. 그러니 여행증명서고 뭐고 기차가 들어오면 무조건 타고 보는 것이다. 그건 강동식도 마찬가지였다.

강동식은 허리춤을 쓰다듬어 보았다. 도톰하다. 북한 탈출을 위해 20년 가까이 틈틈이 조금씩 모아온 돈을 보자기에 싸서 허리춤에 동여맸던 것이다. 바지 주머니에는 철도경찰에게 뇌물로 줄 돈을 따로 만들어 놓았다. 중국이 개방되면서 북한과 왕래가 빈번해졌고, 국경을 넘나드는 사람들이 많이 생겨났다. 그들로부터 아오지를 벗어나고 국경을 넘는 요령을 귀동냥으로 많이 들어왔던 것이다. 아니 탈출을 생각하고 꼬치꼬치 캐물어 이미 요령을 터득하고 있었던 것이다.

역이 갑자기 술렁였다. 열차가 들어오고 있었다. 역 주변에서 서성대던 사람들은 열차를 향해 뛰기 시작했다. 역에 매표소가 있고 개찰구도 있지만 표를 사는 사람이나 검사를 받는 사람은 거의 없었다. 여행증명서가 없으니 표를 끊을 수가 없었던 것이다. 따지고 보면 이들 대부분이 무임승차에다 불법 여행자들인 것이다.

그런 사람이 너무 많아 역에서는 단속할 수도 없었다. 그래서 열차 안에서 철도경찰이 적절한 조치를 하는 것이다.

강동식도 두 딸과 함께 열차를 향해 있는 힘을 다해 뛰어갔다. 좁은 열차 출입문에는 사람들로 미어터졌다. 앞사람의 등짝을 밀어붙인다. 뒷사람에 떠밀려 열차에 오른다. 몇몇은 깨진 창문으로도 기어 올라간다. 손을 뻗어 다음 사람을 잡아끈다. 역은 아수라장이었다. 2~3분 잠시 정차하는 열차를 타야 했기 때문이다. 강동식과 두 딸도 뒷사람에 떠밀려 열차에 겨우 올랐다.

덜컹! 열차가 한 번 크게 요동치더니 천천히 움직이기 시작했다. 강동식은 1952년 강원도 인제 854, 812고지 전투에서 실패한 북한 탈출을 46년이 지난 오늘에서야 다시 시도하고 있는 것이다. 그 사이 많이 늙어 70세가 되어 얼마나 더 살 수 있을지 모르지만 꿈에도 잊지 못하던 남쪽 고향 땅을 밟으러 떠나는 것이다. 가는 길에는 죽음이 도사리고 있고 중국 공안경찰에 붙잡혀 북송되거나 그도 아니면 영원히 국제 미아로 남게 될지도 몰랐다.

두 딸은 긴장과 두려움에 보따리를 끌어안고 객실 바닥에 쪼그리고 앉아 있었다.

"애들아! 걱정하지 마라. 이 아비가 다 알아서 할 테니."

열차 창문은 뻥 뚫려 있고 객실에는 의자도 없었다. 객실 바닥이 군데군데 뜯겨져나가 휙휙 지나가는 침목이 보였다. 뻥 뚫린 창문으로 구멍 뚫린 바닥으로 찬바람이 몰아닥친다. 사람들은 저마다 보따리를 하나씩 품고 쪼그려 앉아 있었다. 죽기 전에 고향에만 갈 수 있다면, 그리고 두 딸에게 미래를 열어줄 수만 있다면 죽음의 행군에서도 살아남았는데, 이까짓 두려움이야 아무것도 아니었다.

아오지에서 국경을 따라 회령으로 달리던 열차의 장내가 갑자기 소란스러워졌다. 철도경찰들이 열차 맨 앞 칸부터 여행증명서 검열을 해 오고 있었다. 여행증명서가 없는 사람들은 화장실로 숨거나 다음 칸으로 피해 다녔다. 물고기가 떼를 지어 이리 쫓기고 저리 쫓기듯이 다음 칸으로 몰렸다. 강동식은 무슨 꿍꿍이가 있었던지 두 딸을 데리고 아예 맨 뒤칸으로 갔다. 그것도 여행증명서 없이 열차를 타는 요령 중의 하나였는지도 모른다.

강동식에게도 철도경찰이 다가왔다.

"여행증명서 좀 봅시다."

"아이구, 수고들 많으십니다. 제 딸년들과 회령엘 좀 가느라고요. 이거 미처 여행증명서를 발급받지 못했는데요. 자— 이거라도."

여행증명서 대신 공민증과 함께 100원을 슬쩍 손에 쥐어주었다. 나이가 많은 노인은 봐주고 젊은 사람들은 한 사람에 50원의 뇌물을 주어야 한다는 것을 알고 있었다. 50원은 국정가격으로는 쌀을 열 됫박을 살 수 있는 큰 돈이었다. 딸 둘이 여행증명서가 없어도 봐달라는 뜻이었다. 뇌물을 안주면 다음 역에서 내리게 하여 정치보위부에서 조사를 받고 벌금을 내게 되었다. 그럴 바에야 차라리 철도경찰에게 뇌물을 주는 편이 낫다. 뇌물은 결국 벌금인 셈이다. 그래서 강동식은 다른 사람의 눈을 피해 철도경찰에게 뇌물을 주기 위해 열차 맨 뒤칸으로 왔던 것이다. 철도경찰은 강동식의 공민증을 슬그머니 돌려주었다. 돈은 빼고 말이다.

열차는 북한의 국경선을 따라 산을 오르고 내리며 반나절 가까이 달린 뒤에야 회령역에 도착했다. 강동식이 생각하는 탈출 경로는 회령에서 두만강을 건너 일단 중국 땅 삼합에 도착하여 용정으로 숨어드는 것이었다. 회령 지역의 두만강은 수심이 얕고 강폭이 100m도 채 안 되니 건 너기가 용이하다는 말을 이미 들어 알고 있었다. 최종 목적지인 용정은 우리 민족이 두만강을 건너가 개척한 조선족의 수도라 일컬을 만큼 지금도 조선족이 많이 사는 곳이기 때문이다.

강동식은 밝을 때 두만강을 건너기 좋은 지점을 미리 살펴두기 위해

30분 이상을 걸어서 강기슭으로 갔다. 강폭은 약 60m 정도 되어 보였고 눈에 보기에도 수심은 그리 깊지 않게 보였다.

밤이 깊었다. 11시 정도 될 법한 시간이다. 두만강에는 허리를 숙이고 나란히 줄지어 총총걸음을 걷는 세 개의 그림자가 나타났다. 강동식과 두 딸의 그림자였다.
 "자, 강을 건너자. 윗몸을 최대한 숙이고 빨리 강을 건너야 한다."
 첨벙! 마침내 두만강에 발을 내디뎠다. 예상대로 수심은 무릎에서 허리춤까지 왔다. 두 딸의 손을 움켜잡고 물줄기를 가로질러 강을 건너기 시작했다. 수심이 얕다고는 하지만 물속에서의 걸음은 빠를 리 없고 힘이 들 수밖에 없었다.
 인민군 초소에서 서치라이트가 좌우로 움직이며 강을 비추고 있었다. 불빛이 다가오면 물속에 앉았다 불빛이 지나가면 다시 반쯤 일어나 강을 건너기를 반복했다. 강을 절반 정도 건너고 있었다. 막내딸이 미끄러운 돌을 밟았던지 몸을 일으키며 휘청거렸다. 그러자 서치라이트 불빛이 이들에게 고정되었고 물줄기 소리에 분명하지는 않지만 〈돌아오지 않으면 발포한다.〉는 듯한 인민군의 목소리가 들렸다. 그리고 총소리가 들렸다.
 "탕— 타당— 탕탕—."
 총알이 귓전으로 날아들었다. 몇 발의 총알이 강물에 떨어졌다. 이러다가는 셋 중에 한 둘은 꼭 총에 맞을 것만 같았다. 등짝과 뒤통수가 감전된 듯 찌릿찌릿했다
 "아버지— 어떡해요. 무서워—."

"겁먹지 말고 좀 더 힘을 내!"

강동식은 행여 두 딸의 손을 놓칠세라 양손에 불끈 힘을 주었다. 딸들에게는 힘을 내라고 했지만 오히려 노구의 자신 다리가 저리고 당겨서 마음대로 움직여지지 않았다. 물속에서 아무리 달려도 그 자리에서 맴도는 것만 같았다. 강동식도 순간 비틀하면서 넘어질 뻔했다. 숨이 턱까지 차오르고 심장이 터질 것만 같았다.

정신없이 달리다 보니 어느 순간 총소리도 잠잠해졌다. 인민군들은 국경을 넘어 쫓아오지는 않았다.

마침내 중국 땅 삼합에 발을 내디디게 되었다. 중국 국경에는 경비병이 없었다. 이들은 다리접이 의자가 접어지듯 땅바닥에 털썩 주저앉았다. 건너온 두만강을 되돌아보았다. 서치라이트는 좌우로 계속 움직이고 있었지만 강 건너 인민군의 모습은 보이지 않았다.

그제야 강동식과 딸들은 가쁜 숨을 몰아쉬며 강바닥에 벌러덩 몸을 뉘였다.

강동식은 북한 땅을 탈출하는데 47년의 긴 세월이 걸렸다. 두만강을 건너는데 필요했던 10분을 벌기 위해 47년이라는 시간을 잃어버렸다. 이제 북한은 잊어버리고 지워버릴 것이다.

중국 땅에 도착하다

강동식과 두 딸은 풀섶에서 젖은 옷을 벗고 마른 옷으로 갈아입었다. 두만강을 건너면 옷이 젖을 수밖에 없었다. 그래서 미리 비닐에 겹겹이 감싼 옷을 준비해 둔 것이다. 강동식의 머릿속에서는 그동안 수백 번, 수천 번도 더 탈출을 했다. 그래서 이런 경우도 대비하고 왔던 것이다.

일단 불빛을 따라갔다. 삼합은 작은 도시였다. 자정에 가까운 늦은 시간이지만 불이 켜져 있는 집들이 꽤 많았다. 그렇다고 아무 집이나 불쑥 들어갈 수는 없었다. 집 주인이 신고라도 해버리면 바로 중국 공안경찰이 달려와 잡아갈지도 모르기 때문이었다.

후미진 골목 안 어느 상점 앞에서 종이 박스를 덮고 날이 밝기를 기다렸다. 그런데 잠이 들었던 모양이다.

"이보시오, 남의 가게 앞을 가로막고 자고 있으면 어떡합니까? 보아하니 탈북자 같은데……."

"저… 저… 저희들은……."

탈북자란 말에 가슴이 철렁해서 입이 떨어지지 않았다. 그 남자가 또 무슨 말을 내뱉을지 그의 얼굴만 빤히 쳐다보고 있었다.

"탈북자가 맞구먼. 요즘 당신네들처럼 북한을 탈출해 오는 사람들이 부쩍 늘어나 중국이 골머리를 앓고 있소. 난민으로 인정하자니 북한이 동의하지 않고, 그래서 중국은 탈북자를 다시 북한으로 돌려보내고 있으니 조심하시오."

한국말을 구사하는 것이나 생김새를 보니 조선족이었다.

"우리를 좀 도와주시오. 저는 한국에 가족이 있으니 연락될 때까지 며칠만 숨겨주시오. 돈은 드리겠소."

중국과 북한을 넘나드는 보따리장수의 왕래가 빈번할 때라 북한의 화폐가 중국에서도 통용되고 있었다.

강동식은 얼른 돈을 꺼내 보여주었다. 지푸라기라도 잡고 싶은 심정이었다. 조선족 남자는 돈을 쥐고 있는 강동식의 손을 힐끔 쳐다보았다. 그리고 잠시 망설였다.

"도와는 주겠소만 오래는 숨겨줄 수 없소. 공안경찰이 탈북자를 색출하기 위해 수시로 집집을 살피기 때문이요. 탈북자를 숨겨주다가 발각되면 나도 무사하지 못하오. 그래서 탈북자들은 한곳에 머물지 못하고 여기저기 옮겨 다니며 숨어 지내고 있소. 보름만 숨겨줄 테니 그렇게 하겠소? 그리고 남한에 분명 친척이 있기는 있소?"

"예, 예, 있어요. 있고 말고요."

강동식은 그의 손에 천 원을 쥐어주었다. 천 원은 북한에서 국정가격으로 80Kg 쌀 두 가마니를 살 수 있는 큰 돈이었다.

강동식과 두 딸은 마치 숙박비 흥정이 끝나고 민박집 주인을 따라가 듯 조선족 남자의 뒤를 따랐다. 이 조선족 남자의 언행을 볼 때 삼합에서는 탈북자에게 얼마간의 돈을 받고 숨겨주는 경우가 종종 있었던 모양이다.

조선족 남자의 집에 도착하여 그로부터 자초지종을 들은 그의 아내가 말을 했다.
"부엌에 딸린 제법 큰 다락방이 있으니 낮에는 거기 숨어 지내다가 밤에 방으로 내려와 자도록 하세요. 보름이 지나면 여기를 꼭 떠나셔야 합니다."
강동식은 종이와 연필을 빌려 편지를 쓰기 시작했다. 주소는 삼촌 집이었다. 강동식의 부모님은 이미 돌아가셨을 것이고, 동생 동민이는 전사했고, 아내는 재혼해서 집을 떠났을 것이라 생각했다. 삼촌은 4남 4녀로 자식이 많았다. 그래서 삼촌 집으로 편지를 보내면 삼촌이 죽고 없더라도 동철이를 비롯해 자식들 중 누군가는 그 집에 살고 있을 것이라고 생각했기 때문이었다.

'북한을 탈출해서 지금은 중국 국경지대에 있는 삼합에 숨어 있다. 이곳에서는 오래 버티기 힘드니 보름 정도 있다가 연변 조선족자치주에 있는 용정에 가서 숙박 집에 머물고 있을 테니 국방부나 안전기획부에 연락해서 나를 구출해 주기 바란다. 내가 국군 포로라는 것을 기관에 말하면 그냥 있지는 않을 것이다.' 라는 것이 편지의 요지였다.
"내가 상점을 하고 있어 남한에 장사하러 다니는 보따리장수들을 많이 알고 지내오. 그러니 그들에게 부탁하면 남한에 가서 이 편지를 부칠 겁니다. 내가 또 얼마를 쥐어주면 편지는 꼭 부쳐줄 겁니다. 기다려 보죠."

조선족 남자는 강동식이 쓴 편지를 받아 들고는 상점문을 열 시간이 지났다며 급하게 집을 나갔다. 강동식과 두 딸은 다락방으로 보따리를 옮겼다. 5일이 지나고 10여 일이 지났다. 하루 종일 남한에서 연락 오기만 기다렸다.

아침 식사를 마치고 강동식과 두 딸이 다락방으로 올라왔는데, 그때 마침 공안경찰이 이 집에 들이닥쳤다. 다락방의 창문 틈새로 공안경찰의 동태를 살폈다. 방과 집안 여기저기를 살피고 대문을 나서는 공안경찰의 모습이 보였다. 집주인 부부가 당황해서 어쩔 줄 모르고 서 있었다.

저녁 식사 도중에 집주인 조선족 남자가 한마디 내뱉었다.

"아무래도 공안경찰이 낌새를 챈 것 같으니 우리 집에서 나가주었으면 좋겠습니다."

"……."

집주인 남자는 침을 한 번 꿀꺽 삼키더니 다시 어렵게 입을 연다.

"남한에 편지를 보냈지만 여태 소식이 없지 않습니까? 그리고 남한에 있는 가족과 연락이 닿아도 중국 정부가 허락하지 않으면 남한으로 갈 방법이 없습니다. 탈북자들은 떠돌이 생활을 하다가 결국 공안경찰에 붙잡혀 북한으로 강제 송환되는 것을 많이도 봤습니다. 그러니 딸들을 살릴 수 있는 방법은 중국인에게 시집보내는 것입니다. 어떻습니까? 좋다면 내가 생활이 넉넉한 중국인을 알고 있으니 다리를 놓아주리다."

"예? 그건 말이 안 됩니다. 어떻게 우리가 북한을 탈출했는데……죽어도 같이 죽고 살아도 같이 살 생각입니다. 남한에서 반드시 저를 구하러 올 겁니다. 내일 이 집에서 나가겠습니다. 그간 신세 많이 졌습니다."

강동식은 화가 치밀었지만 겨우 참았다. 집주인 남자의 말은 중국인에게 얼마의 돈을 받아줄 테니 딸들을 팔아넘기라는 말이었다. 여유가 있는 중국인들은 이러지도 저러지도 못하는 탈북자 여인들을 첩으로 삼고 일도 시켰다.

"허, 참, 그럼 어쩔 수 없죠, 강 선생 어디로 갈 겁니까?"

"일단 용정으로 갈 겁니다. 거긴 조선족이 많으니 남한에서 연락이 올 때까지 기다려 볼 겁니다. 혹 제가 떠난 뒤에라도 남한에서 저를 찾아오는 사람이 있으면 용정으로 갔다고 전해 주세요."

강동식은 북한만 탈출하면 어떻게든 남한으로는 갈 수 있다고 생각했다. 하지만 막상 중국 땅에 와 보니 수천 명의 탈북자들이 남한으로 가지 못하고 숨어 지내고 있었다. 강동식 자신은 국군 포로 출신이라 여느 탈북자들과는 다르다고 생각했지만 현실은 그들과 조금도 다를 바가 없었다. 오히려 자신이 국군 포로 출신이라는 것이 밝혀지면 더 위험에 빠질 수 있었다. 90년대 중반 들어서부터 북한 식량난이 악화되면서 단순히 식량을 찾아 국경을 넘은 탈북자가 급증하면서 남북한의 외교문제로 비화되자 중국이 단속을 강화해 매년 수천 명을 북한으로 강제 송환하고 있었다.

강동식은 공안경찰에게 잡힐 위험성이 높은 국경지대 삼합에서 당초 목적지였던 용정으로 떠날 생각이었다.
다음날 아침, 식사를 마치고 작별 인사를 건넸다.
"그동안 신세지고 갑니다. 혹 남한에서 나를 찾아오는 사람이 있으면 용정 시내 숙박소에 머물고 있을 거라고 전해 주시면 고맙겠습니다."
"잘 가시오. 혹 마음을 바꿔어 우리 집에 불쑥 찾아오는 일은 없기를 바라오."
강동식은 친척집에서 빌어먹다가 매정하게 쫓겨나는 것 같은 서운한 마음이 들었다. 하지만 그것도 잠시 낯선 땅에서 사람들과 부딪히자 다시 긴장이 되었다.

삼합에서 얼마의 돈을 주고 트럭을 잡아타고 용정으로 갔다. 용정은 광복 전 조선족의 교육과 문화는 물론 '간도의 서울'이라 불리워질 정도로 연변 지역의 중심지였다. 또 교통의 요지다 보니 상점들도 즐비하고 숙박집도 많았다. 강동식은 허름한 숙박 집을 찾아가서 방을 하나 빌렸다. 최대한 비용을 아껴야 남한에서 구출하러 올 때까지 버틸 수가 있었다.

여러 날을 기다려도 남한에서 찾아오는 사람은 없었다. 가지고 있던 돈도 거의 바닥이었다. 가급적 숙박소에서 자지 않고 창고나 폐가에서 잤다. 삼합의 조선족 남자 집에서 나와서는 하루에 두 끼만 먹다가 지금은 하루 한 끼로 줄였다. 또 가까운 들판에 나가 벼와 콩, 옥수수의 낱알을 주어서 먹으며 돈을 아끼고 있었다. 딸들은 무척 힘들었지만 내색하지 않으려고 애를 쓰는 모습이 역력하게 보였다. 더 큰 문제는 돈은 다 떨어져 가는데 겨울이 다가오고 있다는 것이었다.

'돈도 없이 여기서 겨울을 날 수는 없는데!'

북한에서 탈북한 지 약 한 달쯤 되던 날이었다. 날이 어두워지려던 오후 5시경이었다. 강동식과 딸들은 장터 모퉁이에서 앉아 오늘 밤은 또 어디서 자야 할지 고민하고 있는데, 말쑥하게 차려입은 남자 네 명이 다가와 말을 걸었다.

"저— 혹시 강동식 씨 아닙니까?"

"……."

중국 공안경찰이 아니라 분명한 표준어를 쓰는 남조선 말이었다. 젊은 세 남자와 강동식 또래의 노인이었다.

"강동식 씨 맞죠?"

"……."

"접니다. 형님! 저 모르시겠습니까? 저 동철입니다. 사촌동생 동철이……."

"뭐…… 동철이, 그래 동철이네, 동철이가 맞네. 나야 동식이야. 그래 내가 강동식이야. 동철이가 나를 구출하러 왔구먼."

"네 형님, 형님 편지받고 국방부와 안기부에 신고를 했죠. 대한민국 정부가 형님의 송환허가를 중국 정부에 정식으로 요청하여 승낙을 받고 안전기획부 직원과 함께 형님을 모시러 왔습니다. 용정에서만 나흘을 헤맸습니다."

강동철은 강동식의 동생 강동민과 함께 입대를 했던 사촌동생이었다. 강동식의 얼굴을 아는 사람이 필요해서 안전기획부 직원은 그와 함께 온 것이다.

안전기획부 직원이 강동식에게 경례를 붙였다.

"저희들도 일찍 오려고 최선을 다했지만 늦게 모시러 와서 죄송합니다. 지금부터는 조금도 걱정하지 마십시오. 저희들이 한국으로 안전하게 모시겠습니다."

"고맙소, 정말 고맙소."

강동식과 강동철은 부둥켜안고 하염없는 눈물을 흘렸다. 두 딸도 아버지 등에 얼굴을 파묻고 울었다.

이들을 태운 차는 북경을 향해 쉬지 않고 달렸다. 북경 시내에 도착하여 큰 건물로 들어서는데 간판을 보니 '주중 대한민국 대사관'이라고 씌어 있었다.

현관 앞에 대사가 나와 기다리고 있었다.

"얼마나 고생이 많았습니까? 잘 오셨습니다."

"고맙습니다. 내가 바로 국군 포로 강동식입니다."

강동식은 북한에서 국군 포로 출신이라는 신분 때문에 40여 년 넘게 당한 설움이 복받쳤는지 공민증을 내보이며 몇 번이고 자신이 국군 포로 강동식이라고 했다.

주중 대한민국 대사관에서 하루를 묵게 되었다. 늦은 저녁시간 강동식과 사촌동생 강동철이 마주 앉았다.

"형님, 형수님은 너무 멀어 오시지 못했고요. 지금쯤 형수님이 고향에서 애타게 형님 소식을 기다리고 있을 겁니다."

"형수님이라니… 누구 말인가?"

"형님, 형수가 형수지 누굽니까?"

"고향에서 나와 결혼했던 내 아내 말인가?"

"예, 형수님이 개가하지 않고 형님과 살던 집에서 지금까지 조카와 함께 살고 있습니다."

"동철아. 그 말이 정말인가? 그런데 또 조카라니?"

"조카라면 형님 아들이지 누구겠습니까?"

"내 아들이 있단 말인가? 내 아들이……."

"예, 형님이 입대하고 8개월 후에 태어났다고 합니다. 나도 그때는 군에 있어 몰랐는데 휴전되어 제대하고 나서 조카를 봤지요. 이름은 병구입니다."

강동식은 남한의 아내와 결혼한 지 1년 만에 군에 입대했다. 아내가 임신한 사실도 몰랐다. 그런데다 강동식의 생사가 확인되지 않아 국방부에서는 전사자로 처리했을 것이 분명했다. 강동식은 아내가 분명 재혼했을 거라고 생각했고 북한에서 결혼하고 세월이 지나면서 여태껏 아내에 대한 생각을 별로 해 본 적이 없었다.

그런데 아내가 개가하지 않고 자식을 낳아 고향 집에서 그대로 살고 있다는 말을 듣고 나니 머리가 텅 빈 것처럼 멍해지면서 현기증이 났다.

 안전기획부 직원이 오늘 밤은 대사관저에서 자고 내일 오전에 비행기를 탈 예정이며 두 시간 정도면 서울에 도착한다고 설명해 주었다. 그리고 두 딸은 남한 사회에 대한 적응기간을 갖기 위해 얼마간 안전기획부 안가에서 생활하다 집으로 돌아갈 것이라고 했다.
 강동식은 잠자리에 누웠으나 잠이 오지 않았다. 전쟁터에서 포로가 되었을 때부터 지금까지 지난 47년이 생생하게 떠올랐다. 하지만 고향에 있는 아내의 얼굴은 또렷하게 생각나지 않았다. 어떻게든 아내 얼굴을 생각해 내려고 결혼식이나 아내와의 추억을 떠올려 보았지만 그래도 아내의 얼굴이 또렷하게 떠오르지 않았다.

 다음날 오전, 안전기획부 직원들의 보호를 받으며 서울행 비행기를 탔다. 2시간 후 비행기 바퀴가 쿵— 활주로에 닿는 순간 강동식은 깜짝 놀라 안전기획부 직원을 쳐다봤다.
 "선생님, 서울에 도착했습니다."
 강동식이 비행기 트랩을 내려오는데 다리가 휘청거리고 있었다. 47년 만에 한국 땅을 밟아 보는 것이다. 얼마나 그렸던 남한 땅인가?

돌아온 사자(死者)

"충성! 신고합니다. 상병 강동식은 1951년 10월 4일 입대하여 1998년 11월 25일부로 전역을 명받았습니다. 이에 신고합니다. 충성!"

47년 만에 전역신고라니. 장군도 벌써 퇴역했을 텐데, 계급은 졸병 상병이란다. 게다가 군복은 몸에 맞지 않아 어색한데다 전투모 사이로 삐져나온 백발에 한쪽 눈마저 찌부러진 70대 노인이다. 누가 이 사람을 군인이라 하겠는가? 그러나 노인 입으로 "전역을 명받았다." 했으니 그는 분명 노병(老兵)이다.

국군 포로로 억류되었던 47년의 세월은 그렇게 모질고 지루했지만 군인의 신분을 벗는 전역신고는 채 1분이 안 되어 끝이 났다. 계급도 일병에서 한 계단 올려 상병으로 진급했지만 단상을 내려가는 순간 군복을 벗고 민간인으로 돌아가는 것이다.

강동식이 단상에서 내려오는데, 앞줄에 앉아 있던 노신사가 일어나 손을 내밀었다.

"강 일병, 나요. 나를 알아보겠소?"

"아니— 장선홍 대대장님 아니세요?"

"그래요, 날 기억해 주니 고맙소. 그 긴긴 세월 동안 얼마나 고생이 많았소."

그는 강동 포로수용소의 국군 포로 대대장이었고 당시 계급은 중령이었다. 1952년 강동식이 강동 포로수용소에서 운산 포로수용소로 이동할 때 장선홍 중령은 개성으로 내려갔다. 그리고 오늘 그를 만난 것이다. 두 사람은 국방부 장관실로 걸어가면서 함께 생활했던 강동 포로수용소에 대한 이야기를 나누었다. 무슨 말끝에 장선홍 예비역 중령이 아차! 하는 표정을 지었다.

"강 일병, 최영철 하사 기억해요. 그가 여기에 있소."

강동식은 순간 자신의 귀를 의심했다.

"누구— 밀고자 최영철 말입니까? 최영철 하사는 벌써 죽었습니다. 1981년 6월에 조선중앙방송의 TV뉴스에 나왔습니다. 남한의 서산 앞바다에 침투하다 사살당했다고요."

"그런 사건은 있었지요. 근데 그때 8명이 침투하다 7명이 죽고 1명이 부상당한 채 생포되었소. 생포된 간첩이 바로 밀고자 최영철 하사였소. 그때 여기 신문에 최영철의 사진이 대문짝만하게 나와서 나도 알게 되었단 말이요."

"그럴 수가… 최영철 하사는 지금 어디에 있습니까?"

"지금까지 전향을 거부해서 교도소에 수감되어 있다고 들었소."

강동식은 국방부 장관과 면담 자리에서 최영철에 대해 자초지종을 설명하고 그를 만나게 해달라고 부탁했다. 장관은 교도소에 협조를 구해 연락해 주겠다며 흔쾌히 승낙했다.

최영철 하사는 전우들을 배신하고 강동 포로수용소의 원조 밀고자로 활동했다. 그런 그를 강동식은 강원도 인제 854, 812 전투에서 죽이려고 했으나 다른 인민군이 맞아죽고 그를 죽이지는 못했다. 이제 강동식은 남한 땅에 왔고 많은 세월이 흘렀다. 또 최영철이나 자신이나 죽을 날이 머지않았다. 그래서 강동식은 그렇게 증오하던 최영철 하사에게 연민이 느껴졌다. 그래서 장관에게 면회를 부탁했던 것이다.

고향 함양의 가을 들판은 예나 지금이나 변함없이 풍요롭고 평화롭게 보였다.

강동식을 태운 승용차는 고향 마을로 들어서고 있었다. 강동식의 생환을 축하하는 현수막이 여러 곳에 붙어 있었다. 강동식이 입대할 때 집결했던 마을 어귀의 느티나무는 그대로였다. 고향에 돌아온 것이 실감나고 가슴이 뭉클했다. 오랜 세월이 지났지만 지나치는 사람들 속에 아는 얼굴들도 보였다.

"선생님. 댁에 도착했습니다."

"그렇구먼. 여기가 우리 집이 맞구먼."

건장한 40대 중반의 남자가 다가와 차문을 열어주더니 차에서 내리는 강동식의 팔을 덥석 붙잡았다.

"아버님. 제가 아들 병구입니다. 강병구입니다."

"뭐. 내 아들이라고, 내 아들 병구라고… 병구야. 이 못난 아비를 용서해다오. 미안하다. 미안해."

부자가 끌어안고 한참을 오열했다.

"그래, 병구야. 네 엄마는?"

강동식은 아들의 품에서 빠져나와 집 마당에 모여 있던 사람들을 번갈아가며 살폈다. 강동식의 시선은 대문 기둥을 부여잡고 한 손으로 손수건으로 입을 막고 울먹이는 늙은 여인에게 멈췄다. 강동식은 그녀가 아내라는 것을 직감적으로 느꼈다. 강동식이 한 발짝씩 다가갈수록 그 울음소리는 더 커졌다. 강동식이 다가가 그의 손을 살포시 잡았다. 그 여인은 땅바닥에 털석 주저앉아 강동식의 발을 부여잡고는 목청을 놓고 큰 소리로 울음을 터뜨렸다.

"전사통지서가 와서 죽은 줄 알았는데, 이렇게 살아 있었네요. 빨리 오지 왜 이제야 왔습니까?"

강동식은 아무런 말대꾸도 못하고 아내를 내려다보며 눈물을 흘리고 서 있었다. 환영 마중을 나온 마을사람들도 울었다. 아들이 어느새 다가와 어머니를 일으켜 세워놓았다. 그리고는 넙죽 엎드렸다.

"아버님, 아들 병구 절 받으십시오."

강동식이 군에 입대할 때까지 아내가 태기를 보이지 않아 임신한 줄을 몰랐다. 아내는 임신기간 내내 전쟁터에 나간 남편 걱정에 무진 힘이 들었을 것이고 남편 없이 출산할 때는 더 많이 외롭고 불안했을 것이다. 홀몸으로 자식을 키우느라 얼마나 많은 고생을 했겠는가? 고생과 외로움 속에서도 수절한 아내였다.

그런 아내가 고맙고 그런 아내라 미안했다.

고향집으로 온 지 며칠이 지나 국방부에서 연락이 왔다. 최영철의 면회 날짜가 잡혔다. 강동식은 장선홍 예비역 중령과 함께 최영철이 수감되어 있는 교도소로 갔다. 최영철과 면회가 성사되었고 그는 수의를 입고 나타났다.

"최 하사, 강동 포로수용소에서 함께 지냈던 강 일병이요. 수용소에서 같은 소대에서 생활했지요. 나를 알아보겠소."

최영철은 눈을 부릅뜨면서 올려다보았다.

"아니, 강 일병 아니요. 그런데 여기를 어떻게……."

"북한을 탈출해서 며칠 전 남한에 왔소. 나의 전역식에 왔던 장선홍 중령에게 최 하사 이야기를 들었소. 그래서 얼굴이라도 보고 싶어 찾아왔소."

최영철은 고개를 끄덕였다.

"최 하사는 본래 남한 출신이 아니요. 그리고 남한에 아내와 자식이 있다고 들었소. 수용소에서도 가족 생각에 남한에 빨리 오고 싶어 밀고자 역할을 했잖소. 최 하사는 본디 공산주의자가 아니니 지금이라도 전향을 하시오. 죽기 전에 가족 품으로 돌아가지 않겠소. 최 하사, 그게 맞아요. 그리고 북한에서는 당신은 죽은 사람으로 되어 있소. 조선중앙방송에서는 당신과 함께 온 8명 모두가 죽었다고 보도를 했소."

최영철은 약간 놀라는 기색을 보이다가 금세 눈에 힘을 주면서 이빨을 깨물었다.

"강 일병이 몰라서 그렇지, 나는 공산주의자요. 나의 생각과 행동은 철저히 공산주의에 맞춰 왔어요. 그리고 내 사상은 지금도 변함없이 공산주의자요. 나를 회유하러 왔다면 더는 쓸데없는 소리 그만 지껄이고 돌아가시요."

"최 하사, 나는 당신을 회유하러 온 것은 절대 아니요. 자신을 속이지 말고 전향하시오. 왜 이렇게 생고생을 하고 있소. 당신이 붙잡힌 이후 세월도 많이 지났으니 전향해도 북이나 남 양쪽에 별 문제는 없을 것이요."

"개수작하지 말고 돌아가시오. 당신이나 잘 먹고 잘사시오."

강동식은 최영철의 완강한 태도에 더 이상 어쩔 수가 없었다. 최영철에게 다시 찾아오겠다는 말을 하고는 준비해 간 여름, 겨울철 속옷을 넣어주고는 교도소를 빠져나왔다.

강동식은 장선홍 예비역 중령과도 작별인사를 하고 고향 함양에 가기 위해 대기하고 있던 승용차를 탔다. 고향으로 가는 내내 최영철에 대한 생각이 꼬리에 꼬리를 물었다.

조선중앙방송이 예외적으로 남파 간첩을 인정하는 보도까지 하면서 왜 생포된 최영철을 죽었다고 굳이 거짓말을 했는지 좀처럼 이해가 되지 않았다. 강동식은 눈을 감고 생각에 빠졌다. 한참을 생각하고 나서야 생포된 최영철을 굳이 죽은 사람으로 뒤바꿔 놓은 이유를 알 만했다.

북한은 충남 서산 앞바다로 침투한 간첩단의 대부분이 국군 포로 출신이라는 사실이 들통나는 것이 싫었던 것이다. 만약에 생포된 최영철이 전향을 해서 이 같은 사실을 진술하면 TV뉴스에서 8명 모두 사망했다고 보도를 해놓았으니 전향한 최영철은 남조선이 내세운 가짜 최영철이라고 주장하려는 속셈이었다.

최영철은 북한의 이러한 속셈을 알고 있을 것이다. 그렇다면 북한의 속셈을 알면서도 끝내 전향을 거부하는 이유도 있었다. 남한 출신이 북한에 전향했다가 다시 남한으로 전향한다는 것은 인간의 마지막 남은 양심상 마뜩할 수가 없었다. 그도 그렇지만 자신이 전향을 하지 않고 교도소에 수감되어 있는 것이 차라리 북쪽이나 남쪽 가족 모두가 편할 수 있다고 생각했을 것이다.

최영철이 남한에 전향하면 자신이 죽은 줄 알고 평온하게 살아가고 있던 북쪽 가족들은 정치범수용소에 수감되는 날벼락이 떨어질 것이고, 남쪽 가족들에게는 칠순이나 된 자신이 짐만 될 것이라는 생각을 했을 것이다. 그래서 교도소에서 지내는 것이 최선의 선택이라고 판단한 것이다.

강동식은 자신의 운명도 기구하지만 최영철을 생각하면 자신보다 더 기구한 운명이라는 생각이 들었다.

강동식이 최영철을 면회하고 고향 집으로 돌아온 지 며칠 후, 안전기획부에서 전화가 왔다. 교도소에 수감되어 있던 최영철이 목을 매 자살을 했다는 소식이었다. 강동식은 큰 충격과 죄책감을 느꼈다. 16년이나 교도소에 수감되어 잘 지내던 최영철이 갑자기 자살한 것은 자신이 면회를 가는 바람에 일어난 심적 동요 때문이라는 생각이 들었다. 또 자신이 건네준 내의를 이용하여 목을 매 자살했다는 말도 들었기 때문이었다.

그는 남쪽도 북쪽도 어느 한 곳을 선택하지 못하고 끝내 그 중간 지

점인 회색지대에서 생을 마감했다.

　최영철이 자살했다는 전화를 받던 그날 오후에 멋쟁이 노신사 두 사람이 강동식의 집을 찾아왔다. 장선홍 중령과 윌슨 소령이었다. 두 사람은 1953년 포로 교환으로 돌아와 40년 이상 우정을 나누는 사이가 되어 있었고 강동식이라는 일병은 기억에는 없지만 같은 수용소에서 생활한 인연으로 찾아온 것이다.

　강동식은 지금까지 긴 세월의 이야기를 나누던 작가와 함께 마을입구 느티나무에서 멈춰 섰다.
　작가가 강동식에게 물었다.
　"어르신, 남한에 온 소회는 어떠한지요?"
　"나는 민주주의가 뭔지 공산주의가 뭔지 모르고 내 가족을 지키기 위해 국군에 갔어요. 포로가 되고 북한에 억류되어 살면서 남한 생활과 비교가 되니 체제의 차이를 느끼게 되었소. 그리고 47년이라는 아까운 내 인생은 나의 의지와는 관계없이 모든 것이 결정되어버렸어요. 부모의 신분이 대물림되는 그런 사회는 사상을 떠나 정말 말이 안 된다고 생각했어요. 아― 이건 아니다, 싶었지요. 그래서 오로지 탈출만 생각했고 탈출이 47년간 나의 소원이었소. 여기 와 보니 내 판단이 맞아떨어졌어요. 내 소원을 이루었어요. 나는 남쪽에 와서 좋은데, 지금도 대한민국이 자신들을 구해 주리라 기대하고 있는 북쪽 포로들과 두고 온 자식들 생각 때문에 하루도 마음 편할 날이 없어요."

강동식은 47년 전 느티나무에서 손을 흔들고 고향을 떠나 입대했다. 이제 그는 그 자리에 서 있고 떠나는 작가가 그를 향해 손을 흔들고 있었다.

1953년 7월 27일 정전협정으로 전쟁은 끝이 났지만, 국군 포로들의 총성 없는 전쟁은 60년째 계속되고 있다.

| 작가 후기 |

　나는 국회의원 보좌관이다. 보좌관이면 국회에서 법이나 만들지 주제넘게 무슨 소설을 쓰냐고 반문할 수 있다. 그건 맞는 말이다. 나는 전문 작가에 비해 글 쓰는 재주가 딸린다. 그걸 알면서도 이 책을 쓰지 않을 수 없었다. 지난 10년간 나의 가슴을 짓눌러 온 죄책감에서 벗어나고 싶었다. 시쳇말로 나 혼자 독박을 쓰고 있는 것이 한편 억울하기도 하고, 혼자서는 도저히 감당하지 못할 책임을 이제는 누군가에 떠넘기고도 싶었다.

　한국전쟁이 중단된 지 40여 년이 지난 1994년, 조창호 소위를 시작으로 1997년 양순용, 1998년 장무환 옹이 칠순의 고령에 북한을 탈출하여 남한으로 돌아오면서 국군 포로의 존재가 세상에 알려지게 되었다. 당시 나는 국회 국방위원회 소속 국회의원실에 일하면서 국군 포로 관련법 제정에 맞춰 자료집을 발간하기 위해 1998년 11월 5일 경상남도 함양 고향 집에 계시던 양순용 옹을 찾아갔다.
　그분과 반나절 국군 포로에 관한 대화를 나누면서 나는 가슴에서 지워지지 않는 그렇다고 모른 척할 수도 없는 부담을 안고 돌아왔다. 굶주림과 질병으로 죽음이 일상인 포로수용소, 강압과 회유에 흔들리는 양심, 자신의 의지나 의사와는 상관없이 결정되는 운명, 국군 포로의 신분이 북한 2세들에게 대물림되는 참혹한 현실, 평생 조국이 자신들을 구해 줄 것이라는 기대감은 늘 절망감으로 귀결되고…….

이후 나는 꾸준히 국군 포로에 관한 자료를 모으고 관심을 가져왔다. 단편적인 언론 기사는 많았지만 국민의 관심을 불러일으키기에는 부족하다는 생각에 언젠가는 국군 포로를 주제로 책을 쓰고 싶었다. 하지만 늘 바쁘다는 핑계로 10년을 미루어 왔다. 이 점이 내가 양심의 가책을 느끼는 이유이기도 하다. 더는 미룰 수 없었다. 2010년은 한국전쟁 60주년이 되는 해이고, 지금 북한에 살아계시는 그분들은 팔순이 넘어 세상을 떠나고 있기 때문이다. 이제 국군 포로가 두만강을 건너 남한으로 왔다는 기사는 더 이상 볼 수 없을지도 모른다. 그분들의 한 많은 생은 앞으로 얼마 남지도 않았다. 불과 수년 후면 북한 땅에서도 국군 포로의 존재는 영원히 사라지게 될 것이다. 눈을 감는 그 순간까지 대한민국으로 돌아올 기회를 엿보고 계시는 그분들의 총성 없는 전쟁은 60년 가까이 계속되고 있다.

그래서 작년 말부터 마음이 다급해졌다. 일 년을 꼬박 글쓰기에 매달려 〈블라인드47〉이라는 제목의 국군 포로 실화소설을 발간하게 되었다. 빛과 어둠, 희망과 절망이 반복되는 국군 포로 생활이라는 점에서 블라인드(Blind)라는 제목을 붙이게 되었다. 그리고 〈47〉이라는 숫자는 소설의 주인공이 포로에서 북한을 탈출할 때까지 억류되었던 기간 47년을 의미한다.

이 글은 여러 국군 포로들의 단편적인 실화를 모아 하나의 스토리로 재구성했고, 80%의 논픽션과 20%의 픽션으로 쓰여 있다. 주인공의 행적에 따라 그 시기의 역사적 사실과 사건 배경이 되는 지명이나 부대명 등을 실제 그대로 사용하고 있다. 한국전쟁이 주제가 된 소설은 꽤 있었지만 국군 포로를 주제로 다룬 소설은 〈블라인드47〉이 처음인 것으로 알고 있다.

　이 책을 통해 나는 공산주의, 사회주의, 자본주의, 민주주의를 말하고 싶지는 않았다. 승자도 패자도 없이 끝난 한국전쟁의 대표적인 비극인 국군 포로 이야기를 쓴 것뿐이다. 나의 손을 잡고 '남쪽 하늘을 쳐다보며 자신들을 구해 줄 것으로 기대하고 있는 국군 포로들을 도와달라.' 했던 국군 포로 2호 양순용 옹에게 뭐라도 했다며 변명하고 싶었다. 국군 포로들은 자신의 영욕을 위해 싸운 것도 아니다. 그런 그분들이 북한 땅에서 죽음과 맞서 싸우고 있을 때도 우리는 그 존재마저도 까맣게 모르고 있었다. 이 글을 통해서나마 눈을 감는 그 순간까지 희망을 놓지 않을 국군 포로 분들을 생각해 보는 계기가 되었으면 한다. 그리고 우리 모두가 진 빚을 무엇으로 갚을지도 생각해 보자.

　이 소설이 나오기까지 나침판이 되고 지도가 되어주신 정건섭 작가님, 휴일날 출근하여 꼼꼼히 글을 읽고 조언해 주신 국회 문방위 최민수 수석전문위원님께 감사의 말씀을 드리고 싶다.

　　　　　　　　　　　　　　2009년 12월(한국전쟁 발발 59년)
　　　　　　　　　　　　　　여의도 국회에서 김 성 수 올림